红披风

修 白——著

中国书籍文学馆·小说林

图书在版编目（CIP）数据

红披风/修白著.—北京：中国书籍出版社，2014.3
（中国书籍文学馆·小说林）
ISBN 978-7-5068-3962-4

Ⅰ.①红… Ⅱ.①修… Ⅲ.①中篇小说—小说集—中国—当代
②短篇小说—小说集—中国—当代 Ⅳ.① I247.7

中国版本图书馆 CIP 数据核字（2013）第 305257 号

红披风

修白 著

图书策划	武　斌　崔付建
特约编辑	陈　武
责任编辑	王文军　刘　娜
责任印制	孙马飞　马　芝
出版发行	中国书籍出版社
地　　址	北京市丰台区三路居路 97 号（邮编：100073）
电　　话	（010）52257143（总编室）（010）52257153（发行部）
电子邮箱	chinabp@vip.sina.com
经　　销	全国新华书店
印　　刷	三河市华东印刷有限公司
开　　本	710 毫米 × 1000 毫米　1/16
字　　数	204 千字
印　　张	18.25
版　　次	2014 年 6 月第 1 版　2019 年 1 月第 2 次印刷
书　　号	ISBN 978-7-5068-3962-4
定　　价	56.00 元

版权所有　翻印必究

序

李敬泽

"中国书籍文学馆",这听上去像一个场所,在我的想象中,这个场所向所有爱书、爱文学的人开放,不管是白天还是夜晚,人们都可以在这里无所顾忌地读书——"文革"时有一论断叫做"读书无用论",说的是,上学读书皆于人生无益,有那工夫不如做工种地闹革命,这当然是坑死人的谬论。但说到读文学书,我也是主张"读书无用"的,读一本小说、一本诗,肯定是无法经世致用,若先存了一个要有用的心思,那不如不读,免得耽误了自己工夫,还把人家好好的小说、诗给读歪了。怀无用之心,方能读出文学之真趣,文学并不应许任何可以落实的利益,它所能予人的,不过是此心的宽敞、丰富。

实则,"中国书籍文学馆"并非一个场所,它是一套中国当代文学、当代小说的大型丛书。按照规划,这套丛书将主要收录当代名家和一批不那么著名,但颇具实力的作家的长篇小说、中短篇小说集和散文集等。"中国书籍文学馆"收入这批名家和实力作家的作品,就好比一座厅堂架起四梁八柱，这套丛书因此有了规模气象。

现在要说的是"中国书籍文学馆"这批实力派作家，这些人我大多熟悉，有的还是多年朋友。从前他们是各不相干的人，现在，"中国书籍文学馆"把他们放在一起，看到这个名单我忽然觉得，放在一起是有道理的，而且这道理中也显出了编者的眼光和见识。

当代文学，特别是纯文学的传播生态，大抵集中在两端：一端是赫赫有名的名家，十几人而已；另一端则是"新锐"青年。评论界和媒体对这两端都有热情，很舍得言辞和篇幅。而两端之间就颇为寂寞，一批作家不青年了，离庞然大物也还有距离，他们写了很多年，还在继续写下去，处在最难将息的文学中年，他们未能充分地进入公众视野。

但此中确有高手。如果一个作家在青年时期未能引起注意，那么原因大抵有这么几条：

一、他确实没有才华。

二、他的才华需要较长时间凝聚成形，他真正重要的作品尚待写出。

三、他的才华还没有被充分领会。

四、他的运气不佳，或者，由于种种原因，他的写作生涯不够专注不够持续，以至于我们未能看见他、记住他。

也许还能列出几条，仅就这几条而言，除了第一条令人无话可说之外，其他三条都使我们有足够的理由对这些作家深怀期待。实际上，中国当代文学的丰富性、可能性和创造契机，相当程度上就沉着地蕴藏在这些作家的笔下。

这里的每一位作者都是值得关注、值得期待的。"中国书籍文学馆"

收录展示这样一批作家，正体现了这套丛书的特色——它可能真的构成一个场所，在这个场所中，我们不仅鉴赏当代文学中那些最为引人注目的成果，而且，我们还怀着发现的惊喜，去寻访当代文学中那相对安静的区域，那里或许是曲径幽处，或许是别有洞天，或许是，众里寻他千百度，蓦然回首，那人却在，灯火阑珊处……

修白以匠心独运的艺术构思，从艺术形象的性格内涵及其与相关人物关系中窥探出文本的思想意蕴与社会意义，这也是小说反映或再现社会人生的深度与广度所在。她的小说叙事不乏怀疑与追问，对人性变异的深微过程有着绵密细腻的把握，揭示了人的精神痼疾与困境。在洁净自然、不施铅华的语言流程中，小说叙事抵达当代人心文化的深层结构之中，独到的视角彰显了独特的美学价值。

— 目 录 —

空洞的房子
001 ◀

入场券
026 ◀

似有若无的墙
049 ◀

手艺人
053 ◀

证人
065 ◀

夜坐时停了针线
107 ◀

择 校
122 ◀

友贵是上海人
132 ◀

目 录

产房里的少妇
▶ 142

第四者
▶ 156

缓慢的激情
▶ 173

不想分手
▶ 198

红披风
▶ 226

后 记
▶ 260

附 录
▶ 264

空洞的房子

一

　　离开村子两三里路，隐约听见身后传来的狗叫声，一阵紧似一阵，有些不对劲。老五停下脚步，瞪着帽檐下贼亮的眼睛，四下张望。忽然，像动物一样，耳朵紧贴着地面。当他确定声音的来路，从背后而来，他从地面一跃而起：听见狗叫了吧？你男人来追我们了，快跑啊！不然狗会咬死我们的。老五的心里有些慌乱，他一把拽过桃子的手，拉起她，撒腿往前跑。

　　收获的时节，麦田里黄灿灿的一片，村子里，除了在外打工的人，剩下的就是老弱病残。一些回来农忙的壮劳力，基本上都在田里。没有人会在这个节骨眼上闲着，他们要抢在雨前，把一片片倒伏下来的麦子，全部收下。

　　老五已经是三十出头的人，没有房子，娶不上媳妇。不甘心就这样过一辈子。和那些农忙的人相反，他去过大城市南京，向往那里的喧哗。他的大哥一家就在那里生活。听父亲说，当年，大哥就是在闹饥荒的时候，带着媳妇儿子沿途要饭，流落到那里的。后来就再也没有回来过。

村东头的瞎眼老婆婆家，媳妇是新买的，叫桃子，脑瓜有点木愣。她男人下田干活的时候，老五溜来了。老五说，这是南京六合那个地方带来的猪头肉，猪头肉很香，你吃一口，就喜欢了。老五的眼睛闪着黑黝黝的光，粗大的手指头，夹住一块猪头肉。桃子张大了嘴巴。你跟我到南京去，那里，天天都有猪头肉。桃子的舌头，弥漫着猪头肉的香味。她的眼睛亮起来，寻着味道，跟着老五，在村口的石子路上疾走。他想带她尽快地抄上公路，公路上有来往的汽车，好搭便车。

老五边跑边想：村子里的狗，肯定比他们跑得快，他拖着她是跑不过它们的；村子里的人，肯定是先往汽车站方向跑，堵截自己。过去，村里发生过几起买来的新娘逃跑事件。她们不熟悉情况，从来没有逃脱过，跑出去的新娘，总是在车站被截住，男人就是用狗来追堵逃跑的女人。

老五是土生土长的村里人，对付他们，要比那些买来的新娘有经验。他没有向车站方向跑，他把手上的猪头肉撒在地上，跑到和车站相反的一条羊肠小道上。

顺着小道，他们爬上一座灰黑色的山崖。两个人拉着手，穿过陡峭的崖壁，是一片乱草丛生的荆棘，一根枝蔓上尖锐的刺，划开了老五的小腿，一缕细长的血痕渗出，生疼的感觉就冒出来。而狗叫声却被坚硬的岩石，渐渐挡在了山的后面。

桃子跑了，跟老五跑掉了。瞎眼老婆婆捶胸顿足。在桃子的记忆中，跟男人跑来跑去，就是她的生活。桃子以为，生活就是在路上，吃饭和睡觉。

桃子被卖到瞎眼老婆婆家，做她的儿媳妇，是第二次。

第一次，她十五岁，长得壮实，看上去有十八岁。不善言语，以为是害羞。这就有了卖相，人贩子巧舌如簧，嘴皮子像煎锅里的油饼，翻来倒去，金黄灿烂。

买她的男人是个瘸腿，遇到这样的青春少女，还是心动了。人贩子看出苗头，价格提到了八千块钱。瘸腿嫌贵，软磨硬缠，最后花了五千八百块成交。村里几个本家族亲凑的钱，自然把她看得很紧。

桃子不像村里其他人家买来的新娘，又吵又闹。她从来不出声，仿佛是个哑巴，但她分明是会说话的，却没有人听过她讲话。大概过了一年的光景，她给那户人家生了个儿子。白天，她除了喂奶，就是蹲在地上，逗邻居家的几只小猫玩。瘸腿男人看她没有心思逃跑的样子，渐渐放下心来。

时间一晃，小孩已经过完满月。一年一度的庙会开始了，村里人跑去赶集，瘸腿男人想去。前些日子卖的两头猪钱还攒着，琢磨了一会，决定带桃子一起去。

一路上，瘸腿男人想，添丁了，而且是男丁，要给这娃子家置备点什么，瞅着长着，不置备点，将来靠什么种田。

到了庙会，瘸腿男人去路东头一块稀疏的林子里看牲口。转来转去，他看中了一头拴在树干上的小黄牛，摸着光滑的牛犊，有些合心意。卖家是个尖嘴老头，场子里混久的，一眼就看穿了他的意图，打定主意，先把他套住，再慢慢揉出他的油水。

你是真想买，还是问着瞧。卖牛的老疙瘩在试探他，激将他。几个回合下来，价格是让了，每次都是一点点，再还下去，死活都不肯。还走过去牵牛，要走的样子。瘸腿男人就越发想买了，心思全放在这头小黄牛上。

这时，一个外村的女人走过来。她扭着水蛇腰，挤进人群，靠近桃子绕了一圈，四处张望，又蹭了出去。再进来时，装着不小心的样子，故意踩了桃子一脚。看她没有反应，就大胆地撞了她一下，像老熟人那样叫道，大妹子，你也来赶集。桃子抬起了头，木然地看着她。看到她手里拎着的一袋鱼，那是一袋蝴蝶鱼。桃子被那些鱼儿吸引，眼神就直勾勾的愣在鱼儿身上。

水蛇腰注意到了桃子直勾勾的眼神，这样的眼神，正是她要找的眼神。她看清了桃子的相貌，像老熟人那样和她搭讪起来。一番左顾右盼之后，她拉起桃子的手，朝一辆事先备好的马车走去。

桃子迷糊中上了马车。她搞不清自己为什么要上车，好像有点身不由己，又好像是女人手里的蝴蝶鱼，咬住了她的腿，她觉得那些鱼儿长得真好看。水蛇腰举起了装蝴蝶鱼的塑料袋子，朝她炫耀着，好看，都是给你买的。

眨眼间，女人就把桃子带走了。三个同伙坐上了另一辆马车。一路颠簸不说，还把桃子新换的衣服搞黑了一块，在哪里搞黑的，桃子不知道，但黑色像一块伤疤，搭在她的胸襟上，把她衣服上的粉红色花朵搅乱了。

一行人到了车站以后，换上长途汽车。汽车一直开到西水站，停下来。他们随着拥挤不堪的人流，下了车。桃子的一泡尿憋了好久，水蛇腰只好跟着她上了一趟厕所。然后，他们就带桃子，住进了附近的一家旅馆。几个人轮流看着她，不让她出门，他们却频繁地往外跑。

第二天，水蛇腰买了一件新衣服进来，叫桃子换上。又把她换下来的衣服叠好，叫她拎着。水蛇腰挽着她出门，像走亲戚似的，两个男人，一前一后地跟着。走了五六里路，才看到一个村庄。他们沿着树林，径直走了进去，七拐八绕的，来到一户人家的门口。看见一个男人迎出来，后面还跟了一个瞎眼老婆婆。

这个男人，差不多有桃子爹的年纪，至今没有娶上媳妇。瞎眼老太是他的母亲，本来不瞎的，年轻时给人贩子卖到村里，性子刚烈，三番五次的逃跑，直到被男人打瞎了眼睛，才在村子里安顿下来。

水蛇腰和她嘀咕了一会。她伸出鹅掌一样纠结的爪子，抓到桃子的身上。她的手颤巍巍地从桃子的脸揪起，又揪到她的脊背，拽了一把她脑后的马刷子，顺着她的脊椎敲下去，扳了扳她的双臂和手指，掐了大腿几下，一巴掌拍过屁股，嘴里小声嘟哝："中"。

瞎眼老婆婆双手摸索着墙角，绕到柴草间，去和烧柴火的儿子商量买媳妇的价钱，母子两个说了一会，水也烧开了，给来人倒上。两个男人蹲在墙角吸烟，水蛇腰和买主讨价还价。一番砍价之后，谈妥了四千块钱。瞎眼老婆婆哆嗦着手，半天才抽出裤腰带，递给儿子。儿子撕开腰带，抽出里面折叠的连成线的钱，沾了口水点了一遍。有些不放心，又点了一遍，最后，交到瞎眼老婆婆手上。

水蛇腰有点沉不住气了。但是，这节骨眼上，要克制。她咽了一口流到嘴角的哈喇子，看着瞎眼老婆婆手里的钱，眼睛发光。瞎眼老婆婆吐了吐沫在手上，沾了一下，一张一张地数过。最后捏在手里，拖沓半天，递给水蛇腰的刹那，牙关都咬紧了。极不情愿地松开了纠缠着的鹅爪，最后的一颗老黄牙，就在这当口，一个囫囵，吞咽下去。

水蛇腰一把拽过钱，捏在手中。唯恐时间久了，发生变故，飞快地把钱揣到怀里，丢下桃子，拔腿就走。

桃子看着小鱼，喜欢得痴痴直笑。她坐在麦秸上，撕开水蛇腰走时塞给她的一块雪饼。阳光穿过屋顶的隙缝，照在桃子深红色的新衣服上，映红了桃子的半边脸。瞎眼老婆婆的儿子坐过来，伸出一只手，去捏她红透的半边脸。看她不躲，又去拽她的裤子。瞎眼老婆婆摸来针线，拽开儿子，吩咐桃子，把她撕开的裤腰带缝好。桃子穿上针线，缝了半天，针脚歪歪扭扭。瞎眼老婆婆用手摸着她缝好的裤带，系好裤子。抓着她的胳膊，唯恐她跑掉。晚上，她的膀子上，拴了死结的绳子，另一头，就捆在瞎眼老婆婆的右手腕上。

隔天中午，村里来了一些人。搬来了桌子，凳子。聚在这里吃饭喝酒。桃子披了红头巾，心里有些快乐。又结婚了，天天结婚多好，穿新衣，有肉吃。

怕桃子会跑，男人下田干活的时候，把她锁在屋里。瞎眼老婆婆整天看着她，主要是听动静。人的眼睛瞎了，耳朵就会变得异常灵敏。而桃子年轻贪睡。瞎眼老婆婆虽然睡不着，却闲不住。日子久了，看桃子没有动静，只是贪吃，便对她放松了警惕。不时地去院子一角，捣弄鸡食饲料,喂喂猪草。

大早,桃子的男人下地干活。她睡得正香。老五翻上山墙,趴在墙头上,盯梢。瞎子蹲在地上,"咚、咚、咚",剁山芋藤。老五从墙头,小心翼翼滑下来。轻车熟路,缩着脑袋,弓着腰,眼里发着绿光。像一匹饿了很久的狼,闻着腥气,卷着腥风来了。

他轻轻地推开假锁的门,来到桃子的床边。前掌"嗖"地撩起她的上衣,一眼就照见那弹子般的乳头,镶嵌在胸前的一片白色之上。老五有些亢奋,舌头忽地卷过去。手,迅速地往下伸。桃子没有反抗,平躺在那里,任凭他拨弄。一会儿,桃子鼓胀起来,浑身抖得像筛糠。鼓胀的桃子,不知道如何是好。老五的子弹顶上枪膛,目标准确,开始射击。

狗叫声渐渐远了,老五不敢上大路。翻过面前的几座小山包,往临近大峡的那个村子。不知跑了多久,估计有两个时辰的光景。他们看见一片大水。老五知道,自己和眼前的这个女人逃脱了。

这是一个三面环水的村子,老五出生还不会走,就跟着头上的几个兄弟下水了。所以说,老五是先会游水,后会走路的。他的两条腿生来就是船人的桨,沉在水里划拉,比在路上跑,要快。他见了水,就像鱼儿回了家。深吸一口气,一个猛子扎进去,沉到水底。游水的姿势千变万化,像一条会飞的蝴蝶鱼,一会儿就消失在芦苇荡深处。

桃子不会水。她愣愣地坐在水边。水边的芦荻在风中飞舞,桃子一脸茫然地看着芦荻。她在发呆,她的多数时间,都是这么呆坐着的。

二

刚到南京的时候,老五睡在不远处的桥洞底下。那时,他发现很多桥洞可以睡。选在这里,是因为桥对面的青瓦房里住着郭爹爹。郭爹爹是个鳏夫,以前和老五是一个庄的,多少沾了一点乡亲。

其实,老五的大哥一家,过去也是住在青瓦房里的。大哥的两个儿子，一个做官，一个做生意发了财。这一大家子，早就搬得无影无踪。没有邻居知道他们现在住在哪里。但是，一定还在这座城市里。因为，他们过去住过的两间房子，现在是空的，没有人住。里面堆满了旧家具，杂物。以老五大侄子名字命名的高楼，矗立在电子一条街的中心。偶儿，会有眼尖的老邻居，看见老五大侄子开着豪华轿车，从大楼的地下停车场出来。一次，老五夜间骑三轮车送货，路过市中心那家奢华的大酒店，就看见二侄子和一群干部模样的人，酒足饭饱地出来。

白天，老五去找过大哥，找他帮忙，给办个三轮车牌照。嫂子训他，侄子都是在外面做大事情的人，这点小事情，不要给他们添麻烦。你该回老家种地，就回去，不要在城里瞎混，哪天，给公安当盲流抓住，不要怪我事先没有告诉你。

老五撞了个无趣，便死了这条心。挨着郭爹爹这里，对外就说是他的侄儿。游荡的盲流，不敢占他的窝子。后来，他在堂子街买了一辆没有牌照的旧三轮车。捣饬两下，还能骑。白天，去珠江路电子城一带揽客，踩三轮车送货。晚上，把车子骑进郭爹爹家的这条小巷子，停在他家的西窗格下。人就睡在车上，盖一块人家垫玻璃后不要的半截毯子。日子久了，就和这里的住户混了个脸熟。

老五征得墙那头郭爹爹的同意，搭了现在这个披子。因为是私搭，不交房租，又是从乡下来的，还带了个女人，院子里的住户很是不满。纵然一肚子意见，也碍着郭爹爹的老脸。这点，老五是知道的，识相的。城里人一向背他，不屑正眼看他。他对郭爹爹怯着，对瓦房里的其他住户也是。他总是小心地过院穿堂，尽量避着他们。等到没有人进出的时候，他才到郭爹爹家的水龙头下，接一桶自来水。出去，站在月光下，擦把脸，悠哉地吹着乡下的小调，很满足。总算有了自己的女人，总算在城里落下脚跟。有的是力气，好日子，才刚刚开始。

天麻麻亮，桃子还在睡。老五已经起来，左顾右盼。院子里没人，像老鼠一样，飞快地钻进去，把昨夜停放在院子里的三轮车推出来。院子本来就小,早起的住户,会嫌老五的车子占地方,碍事。这辆没有牌照的三轮车是老五的饭碗,前些日子新买的。他仔细地擦着车身一夜过来的雾水,嘴里呃着就要涎出来的哈喇子,他心疼这辆车,就像心疼女人一样。

老五过去的那辆旧三轮车,因为没有牌照,戴帽子的公家人,在一次检查中,逮住他。他拼命挣扎,他们把他摔倒。他的腰磕在路牙上,眼见三轮车被摔上卡车,没收了。他惊慌,害怕,唯恐他们把他也抓走。连忙钻进对面的小巷子,躲在一户人家的窗檐下。歇了半晌,才觉着疼。撩开衣服,发现青了一片,腿也擦破了皮,却不敢声张。他知道,像自己这号人,去找那些穿制服的公家人要东西,不是要死吗。你临时户口也没有,暂住证也没有。桃子就更不要说了。所以,老五歇了两天以后,没敢耽搁,在城河村的车辆城,很快选中了这辆新车。

老五买了新车,还是没办成牌照。他想,要是有熟人就好了。那个和他一起拉车的金老头,因为有关系,连发票都没有,照样上了牌照。没有办证照的车子是非法运营。他就不敢像其他车夫一样,等在哪些商场后门,肆无忌惮地当街打牌。

老五始终是骑在车上,游动着的,像水一样淌着,满大街流来晃去。他的眼睛盯着来往的车流,注意着人群里,有哪些人可能要他拖货。看见目标的时候,两脚踩得飞快。人流稀少的地方,他就盯着随时可能会出现的穿制服的人。这些公家的人,有时候,简直就是这个城市的村长。叫你死,你就死,叫你活,你就活。

老五在中央门一带的立交桥下揽活。这里有个长途汽车站,出站的旅客时常有大包小包的东西,要送火车站转车。三轮车是人力的,不要加油,就省了油钱。老五有的是力气。

其他的车夫,三五成群地占着人行道打牌,看来来往往的女人。看到一个从汽车站出来的年轻女人,挺着大波儿喊,送大桥多少钱?

一个年轻车夫手里甩着扑克牌,嘴里喊道,大波儿的摸下,不要钱了。其他车夫，色迷迷地看着那女人，跟着嚷："毙了，毙了。"一堆车夫就哄笑起来。那个年轻车夫，冲着她的背影，中指对着她的下体抖动着，一声下流极了的口哨从背后飘。车夫们洗好牌，沾了口水，开始摸下一圈。一阵大风刮过满天的灰尘，飘散在他们的头顶上，车夫们哄得更欢了。

女人气得柳眉倒竖，拖着行李，又去问另一堆打牌的车夫价钱。他们头都不抬，二百五十块。牌瘾正在兴头上，哪个愿意挣力气钱。打的才多少钱啊，脑子坏了。女人气呼呼地咕哝。

这时老五就悄悄追过去，跟在女人背后，小心地说，大姐你给个价，我带你送。

女人没好气地说，我给不起，我的行李也不过一百块，送一下要二百五，神经病。女人气咻咻，以为老五是来起哄的。老五却说，我不多要钱的，随你给。女人赌气地说，我给五块你还送？上大桥。

中！唯恐她不要他送，老五说着就去搬她的行李。

女人看了一眼这个车夫，穿了件旧式的黄军装，头发乱蓬蓬地卡在一顶旧军帽下面，胡乱地伸出挂满灰尘的几绺。油乎乎的脸，还算老实的样子。女人说，你讲的五块钱，不要变。

到了地方，女人行李蛮多，上六楼，拿不动。老五帮她把行李抱上门口，人站在门外等她付钱。身上的汗水像雨水一样滚落，打湿了脚下的地面一圈。

女人把东西搬进客厅，拿出钱包翻找。老五瞪大眼睛，盯着她手里的钱包。女人总算凑足了五块零钱递给他。看着女人掏钱包的样子，老五想，城里人的钱包都是鼓胀的。他想一把夺过那钱包就跑，却克制了这个忽然冒出来的念头。女人的钱包，老五心里面琢磨。家里还有女人在等着他回去，以后，不想这样的念头。

其实，女人本来是想多给些钱的，没有零钱。心里又有点不过意，就给了他两瓶可乐，几只芦柑。又去找了一堆旧衣服，一顶大蚊帐，胡乱地塞进塑料袋，喊住正在下楼的老五，给了他。

老五在楼梯间，随嘴就"呸"了口痰，啐在雪白的墙上，痰在老五身后的墙面慢慢横淌下来，挂成了一窜黄色的轨迹，白色的墙壁，立刻间，就显得错乱了。

下了楼，老五没有喝可乐，他要带回家给桃子，跟她炫耀一下，城里人都喝这个。他很渴，找了个水龙头，咕咚一气的喝了个饱。出了小区，他把衣服倒在三轮车里，一件件抖出来看。有女人的花衣服，桃子穿了就会像城里人一样，那会有多美。他骑上三轮车，一路想，小桃子，白又胖，屁股扭，奶子晃……

桃子穿上这件花衣服的时候，在衣服口袋里面摸出一张存折。老五眼尖，他知道这是银行里出来的东西，这东西，他小心地装在裤袋里，找到那个女人家，还给了她。女人异常惊喜，问他住在哪里？女人要搬家了，旧时的家具，她执意要送给老五两件。老五要了床和桌子。

他在晚上十点钟的时候，估计，公家的人都回家了，路上，不会有执法的人，悄悄拖回家。老五的床，原来是砖头搭的。他们蹲在地上吃饭。现在，他们有了真正的床，还有桌子，他们的生活有了改善。老五很满足。

老五生意好的时候，遇到出手大方的客人，一天能挣个百儿八十块钱。生意不好四五块也赚。为了桃子能安心在家，他再小的生意都要做。他不像那些有牌照的车主，他们从来不做几块钱的小生意，他们经常扎堆在一起，吹一天牛皮，打一天牌，偶尔做一笔，比老五忙一天赚的要多。但是老五天天有赚，天天有钱，给桃子买猪头肉，连她养的狸花猫都跟着她沾光。

有时，老五也会去金桥市场转转，打一枪就跑。那里，不是他的地盘。那里的三轮车夫，多是当地人，他们不许他这个乡巴佬去抢生意。

天黑的时候，建宁路边的卤菜店，打灯上火了。从店堂里拉出来的电线一直拖到路边的玻璃框罩里，白炽灯橘黄的光，像给卤菜涂抹上一层油晃晃的香气。老五站在两三个排队买卤菜的人头中,出神地盯着那几块猪头肉。轮到他了,他要最肥的切,秤一刀猪头肉,再要一小袋油炸花生米。空了的三轮车,踩得飞快,很快就回到他那黑乎乎的小披子屋。

　　门槛上的桃子,目光乜到老五手上的猪头肉,她眼睛发亮,脚尖一颠,站起来。黄昏的烟雾才刚刚升起,照在他们低矮的披子斜面。两个人交错的影子,在这片山墙上跃动,好像被人牵拉的皮影。老五缩着脑袋,弓身进屋。她跟随在后面,松开抱猫的手。狸花猫"噔"地蹿到床底下。老五就像饿狼嗅到血腥,一把叼过她,把她扳倒在床上。她就势滚到床里。老五仿佛白天,骑三轮车那样,把她压在身子底下,用足了劲踹。这时的狸花猫已经前掌着地,蹲坐在门口,奇怪地看着他们。他们却闭上了眼睛,身体竭力地扭动着,仿佛打架一般。

　　他们没有拉亮电灯,他们习惯在黑暗中,摸索着。夜色,有时,也是有光的,他们借着夜光,找到他们需要的家什。夜光,微风,星辰,是他们生活的伴侣。他们仰仗自然的庇护,在时光中行走。这样的时候,桃子已经烙好了煎饼,她去床底下,摸出一瓶分金亭白酒。这是老五送货到郊区,花一块钱买的白酒。他们就着门外煤炉的火光,坐在屋檐下吃晚饭。

　　金川河的细流,在河床的石块上潺潺作响。月亮已经悄悄爬上青瓦房的屋顶。风吹过来,屋顶上的树枝头,有几片叶子,从湛蓝的天上掉下来,是那么大的蓝,穿过远古的静谧,落在灰色的瓦片上。

　　　　整个漫长的冬季
　　　　就那么落着。
　　　　真是迷恋
　　　　那些落叶,忍耐,稍稍倦怠,
　　　　轻盈,没有一点多余的样子。
　　　　世界庞大艰辛,

只有落叶是它——唯一的轻和清醒

被艰难听见的。

(引自人邻《最后的美》)

这样的大美,桃子没有看见,她以后也不会看见。

看见的人,她伏在青瓦房的门框上,内心有些伤感,青涩的,迷茫的伤感。她不知道自己能做什么。她的心里装着桃子,猜度,倘若丧失了性的能力,她该怎样生存。她不知道他们未来的命运,担心着他们,一些轻微的担心着。她更不知道,以后,自己会把他们写下来。在世人眼里,他们是那样的微不足道。但是,她知道,他们和她一样,来过,来过这栋青瓦房。她的童年,青春,就像那些细碎的月光,不知道从哪里折射过来,散散的泻了点,洒在他们的小披子门口。

狸花猫依偎在桃子的脚边,两只绿眼睛,盯着他们蠕动的嘴,不时"喵"两声。老五咂了口酒,张大嘴,一块猪头肉下去,立刻就有一汩油水,香喷喷地溢出牙缝,和酒混杂在一起。这是老五一天中,吃得嘴巴子咋咋作响的一顿。桃子撕了块煎饼递给他,又丢一小块在地上,狸花猫见了,扑过去,一口衔了,飞快地躲到一边去。

平静的日子,总是眨眼就过去。这天晚上回来,老五把三轮车锁在院外的西窗格下,抬头看了一眼,没有桃子的身影。平时,桃子总是坐在不平的门槛上,听见老五的锁车声,怀抱狸花猫,出来迎他。今晚却没有。他有一种预感,一种不祥的预感。

不见了桃子,狸花猫也不知道躲到哪里去了。这是一只流浪到老五门口,没有人要的野猫。桃子喂过它几次,它就不走了。她收留了它。黄昏的时候,狸花猫眯着眼睛,像只没有骨头的老鼠,柔软的脊梁在她一波一波的抚摸下,高低起伏,像流动的山峦。哼着惬意极了的睡眠曲,卷曲在她怀里。猫咪总是和她一起,等待老五回来。现在,桃子和猫咪都不见了。

三

老五的三轮车没有牌照，交警就不允许上路。这样的情形下拉货，他的行为，多少显得有点诡异。一边偷偷摸摸地在街上揽客，一边设法躲着穿制服的人。不少街巷，他都不敢去，比起有牌照的车子，生意就差了一截。长期这样下去，也不是回事，他想托有门路的金老头帮忙，给三轮车上个牌照。

金老头，身体硬朗，年轻的时候，在下关货场送货。他时常在外面沾花惹草，有两个私生子。老婆一气之下，离了婚。他踩三轮车挣钱是幌子，没事在路边打牌消遣，找女人是真。这天下大雨，生意不好做。中午，老五拎了些卤菜酒水，去金老头家坐坐。两盅白酒下肚，金老头吐着酒气说，上牌照这个忙，我是一定要帮的，就看你老五还够味。言毕，盯着老五的脸不语。老五不知其意，便说，我要是不够味，就是王八蛋。

青瓦房里的郭爹爹，时常会把老五当佣工使唤一下，使唤多了，便觉得欠了人情。看桃子天天闲在家里，托人给她介绍一份临时工，算是还了这份人情。桃子在城北的一家医院做护工。几个月下来，病人换了无数，始终做不下来。不是她懒，而是人家嫌她笨手笨脚，动作迟钝。

护士长看她给病人家属骂得可怜，就叫她去扫地冲厕所。干这种活，她虽然动作慢了点，却不晓得偷懒。做久了，医生护士看出门道，不仅不再嫌弃她，还时常给她一些过时的衣服和鞋子。她的穿着渐渐时尚起来。医院离家有几站路，她也不急，早上，老五骑三轮车送她去。晚上下班，自己慢慢往回走。

桃子在家习惯烙饼吃，可是医院里的人都不吃饼，他们吃饭。她开始改了，蒸饭吃。过去她用碱水洗头，碱水很下脏，头发一放到热水中，抓两把就是半盆黑水。现在她在医院的职工澡堂洗澡。澡堂里没人用碱水，大家都用洗发香波，她就用肥皂。她把病人出院后丢弃的牙刷和牙膏带回家刷牙，广告派送的小袋洗发水左看右摸，最后藏在柜子里。其他的护工就告诉她，别人的牙刷不能用，洗发水可以洗头。医院里人来客往，天天在医院扫地，桃子的见识渐渐多起来。有时候，她会想，这样的事，恐怕连老五都不知道呢。

金老头就是在桃子下班的路上碰见她的。那天下班，桃子的手里捧着病人家属丢弃的花篮，花篮里的花，有的谢了，有的还在开。多好看的花，带回家给郭爹爹，郭爹爹是喜欢养花的，她想。她像医院里来探视病人的人那样，捧着花篮，走路的姿势都变得庄重起来。

金老头送完一趟货回头的时候，依稀看见前面有个人影，像是桃子。骑到她身边停下来，还真是她呢。金老头二话不说，把她手里的花篮接过来，放在三轮车上，又叫她爬上车坐好。

金老头骑到自由市场的时候，停了下来。自由市场的路边有卖发卡的，桃子蹲在地上看。金老头给她挑了一个。摆摊的女人热心地教她使用发卡，头发一卡起来，桃子的脸盘就清爽多了。

桃子自从上班以后，经常收到医院里的好心人给她的衣服。说是旧，八成还是新的，只是医生护士们嫌不够时髦罢了。桃子穿了这些衣服，装扮就不像从前了。桃子跳过从前，走在今天的街上。心里有一种感觉，还真的像那么回事，桃子暗想，像哪个医生呢？这件衣服是哪个医生穿过的？

一天，下班后，金老头带她骑到一个巷子口停下来，他带她吃那里的鸭血粉丝汤。站在店门口，桃子闻到一股香喷喷的味道。鼻子里的两条龙就缠在了一起，站在店堂口，腿都硬了，怎么也迈不开。

有天下班晚了，金老头带她吃路边的大排档，点了几个菜。桃子打小没吃过这么有味道的菜，吃得差不多的时候，老五就找来了。碍着金老头的面子，老五不好发作，只好坐下来，又点了两个菜。三个人一起吃，吃着喝着，桃子就不对劲了，桃子的肚子吃撑了，桃子一吃撑，就闭上眼睛往地上赖。老五就过去把她扛起来，再倒过头拍背，只听"哇"的一声，桃子吐了一地的。老五把她抱到三轮车上，躺在老五的三轮车上，桃子忙乱地蹬了一会儿腿，就安静地睡着了。快到家的时候，老五听见了桃子打呼的声音。老五知道她没事了，把她抱起来，扛到床上。

过了些天，桃子上床后对老五说，我要回老家看儿子。老五不吱声，想她瞎诌，连路都不认识，汽车也不会乘坐的人，能跑到哪里去看儿子。没有想到，不等老五同意，她就跑了。她能跑到哪里去？连路都找不到。

桃子跑不到哪里去，一定是金老头把她拐走了。老五估计。

现在，金老头瞒着老五，把桃子带回家。每天，换着花样，烧菜给她吃，带她四处游荡。桃子对这样的新生活很满意，她不想老五和他的那个披子。金老头带她到夫子庙玩，买过蝴蝶鱼，头花，胸罩，洗发香波等。带她到电影院看3G电影，看《阿凡达》。金老头比老五有钱多了，金老头帮她把医院的工作辞了，领了工资，两人整天厮混在一起，过起了二人世界。金老头怕老五找来，他把原来的房子租出去，在郊区租了一间平房，换了住所，还赚了差价。

但是，老五还是追来了。老五像匹丧了幼犬的母狼，卷着腥风，刮到金老头面前。他拽住桃子的衣领往外拖，没得说的余地，是我的女人！老五嗥叫，对金老头理直气壮。

金老头扳开他的手，抢回桃子，一点也不在乎地说，你自己说过的话，你要是够味，就不要把她带走，你要是不够味，就是王八蛋。你想不想上牌照了？金老头说完，盯着老五的眼睛，他在看老五的脸色有什么变化。他这把年纪的人了，已经到了贪生的时候，什么世面没有见过。什么都玩，就是不跟年轻人玩命。

老五跳到三轮车上，站在平时装货的车身里。老五明显地占领了制高点，他威风地挥了挥拳头，准备扑过去，捅他胸口一刀。老五是带了刀子来的，他为了抢回桃子，不惜要和金老头拼一场，直到杀死他。

他已经准备好，豁出去了，就在他飞身跃起的瞬间。金老头大吼一声：住手！摆了个功夫动作。老五突然愣住。金老头说，你下来，我去给你办牌照。办牌照，这句话点过来，砸到他的要害之处，威慑了他。

上不到牌照，是老五最头疼的事，除了金老头，还有谁会帮他办牌照呢？他在这座城市，举目无亲。除了郭爹爹，还认他这个老乡，谁也不会正眼看他一下。他的手松开了刀子，朝上坚挺的刀尖耷拉下风口。金老头注意到了这个变化，他不失时机地说，我告诉你，我也不是好惹的，不管白道黑道，我都有人。她本来就不是你的老婆，她是人家的老婆。你拐到南京来，把我惹急了，我到局子里告你拐卖妇女，叫你吃不了兜着走。你要是再老脸，老子找人下你的腿，看你还办不办牌照？

下了老五的腿，老五拿什么踩三轮车呢？这个老混混，干得出来。但是，老五不甘心。他实在是咽不下这口气，他想，我的女人，总有一天，我要把她抢走。一时间，又想不到什么好法子，连续几天，老五都没有出车。老五没劲，躺在床上，不吃不喝，睡了几天，像大病了一场。

过了些日子，老五想起自己的两个侄子，他们是城里的公家人。他去找他们帮忙。看门的保安不给他进。保安说，就你这个吊样子，还说是我们老板的叔叔，你脑子有病，去精神病院待着。再不走，老子放狗咬你。凶悍的藏獒链子拴在铁柱子上，眼睛泛出的绿光，像狼一样盯着老五，老五悻悻地走了。

老五单枪匹马，又去要了几次人。金老头的平房里，聚集着一些城乡结合部的乌合之众。金老头俨然把桃子，当成了他的赚钱工具。他坐地收钱，靠桃子的身体，干起了不法勾当。老五羞愤，无功而返。发誓迟早要把桃子抢回来。老五以前攒下的一点钱，经过这一番折腾，花得也差不多了，只好病恹恹地出门揽活，蹬车的腿力大不如从前。

四

郭爹爹家住的青瓦房，前边有条河，是南京的内城河。旧时说的十里秦淮，就是这条河，这条河的这一段也叫金川河。河上有座桥，叫拥军桥，桥下流水潺潺，桥上行人不断。老五刚进城的时候，就在这个桥洞扎窝。

这天上午，老五无精打采地骑着三轮车出门。老远看见桥上有一群人，上了桥，老五探过头去，只见一个老太瘫在地上，嚎啕大哭："钱啊……我的钱……我的钱啊！"一个年轻的女人满桥乱蹿，大声叫嚷着："哪个帮我妈把包捞上来，我给他五万块钱。"

一个卖菜的看了看河水说："这到哪里捞，又看不见包。"路过桥上的人见此，都凑过来看热闹。人越集越多，一下子围了一大圈人，全趴在桥栏杆上看。桥下的河水浑浊，后来的人都不知道前面的人在看什么。

年轻女人疯了似的在桥上跑来跑去。老五看到这一幕，咽了口吐沫，对年轻女人说："你莫急，你给我把车压好，不要给穿制服的公家人拖走，我下去带你捞。"

"你把包捞上来，我给你五万块钱酬金，孙子赖账，快下去捞。"女人快速比划着，恨不能把老五推下河去。

那只包里装着全家人的血汗钱，她们母女去买房的，怎么不小心，掉到桥下的水里，看客不知道，老五也不知道，只有郭爹爹知道。老五想，这么浅的河，是小菜一碟，捞个包，立马就能挣五万块钱，真是飞来的喜事。大江大河都淌过来了，这点小沟旯旮算什么。他脱了衣服，兴奋的像条会飞的蝴蝶鱼，一个猛子，扎进水里。

以老五的水性，这点浅的水，一会儿，他就在桥中心的水里冒出头来。他看见桥上有那么多的人在看他，黑鸦的一片的人头，眼睛都齐刷刷地朝他这边看。以前,从来没有人正眼看过他,现在,眨眼之间,他就吸引了这么多的眼球。一种从未有过的感觉袭上心头,他甩了甩头上的水,铆足了劲大喊:"落在哪里呢?"

掉包的母女指过去,"这一片,你找找看。"

老五"叭叽"一个鲤鱼打水,横刺过去。桥上传来一片哗然,老五听见了桥上的喧哗声。又"叭叽"一声擦过水面,溅起一片水花。水花就这样裹着老五,在水面飞来飞去。老五没有听见丢包人的哭声,只听见远处喧嚣的人声,尖锐的口哨声,渐渐的,这样的声音也听不见了。

老五看见了他的舞台,他快要飞起来,他身上的每一颗鳞片都旋转起来。他展开了翅膀,扑棱棱的,飞了,飞了,像一条快乐的蝴蝶鱼,在水中,极尽飞翔之能事。他在"叭叽"的空中飞翔了很久,才隐约听见了母女的哭声。想起她们要他找包的事,他便收起翅膀,沉到水下,给她们摸包。

河水太浑,睁不开眼睛。黑乎乎的河底即使睁开眼睛也看不到东西,摸了半天,只摸到一把水草。他冒出头喊:"这里都摸过了,没有。"年轻女人就朝另一片水域指去。他又潜下河底去摸,摸着摸着,摸到一根带子样的东西,拽起来沉甸甸的,拖到腿边一摸,发现是只皮包。皮包的口有点开了,伸手进去一掏,一扎一扎的,像在银行里看过的钱。他想,是钱,银行的钱就这样,一捆一捆的。知道手里抓的是装钱的包,老五开心了,就这一下子,能挣五万块钱,五万块钱是什么概念,老五没想过,但是他知道,他这一辈子也不会有这么多钱,这么多钱,可以回家买一个媳妇。想到此,他浑身抖擞,浮上水面,换口气,准备上岸,领赏。

忽然间,他又想,就这样,把这么多钱的包,交出去?亏了!这包钱买房子都够了。要是自己有了房子,还怕桃子不回家。带了钱和女人,到一个别人找不到的地方,过神仙日子多好。干脆不上岸,一直潜到别处,潜到一个有标记的地方,把钱包收好,过两天,等到没人的时候,再把它拿走。

想到此,老五暗自窃喜,他被自己的聪敏感动,他觉得自己是一个反应很快的人,是一个真正的聪明人。现在,好运降临到聪明人头上了,就像彩云飘过来,躲都躲不掉,这样一想,就高兴得忍不住"嘿、嘿"笑出声来。

好运带着桃子来了。桃子就坐在水边唱歌,唱他们出逃时,在家乡芦苇荡里听过的歌。他随着曲子的节奏,像条欢快的蝴蝶鱼在水里扭动。他的手摸着装钱的包就像摸着桃子的大奶,怎么就摸不够呢,怎么就一天到晚没个够呢,搂着桃子睡觉的感觉多来劲,好久没有这样了。他开始沉醉,仿佛就抱着桃子肉叽叽的身子。她反手搂住了他,他们纠缠在一起。他的脚触到了水下的石头,他扒开石缝,用手刨了个坑,把包放在坑里,堆上小石块,小石块上再压上更大的石块。

这时,他觉得桃子的手臂从脖子后面缠了过来,很有力,更紧地顶住了他的小腹,他们像发财树的树干缠了一圈又一圈。他的小腹运足了力,他进入到了她的深处,有种窒息的快感,他们沉浸在这快感中……

水草在不觉间,一点点缠住了他的腿,他滑到一块石缝边,两条腿荡了进去,被石缝卡着出不来。小腿顶住了一堆滑凉的软物,像是水蛇盘踞在那里。他的腿猛地痉挛了一下,松开了。被它咬了一口。慢慢地有点麻。高潮渐去,他感到了气急,心里是清醒的,抓紧了那装钱的包,快速浮上水面。

老五在医院醒来的时候,才知道装钱的包已经给那对母女拿走。郭爹爹认得她们,他代表老五去找她们交涉。她们始终躲着他。最后,郭爹爹找人用木板,堵住大门,不让她们出门,她们迫不得已,开门和他对峙。

郭爹爹坚持要五万元钱的报酬。她们不给,说:"狮子张大口,也不看看自己是老几。"郭爹爹不依。"欺负老实人,有你们这么缺德的吗?""他是自愿的,我们没有推他下河。"郭爹爹争辩:"大桥上那么多人听见,你们喊五万元报酬。""哪个听见了,你把他找出来。"双方吵得不可开交。拉扯中，郭爹爹渐渐占了下风。有人看不下去，指责母女不守信用。有人打110报警。

警车来了，双方带到派出所。各说一词。片警不知道谁说的是真的，谁说的是假的。没有目击证人出来作证，事情不好办。

找来社区主任，调解员。老五虽然是黑户，但是，划归在郭爹爹的社区。社区的两个调解员，主任，首先肯定了老五的见义勇为精神。然后，双方劝慰，各打五十板，各揉五十下。上午不欢而散。下午接着调解。最终，那对母女同意支付老五的住院费，医药费，外加两千元现金酬劳。算是一次了断。

五

老五出院的那天上午。走出医院大门，有人喊他，熟悉的乡音，回过头，是多年未见的大哥。大哥问他："老五，你怎么在这里？"老五便一五一十地说了住院的经过。大哥告诉他，大侄子生病，住在这家医院。

老五口袋里揣了郭爹爹送来的钱，心里有了胆子。他对大哥说："俺去门口，买个果篮看看大侄子。"大哥说："果篮不要买了，他现在病得重，水果不能吃。"老五疑惑。去买个花篮，看人总不能空着手去。大哥摆手。他刚睡着，不要吵醒他。

老五跟在大哥后面走了一条街。大哥的头发全白了，脊背佝偻，一路唉声叹气。老五揣摩，他的日子也不好过。走到巷子口，迎面就看见，买菜的大嫂走过来。大嫂气色不如从前，头发也白了不少。一看到老五，眼睛发亮。她拉过老五，说，哎呀，五弟，难得见到你，快回家坐坐，我一会儿买了菜回去，给你们兄弟两个做饭。

老五听了大嫂的话，内心有些温暖。他进城这么多年了，大嫂从来就没有认过他这个五弟，唯恐他粘上，甩不掉似的。今天是怎么了？对他那么热情。老五去买了两瓶酒，一些礼品，一共是四件，拎在手上。

第一次上门吃饭,不能空着手上楼。大哥也没有心思说话,站在路边抽烟,等他。

进了大哥的家门,坐下,兄弟两个面对面,闷头不说话。大哥抽完一支烟,接着抽第二根。他不停地抽烟,叹气,蹙眉头。大嫂很快从菜场回来。她一进门,家里的气氛顿时缓和起来。她招呼老五抽烟,喝茶,吃花生米。还有一些老五没有见过的点心,热情地递到老五手上。老五有些局促,有些受宠,有些不知所措。

大嫂一个人,很快忙了几个菜,招呼老五去餐厅,坐下喝酒。大嫂不停地往老五碗里搛菜,斟酒,几杯酒下肚。大嫂唧唧歪歪哭了。眼泪吧嗒吧嗒滴落在玻璃台面上。老五有些受惊,他不知道大嫂这是怎么了?就听见大嫂说:"我的命咋就这样苦呢?好日子没有过几天,儿子就病成这样。"

老五劝慰:"大嫂,想开一点,人都要生病的,你看,我这么壮,不是也刚从医院出来,病好了,人就好了"

大嫂用围裙抹了一把鼻涕眼泪。忽然,就离开餐桌,躲到一边,嘤嘤地哭泣。老五看看大哥的脸色,大哥一脸的无奈。他不知道如何是好。大哥低头,抽烟,一个人喝闷酒。他想去劝劝大嫂。大嫂在房间里哭,他不敢贸然进去。便给自己倒满了酒,像大哥一样,喝起闷酒。

哭了差不多的时辰,大嫂才出来。眼睛是红红的肿了的样子。老五想,可能之前就哭过。大嫂也不容易,开始劝慰她。找不着合适的话,渐渐口吃起来。

大嫂停止了抽泣,说:"你侄子的病,是尿毒症。这个病要换肾脏,才能治好。我和你大哥要是能给他换肾,早就给他换了。现在,就是找不到合适的肾源。人有两个肾,少一个照样过。五弟,咱们一家人,不说两家话,算大嫂求你,你给大侄子捐一个肾脏,这辈子,大嫂给你当牛做马。"说完,就要给老五跪下。

老五拉起大嫂。老五愣住了。他不知道捐肾的事情。他想想刚才大嫂说的话。如果，捐一个肾，照样过，捐一个肾给大侄子有什么关系呢？

大嫂眼睛通红地看着老五说："我们帮你办三轮车牌照，以后，你再也不要偷偷摸摸地拉车。"老五不说话，他一时还想不明白这个事情。

大嫂看老五不表态，有点急了。她揣摸不清老五的意思，以为他不肯。心里便想，儿子的命要紧，不能耽误。这个老五喉咙管深，要一次性把他打倒。赶紧说："郭爹爹那边的青瓦房里，我们家原来的两间空房子还在，我哪天把钥匙找出来给你。里面的锅碗瓢盆，家具被褥都给你。房子你先搬进去住着，日后再想办法过户给你。"

老五一听房子，眼睛有了光亮。大哥家的两间房子，他是知道的，天花地板，还有公共厨房。现在，也值不少钱了。要是搬到那两间房子里去住，就是住到郭爹爹家对面。刮风下雨的天气，再也不要爬上屋顶铺油毛毡补洞。夜里，三轮车也能理直气壮地停到院子里。他说："大嫂，你说的可是真的？"

大嫂说："我什么时候诓骗你？大嫂从来都是说一不二。你吃过饭，就跟我去医院检查一下身体。"

老五还是摸不着头脑，他想回去跟郭爹爹打听一下捐肾的事情。一个肾脏换这两间房子还值不值得。他说："我回家洗个澡，换件衣服，再跟你去医院。"

大嫂说："不要回家了，就在这里洗，换你大哥的衣服，你大哥衣服多，是你两个侄子穿不了的，送过来。哪天有空，带你去侄子家看看，你侄子衣服多的穿不完。你身上的这件老头衫，前后都是破洞，早该换了。"

老五诚惶诚恐地在大哥家洗了一把澡。浴室里的瓶瓶罐罐那么多，他不知道用那一样。好在有块香肥皂，这个，他是认识的，他给桃子买过。老五洗干净了，换上大哥的T恤衫，整个人变了模样。

大嫂说："这下子好，有点像个城里人的样子。就是头发那么乱，不配这件衣服。回头带你去剃个平头。"大嫂说到做到，碗筷也不收拾，就带老五去了一家宽敞明亮的理发店。

午后的理发店，没有什么人。电吹风暖烘烘的味道，夹杂着洗发液的香波。年轻的理发师穿得干净，时尚。老五有些不自在，但是，他尽量控制着自己的不做主的手脚。他不能让大嫂看不起他。大嫂说剃平头。老五就一个劲儿点头。老五头发剃完，看看镜子里的模样，还真是年轻了不少，心里喜欢，站起来付钱。理发师告诉他，你大嫂已经付过钱了。

老五觉得大嫂变了，跟自家人一样，心里暖洋洋的。

下午，医生刚来上班。大嫂已经带老五挂好了号。先是体检，验血，等体检报告出来。这个过程需要一周时间。大嫂等不急，她给二儿子打电话。二儿子给院长打电话，院长一口答应，医院会尽快操办。

第二天，老五刚起床。大嫂就来了。大嫂给他带了好吃的豆浆，油条，七家湾的牛肉锅贴。郭爹爹在窗户玻璃后面看见了。这个大嫂那么热心，她葫芦里卖的什么药？郭爹爹寻思。他走到晒台上，去跟大嫂打招呼。大嫂背过脸，装着没有看见他的样子。

老五有些不好意思。他喊大嫂吃，让大嫂进屋坐坐。大嫂就站在门口，等他，意思有些催促。老五就不好意思勉强，赶紧胡乱洗把脸，刷了牙，狼吞虎咽一通，跟在大嫂后面走了。

老五在医院，直到中午，才拿到体检报告。老五看不懂报告上的那些数据，大嫂也看不懂。这期间，他提出想去病房看望一下大侄子。大嫂阻止了。

后来，老五从郭爹爹嘴里打听到，一个肾脏黑市能卖十几万。可是，他到哪里去卖呢？再说，卖肾脏违法，不受保护。如果大嫂真把这两间空房子过户到他名字下面，这两间房子目前的市场价格有几十万。郭爹爹告诉他，这两间空房子，仅仅是借给你住的话，捐一个肾脏就划不来。一定要过户到你名字下面才值得。

现在，老五唯恐自己身体不合格，捐不成肾脏。他从医生嘴里得知，自己是健康的。还要继续抽血，有不少检查要做。这期间，大嫂就让老五安心在家歇着。每天早上，中午，晚上，必须到她那里吃饭，吃她做的营养餐。

吃了两天大嫂做的营养餐，老五开始不习惯。他还是喜欢原来吃惯的猪头肉，花生米，煎饼，下点儿小酒。大嫂禁止他喝酒。菜可以迁就他。红烧排骨，酱牛肉，蒜瓣黄鳝，鸡汤等一系列高蛋白食物。几天下来，老五吃得红光满面。

晚上，他吃了饭也不想走，赖在那里，唯恐大嫂变卦。他和大哥唠嗑，说一些小时候的事情，老家的事情。今年的麦子丰收了，老爹办了低保。每年有三百斤稻子，可以吃饱，不会挨饿。老爹九十岁的年纪，还能种点棉花，蔬菜。大哥只是听，不搭话，这期间，给他递了几支香烟。后来，老五又说到了桃子的事情，桃子怎么给金老头抢走，他打算把桃子抢回来。他想要大哥和他一起去，多个人，壮壮胆子也好。

大哥听着，叹气，抽烟，一根接一根。大嫂家里和医院两边跑。老五还是没有见到大侄子。但是，大侄子的媳妇见过。她来家里拿东西，年纪那么轻，刚见着的时候，还以为是大侄子的闺女。后来，大哥告诉他，是新媳妇，没有生过孩子，去年才结婚。原来的媳妇，年纪大，儿子不喜欢，已经离婚搬走，带着孙女单过。最后，大哥不屑地补充到，这个小媳妇，是孙女的同学，已经退学回家，不上课了。

捐肾脏的那天。医院要老五在一张报告上签字，要他的身份证复印件。老五签了字，把身份证交给了大嫂。去手术室之前，他还是提出来，要看一眼大侄子再进去。老五要去医院门口买个花篮，大嫂已经吩咐护工帮他买好，递到他手上。大嫂真是想得周到，老五有些感激她。

老五的大侄子，在一间专用的 VIP 病房，有一百多个平方米。外面是客厅，里面才是病房。老五在大哥大嫂的陪同下，看到大侄子躺在病床上。大侄子有气无力地对他笑了一下，喊了一声五叔，眼眶有些湿润。这一声五叔，喊得老五心里热乎乎的。老五说："就好了，就要去手术室捐肾给你。等你出院了，五叔请你吃饭。"大侄子说："五叔，你放心，你的事情，我会给你办妥。到时候，我们大家聚一聚。"

大侄子若有所思，忽然想起来什么，说："五叔，你以后就不要骑三轮车送货了，你去考个驾驶执照，开汽车送货，那样省力。"

老五伸手摸了一下头顶，嘿嘿笑了，说："不瞒你说，五叔还买不起汽车。先给俺上个牌照，不要再受那些城管的气。"大侄子听见，笑起来："五叔，等我们出院，我带你去汽车市场，买一辆你喜欢的汽车，送给你。"

老五听到这话，不知道如何是好。忽然，他扑通跪到大侄子床前，说："五叔马上就去手术室捐肾给你，一个不行，俺捐两个。"大侄子说："五叔，你快快起来，恕侄子不恭。"他示意床边的新媳妇，把五叔拉起来。

老五的眼眶有些潮湿。他去了手术室。进门之前，他从口袋里摸出一张皱巴巴的发票，递给大嫂："这是买三轮车的发票，办证用。"大嫂接过发票，说："五弟，你放心，我们会给你办好。"

麻醉师在给老五全麻，他很快就会进入不知觉的状态。

大嫂在儿子病房抱怨，买一个肾脏也要不了这么多钱。房子给他，还要送汽车，你对父母也没有这样孝顺。

儿子说："妈，我累了，你们先回家休息，一会儿，我也要进手术室，不知道能不能再见面。"母亲听到这话，摸了一把儿子的脸，眼泪流下来，她赶紧退出去。

父亲背在一边偷偷抹泪，不敢看儿子的脸。腿不太利索，缓慢地走出病房，像一段木桩，坐在外面的沙发上，手脚不知道放在那里是好。哆嗦着，抖出一支烟，点上，又掐灭了。一会儿，护工出来，蹑手蹑脚去打饭。新媳妇被他叫出病房，嘟着嘴，有些不情愿。里间只剩下兄弟两个。该给二弟交代一下自己无能为力的事情，他有一些伤感，生死由命，富贵在天。做不完的工程项目，再多的钱，再多的房子，不能活着出来，有什么用呢？二弟把录音笔打开。他坐起来，首先交代了自己对父母的安排，然后是媳妇和其他亲人的安排，最后，提到了五叔。

原发 2013 年 2 期《当代》

入场券

　　天空是蓝色的，天上的茶馆，散落着几张老式的大方桌，玻璃质地的桌子，四边各坐了一个人。桌子的周边，生长着枝叶茂密的大树，树叶在风中摆动。那些人，也在桌子边摆动。我心里疑惑，这景象以前没有见过。一些威慑，恍惚间，裹挟了我。小语意识到我的不安，她细察到我内心深处的飓风，轻声说，那些桌子边上的人，是十五年前死去的人，现在，他们在那里喝茶。

　　小语是被一个男人送到这里来的。我问，那个男人是谁？她不搭理，却说，他们是灰色的，像黑白照片，动作像蠕虫一样。是的，我想，他们在天上，所以，他们是灰色的。我们在地上，所以，我们是彩色的。

　　护士长来给小语吃药，她是一个严厉的女人。我有些怕她，轮到我，护士长说，你要配合，吃下去的药，不要再吐出来，要是我一转身，发现你又吐药了，就别想出去。我问，到底什么时候，我能出去？现在，我浑身都是力气，我已经好了，我握紧拳头，原地跳了两下。护士长说，如果病情稳定，下个月，你就可以出院。

中午，吃过饭，我问小语，你是哪里人？她说，杭州人。难怪，初次见到她，就牵动了我的那根神经。我想逗她说话，你是一个多愁的人？还是一个多情的人？多情。她轻声说，舔了一下嘴唇。

多情人，偏生多情地。杭州西湖，我在那里谈过恋爱，是初恋。小语听说初恋，来了劲头，感慨，啊，多好啊，你搞定她了？我双眼像聚光灯一样盯着她，何谓搞定？就是她死心塌地地跟你走。谈了一阵子，是标准的恋人关系，没有跟我结婚，也没有跟我上床，这样算搞定吗？不算。除非她愿意，也算搞定。

那时候纯，以为谈恋爱，就一定是为了结婚，以为保留到新婚之夜才是完美，现在明白，有爱情就可以上床，没有爱情也可以上床。那时候，接个吻，就觉得要负责任了，做了一个春梦，就自责得不行。

以前，我住在筒子楼里，邻居是一个化学系的教师，不断地有女生在他屋里留宿，我惊讶得不得了，无法想象他是怎么"搞定"她们的。小语说，你傻啊，他用化学试剂把她们搞定。

一个教武术的女教师，她和丈夫做爱的叫声，常在楼道里回荡，弄得走廊里的人都不知所措。年轻的教师好奇，在她家门口偷听，结果被人家闯出来，打了一顿。小语大笑起来，是武打吗？用了什么招式？她笑起来浑身颤抖，尤其胸部，我眼神发直。

那个时候，筒子楼里除了烟熏火烤的味道，还掺杂着太多的肉欲气息。但是，即使这样，楼道里，还是有很多如我这般不知所措的人，我们这群不知所措的人，是这个楼道里深感自卑的一群，没有一点道德上的优越感。

小语说，有优越感的人是虚伪的人，他们不会有道德上的优越感，不过是跟着身体行走的远一些。

我又是当中尤其无知的一个，我甚至都不知道，原来，女人会叫床。虽然看过小说，看过小说里的叫床，却不知道，原来叫床，就是楼道里回荡的那个声音。我有个同学，他把一个姑娘的肚子弄大了，怕单位追究，找我，帮他去把姑娘搞定。我当时惊讶得不得了，因为我才二十二岁，我盘算过，至少得二十八岁，我才会结婚，至少得结婚的时候，才会去碰女人。他是我们班上老实巴交的一个人，没有想到他会这么早。我姨妈是妇产科医生，我带那姑娘去做手术，姨妈以为是我，姑娘做完手术出来，她吩咐我：一个月不能同房。我没法解释，也不解释。

小语对我的描述流露出一杯怜悯，她说，有时候，我想，要宽容很多事情，包括对他人身体的宽容。

我想上她，试探一下。如果，他人的身体侵犯了你，你也会宽容吗？她说，你想试试吗？忽然，就跑开了。再出现的时候，她的手里有把小巧的瑞士军刀，她把刀鞘拔开给我看，说，我会用它划开你的身体，她把刀举到我面前，做了一个划开的动作，血涌出来的时候，像桃金娘。

在杭州上学的时候，时光枯淡，也想过外遇，那个时候，要是遇见你，一定设法把你弄上床，你会吗？

她的脸立刻红了，不搭理。

就是说，不可能吗？期待中的我，有些绝望。

她把青桃上的万寿无疆四个字削掉，重新刻过，喃喃自语，谁知道呢？过去，没有发生的事情，现在，谁能明白，那个时候，你很性感。

你怎么知道？

你说过，你的女同学不想和你结婚，只想和你上床。你打过架吗？

经常打架，现在明白，武力是解决不了问题的。

她笑了，说，我喜欢会打架的男人，这样，才性感。

我拉开膀子，展示我的肌肉。她的回答，给了我信心，对于她的来历，我想知道底细。那天，送你来的男人是你男朋友吗？你结婚没有？

不要讨论这些跟你没有关系的事情，我也不会问你家里的情况。

我接受她的观点，讪讪地说，在美国，有一个现象，年轻男人会找一个妈妈级的女人完成他的第一次性交。年轻女孩也会找一个中年男人完成人生的第一次。美国人在性观念中，年龄差异是被淡化的。所以，杨振宁娶个年轻的妻子，在美国没有什么，在中国，人们会认为有违人伦。

一个美国小伙子和我聊过，他二十二岁的时候，已经和十八岁到五十八岁，不同年龄段的女人做过爱。中国人会觉得这是流氓。他很自信，认为自己将来会是个成功的男人，忠诚的丈夫。美国人在成年以后就鼓励性自由，但婚后是要求忠诚的。我们这代中国人婚前被禁欲，所以，婚后找补。

有个电影，叫《亲密》，电影里，女主角在街上偶识一个调酒师，每周一次，去他家里做爱，她不知道他的名字。后来，调酒师决定跟踪她，结果发现，她在家是个贤妻良母。调酒师的跟踪，使她的生活发生了混乱，彼此论争之后，他们又回到了理性的轨道上，每周做爱，除此之外，两人的生活不发生交集。

调酒师为什么要跟踪她？

一次意外的邂逅，突然起了跟踪她的念头。

其实，人与人之间，不论什么关系，都要有分寸。

我怕谈感情，感情太沉重。

我没有谈过，所以，不怕。你可能被伤过，才会这样想。其实，感情，性，男人可以分清楚，女人是拎不清的。单就性的出路，花钱也能解决。

嫖，没意思。我不接受。

都是没有感情的性，只不过一个付钱，一个免费，有差异吗？付钱的就不干净了？

别过度阐释，就我个人而言，我不喜欢那样的性交。我心里想的是，以我的魅力，还没有到需要花钱买性的份上。

我相信爱情。小语固执地保持她的观点。

当一个人终于可以否定爱情的时候，他就成熟了。爱情是一种奇迹。否定爱情不是要否定奇迹，而是要否定那种自以为总能遇上奇迹的人生观。我想，一个人，如果放弃爱情神话，会释然很多，人，学会否定奇迹，就会回到地面，回到日常。找个女人上床，如果必须从爱情开始，那比嫖妓的成本还高。

突然，小语拔出了那把精致的瑞士军刀，在空中比划着，她说，你不相信爱情，结婚的成本比嫖妓的成本更高。说完，低头，用小刀把青桃上的肉剔干净。

你在干吗？我问她。

刻桃金娘。

桃金娘在哪里？

在核子上，刻好，给你看。她笑起来，她的笑容那样细腻，西湖的濡湿的雨水，不知不觉，已经把她浸染得如此多姿，妩媚，这是一个逶迤，婉转南方女人。

我说，奇迹是不能追求的，它是神示，不是仰仗人力可为的。动物只在发情期有性交，且性交只为繁衍。只有人类把性交从繁衍的程序中剥离出来，变成一种娱乐，一种游戏。你喜欢什么样的男人？

她专注于桃子的雕刻，未置可否。我进一步表明，我喜欢纯粹的性交往，性之外没有目的，我不和有性之外意图的女人上床。把性捆绑到其他的意图上，没趣。美好的性，可以保持，但只是为性而保持。

忽然，一阵疼痛攫取了我，低头，膀子上有血渗出。小语的刀，优雅地回到她的桃子上。她附身耳畔，悄悄说，不要动，让血出来，变成桃金娘，等它变好，你就相信爱情了。

过完四九，冻土复苏，天气变得暖和起来。医生说，再过一周，我就可以出院。我想在这最后的几天里，把事情敲定，午后，我约她去医院的草坪上散步。她慵懒地躺在床上，不想去，说，医院里的草坪，没有西湖边长得葱郁，那里的人，不是匆忙而过的白大褂，就是神经兮兮的病人。你那天的问题,我认真地想了一下,需要提出几个疑问,再告诉你答案。

什么疑问,你说。我为就要得到的答案而欣慰。她起身,来了精神,专注地看着我的眼睛说,你抽烟吗?

不抽。从来不抽烟。

加分。她果断地说。

酗酒吗?酒后滋事、胡言?

不喝酒。其实,我是喝酒的,偶尔也会烂醉如泥。她后面的四个字,透露了她否定的答案,我说了谎。

加分。她有些疑惑,不是很肯定地说。

有慢性病、传染病吗?

没有传染病,血脂高,血糖高,血压高,三高,是因为做爱太少,运动不够。

少贫嘴,不加分,不减分。再问你最后一个问题,你能背动我吗?在西湖边走800米。

我想一下,动动脑筋,她需要什么答案,才能给我加分。

背不动吧,她得意起来。

显然,不是奥数,也不是脑筋急转弯,只是想知道我的体能,我果断地说,可以把你举起来。

不要跑题,跑题会扣分,举,抱,背,是有区别的。我不重,只有96斤,而且,活人,比大米好背。

当然可以背。我说。800米,就是一里半。

不准确,一里半,是750米。没有疑问,应该是肯定的答案。加分。她轻轻鼓掌,脸,立刻红了。

回报是什么?

祝你如愿。

就是说,我拿到入场券了,是吗?我站起来,坐到床边,把手揽腰。

她说，拿开，坐回去，还没有拿到入场券呢，800米。

早上，吃药后，我打着响指说，情人节好！她说，你又不是我的情人，少来。我说，你收到鲜花没有？她说，没有，连个问候的短信都没有。你呢？

春宵无限好，我给以前上过床的女人，打了电话，问候过。

很好，有意思。她说。只是，现在是冬天。

我说，冬天也是可以怀春的。只是一个女人，没有给她电话，我正琢磨着，要不要打呢？

什么女人？说来听听。

以前，我们天文系资料室有个女人，她丈夫是我们学校的领导，夏天的晚上，我在校园散步，她正好去看电影，遇上，有两张票，叫我一起去。她说，丈夫出差，一个人去无聊。

看完电影，我们一起在校园里散步，随意聊聊，天很黑，我送她回家，送到楼下，她邀请上楼坐坐，并说丈夫过两天才回来。进门换鞋子的时候，她借着伸手帮我拿鞋，整个乳房都压在我背上了。

她长得不算漂亮，但还清秀，人也丰满。有一个在法国巴黎政治大学留学的女儿。我坐了一会儿，喝了一杯水，就走了。

不久，她就因为贪污和挪用公款被判入狱十四年，她是我们天文系的出纳，贪污了二十多万块钱，账做不平，露馅了。如今，她已出狱，六十多岁的年纪，几乎不出门，跟蹲监狱也差不多。有一年，过中秋节，我在超市碰到过她，点个头，就走开了。十几年的监狱生涯，她的欲望也该磨平了，余下的是灰暗的人生。

这个年龄该是受到家人，社会，亲眷们敬重的。那个夜晚，我可能给过她一些错觉，我们看完电影，去散步时，她挽过我的胳膊，依偎在一起，走过一段小路。

你没有拒绝，就是默认。当时不怕同事看到吗？

那个夜晚,在校园的某个黑暗角落,我为她勃起过。只是,她没有进一步伸过手来。也许,她再勇敢一些,那天,在校园里就发生了。

我们走到操场的一个黑暗角落时,才挽起手臂,那里僻静。聊天的内容很平淡,聊一些人生往事,不涉及情挑。所以,除了挽手,没有更多的动作,黑夜里,看不清她的脸,年龄和岁月被夜色掩去,只有一个温热的肉体,在身边蒸腾。

她比你大几岁?

二十多岁吧。

那时候,你多大?

二十四岁,她真够勇敢。

那时候,你还结婚了?

没有结婚,刚刚留校。我的记忆突然停在了那一夜,回忆是美好的,她悄然挽住我的时候,她头上洗发水的气味,身上沐浴露的香芬,一下子袭来。女人温馨的气息,使我迅速勃起,刹那,停下脚步。她也停了下来。我想,她在等我的下一个动作,但我犹豫了一下,被什么堵住。

人,对那些真心喜欢过自己的人,喜欢过自己身体的人,记忆还是美好和眷顾的。你蛮有自制力。她的赞誉使我进一步陷入回忆。

那个夏天,衣着单薄,如果是白天,她能看到我的勃起,我们停住的那一刹那,彼此在等待对方的一个动作,哪怕是一个很小的动作,都会点燃最初的火焰。奇怪的是,当时两人的身体,都僵在那里。

你们没有良好的前戏,有些突兀。

后来,在她家,灯光下,虽然有她的乳房压迫,但不知何故,心里已经萌生了退意。黑夜中的暧昧气息,在灯光下散尽。

小语说,对于一些既浪漫又不够敏锐的女人来说,即便看到,也不会呼应。女人不会像男人那样直奔主题,女人多少要害羞一些。

有时候,我想,在她家,如果不开灯,在黑暗中安静地站一会儿,也许，我会主动拥抱她。

是审美的缺失，萌生退意。如果是一具年轻美貌的身体，你会更主动，灯光下年轻女人的脸，越发生动。

之后，不到一周，她就失踪了。再不久，知道她被检察院带走。她入狱的消息传来，生出一些悔意，那夜应该让她快乐。案子判得顺利，她很快入狱。

你很浪漫。

我倒是觉得不够浪漫。

想在情人节，给一个老妪电话。这想法浪漫。

这件事，是因为一个小小的心理障碍。因为这之前，我没有想过，会跟一个大我如此年龄的女人上床。你有出轨的计划吗？我一直有出轨计划，只是在等时机。有时候，我也会想，如果真的和她上了床，我后来的生活，会是怎样？

会糟糕，那天，上帝救了你。

现在想起来，至少有那么一刹，我是希望得到她的肉体。如你所说，年龄不重要，重要的是感觉。也就是说，那一刹那，我是有感觉的。一个女人，在那种情况下，能够让你兴奋，就意味着，你是可以接纳她的肉体的。那时，只要她再多一个小动作，我们就会在黑暗中，进入佳境。

忽然，小语的刀，割破了她的左手食指，血，一汩汩，滴在白色的地面上。她目光发直，盯着地面上的血，眼神就不对劲了，仿佛那个站着的女孩不是她，而是她蜕下的外壳，她已经脱离自体，俯视着一个陌生的肌体。那会儿，她似乎在天上，看着地面上的另一个和自己既无关又有关的人。意识到这一点，我牵着她的另一只手，快速去护士值班室。她的身体没有分量，像氢气球一样升腾，我双手去拉她，使劲往我怀里拽。护士见怪不怪，先是消毒，然后不急不慢地给她做了包扎。

回病房的路上，小语接着先前的话说，以后的日子，在阳光下，看到她满脸细碎的皱纹，坍塌的肌肤，你会觉得，老马吃嫩草，自己亏了，会有性以外的其他欲求出现。也许，就是年轻男人的贪欲，导致她贪污公款，只不过，这个男人是谁呢？

这段记忆，在今天的回忆中，突然被打捞起来，值得玩味，性，终究是人类隐秘的难于忘怀的事情。

医院里的生活，单调，压抑。想回家，白天，一个人回到家，家里也无聊，躺在床上，还是禁不住想她的身体。她来医院的这些日子，总是一个人在看书或发呆，如果，有人来探视，也可以从探视者的身份，估摸出她的大概情况。

身体一好，就想女人，什么时候不想女人，就省心了。无奈之下，请小语晚上吃韩国烧烤。她说，护士来查房怎么办。

凉拌。我晃动着手里的3D电影票。她说，不看电影。你不喜欢看电影？不喜欢，去看话剧，她在找眼镜盒。

话剧还没有开演，我看手里的剧情介绍，告诉她，这个剧作家的很多作品，一开始，女人是抵制男人的，一旦被男人进入后，又马上迎合，比男人更主动，女人的灵与肉，通常是分裂的。

小语说，他通过故事的情节，暗示性地强调，女人是一种可以被强暴的动物。

不少人，是在明清小说里获得性启蒙的，明清小说里的性，有些是淫邪的，读小说的人，并不都因此淫邪了。欧洲的一些艺术电影，拍得肉欲，看完后，有升华感。米兰昆德拉的小说，有肉欲的内容，却解放了不少女人的身体。

不要在公共场所谈这个话题。小语害羞的样子越发动人。我不理她，她越是害羞，我越来劲。我说，人，其实很复杂。在外面搞女人，并不意味着对家庭不负责。我们之间说话，可以浊一些。因为，我觉得，我们都是清澈的人。对于清澈之人，可浊。对于狎昵猥琐之人，不可浊。

赞同。但是，男人往往喜欢炫耀战果，一个女人，仿佛是一次出征，是他赢得的一匹马一样，拴在马厩里，排队，炫耀战利品，连一个贪污犯都不放过。她鄙视地乜了我一眼，这一眼像刀。中国传统文化对男人出轨的宽容和对女人出轨的不容，使得更多的女人成为性的牺牲品。

不过我觉得，这个世界上，没有绝对的秘密，遇到合适的人，总会说出来，比如，我跟你说起的那段回忆，就是语境的许可，就说了，这种语境下，说说也无妨，当作个体的自我解剖，反思，不是炫耀，一种探讨，我不知道怎么说，你似乎有了反感。

随便说，生活是自己过的，言论是别人说的，言论自由。

生活也自由，我突然觉得，应该给她打个电话。

回忆里的女人，那个老妪？

是，应该打吗？

不应该。

也许，我不应该去唤醒这段记忆，这段记忆于她无益。

一个人的记忆，是美好的就够了，何必再去打扰她。她不想见人，更不需要你的施舍。

其实，不是施舍。人到中年，对往事的理解，会多一些内容。

不要去打扰她，给她一点空间。她提高了嗓门，有人回头看了她一眼，我有所收敛。

事隔多年，我在重新进入那段回忆时，忽然觉得，应该在一张电影票的掩护下，进入黑暗，大隐隐于市。想给她打个电话的念头，因为对小语的欲望，更加强烈。而小语在我的描述中，似乎出现了不够平静的表现，她对我挂念那个女人的念头产生了嫉妒？这说明，她对我还是有意思的。

讨论性的各种可能性，就是在讨论人类生活与人性的各种可能，性是人类的核心话题，因为它是其他许多话题的起源，恩格斯说过，人类可以像讨论天气一样讨论性的时候，人类文明就进步了。

我只是想表达，她曾经给过我的感动，电话可以让一个远处的女人"在场"。

你打吧。突然，小语站起来，甩手而去。大幕在徐徐拉开，我急了，跟出去，拽住她，道歉，两个人拉扯半天，重新回到位子，坐下。你真让人崩溃，她有些愤怒。看来，她是介意，我和那个女人的关系。而我，正是想通过叙述，引起她的注意。

字幕上，在播放广告。玩飞车的人，在穿越城墙。我说，一个年届五旬的女人，在等待一个年轻男人洞穿她的过程中，要先看着这个男人，不断用利器，先洞穿一道道年龄的围墙，我就是在某个围墙前面停下来，如果时间可以重来，现在的我，会选择进入她，而且，不会只是一夜欢愉。

小语说，法国人似乎不介意年龄。中国男人，来自乡村的男人，更是对女人的年龄穷究。确实，中国女人很难跨越年龄的篱藩，这种"老"是最可怕的，它丧失了女人在不同年龄段的美。特定的社会大环境，导致女人必须像男人一样"成熟"，才能立足社会，这才是任何一个男人要穷究女人年龄的根源。年龄是一个男人判断一个女人的定语，他们只有弄清楚她的年龄，才能找到把握女人的方法，因为，我们这个社会的时代感，超越了任何一个时代的特征。

剧场的灯光，忽然熄灭，话剧里的演员开始陆续出场，五幕话剧。这是一个情何以堪的故事，女人，要是在感情上纠缠起来，真是可怕。

小语反驳，男人也一样。理性、客观的人，再多的戒律，如果他天生是什么性情，最终还是回到原来的道路上。一个永远不会动情的人，再煽情，也不会有真情。敏感多情的人，克制自己，一不小心，又动了真情。

只是人的品质很重要，品质决定事件的发展。你视情感为洪水，无趣。

我辩解，与人论性而不谈情，并不意味着情不存在了。我们去吃晚饭吧，楼上是美食城，去看看，有什么好吃的，先把肚子填饱，再回医院。

不去了，万一病区晚上关大门怎么办？

你以为是女生宿舍，不会的，回不去，正好，我们就住在外面，正中下怀。她急了，窜出大厅。一辆左顾右盼的士发现了她，停在她面前，她钻进去，我紧追过去，拉开后门，钻进去。她说，去医院。我说，去美食街，师傅，你听我的，咱们家，都是男人说了算。司机"嘿嘿"的笑起来，说，大哥，要真是男人说了算，男人的日子就好过了。

下了车，她跟我翻白眼，咕叽，谁跟你一家，真是的。一副不屑的样子。我拉着她，生怕她再跑掉。我们去一家韩国美食烧烤城。年轻的男服务生在前面引导。来这里吃饭的，多是一对一对的情侣，一眼看去，分散在各个角落，环境优雅，适宜小氛围交流。

师傅用大铁钳，送上炭烤箱。她把固体油脂均匀地涂抹在铁板上，羊肉片的色泽很快由红变白，羊肉的味道很纯正，我把烤好的羊肉拣到她的盘子里。她疑惑，你不喜欢？

喜欢，你饿了，先吃。她喜欢七分熟的羊肉片，我喜欢两面金黄的。她说，烤成这个样子，已经没有羊肉的膻味，羊肉与牛肉、猪肉有什么区别？

原来，你这么嗜膻，爱吃羊肉的人，好淫，长安的民风是好淫的，写邪淫小说的高手，多为长安的汉子。

你是长安人吗？她歪头，咬着羊肉问我。

是啊，我是长安人。阿拉伯人是世界上性功能和性生活超强的一个民族，因为他们好吃羊肉。你喜欢羊肉的膻味？热衷性爱。她点头，目光单纯，清澈。

我们有时候，总是埋怨生活太复杂，其实，自己可以让它变得简单一些。生活的减法，只有自己去做，性是一座学校，可以看清更深更多的人性。与一个合适的人相遇，然后一夜情。你接受？

先在感情上接受，才会考虑。

还是要先谈一场恋爱。我站起来，对服务生招手，我说，韩国人不喝酒吗？服务生奇怪地说，怎么不喝，酒多呢，你要什么酒？我说，韩国清酒，拿酒来。

她要了米酒，我讨好她，也换成米酒，两瓶，塑料瓶子装的，像饮料瓶子一样，她不肯倒在酒杯里喝，捧在手里，像街上喝雪碧饮料的孩子，有些萌。这个女人，任性起来，越发迷人。

如你所说，情人间的话语，在情人之间，特定的语境中交流，没有什么突兀。美国人写性交，自然主义，但是，他们谈到性交，是含蓄的。中国男人聚在一起谈论性交，粗俗，付诸文字的时候，却含蓄，所以，汉语是一种书面语优先的语种，在汉语中，口语是低一级的。

不要总是谈论性，这是吃饭的地方。她轻声说。

看来，我不是她喜欢的类型的男人，心里有些沮丧。

你确实不是我喜欢的类型，但是，我会发现你比我喜欢的类型的抑或更好。这个"好"，最终还是回到人的"品质"这个试金石。欲望女比感情纠缠更可怕，她勾引少年，贪污公款，两个欲望都超强。小语说话的语速加快，充满愤恨，她在暗示那个回忆中的女人。

她倚靠在软条椅子上，又要了两瓶米酒，喝水一般，情绪有些失控，开始流泪，她在对自己流泪，眼泪在倾诉她的内心，她的内心有什么隐痛，我不得而知。只是世界与我都不复存在。为什么女人喝多了酒，就要哭呢？我遇见的几个女人，都是这个样子。出门打车的时候，小语身体不做主，摇晃得厉害，昏昏沉沉，但是，头脑还算清醒。

我在想，是回医院还是去酒店开房，突然，就想到了芥川龙之介的《罗生门》。在做不做强盗的犹豫中，他扒掉了老妇人的桧树皮色衣服。我，还是去了酒店。但是，我不会趁人之危。我把她放在靠里的床上，站在床边，怕她醒来，又渴望她醒来。想去浴室泡浴，又怕她醒来哭闹，躺在外边的床上，迷糊打盹，却无法入睡，像一个守门人。

半夜,她醒了。我打开床头灯,看着她,生怕她发飙,毕竟不知道她的底细。我怎么在这里,她起来。我骗她说,住院部的看门人睡着了,怎么敲门都不开,进不去,夜里很冷,怕你冻着,就到了这里,反正溜出医院,已经违规,明天在医生上班前,大早赶回去。

她无奈的样子,低头看看,自己衣服穿得整齐,没有少一件,心里不再忐忑,坐起来,十指交扣,想喝水。我去烧水,泡茶。她起身,反手锁了浴室的门,就听到哗哗的水声流下,不安的心,终于悬挂下来。

她淋浴出来,一股清新的气息。开始喝茶,我借故倒水,低头,去吻她的脸颊,她闪开,去一边,800米。

这倒霉的800米,像柏林墙,矗立在一个人的身体之上,我要拿下它。我说,能否变通一下,我们病房窗外的迎春花枝条繁茂,绿意盎然,已经打苞了,我们在花苞下做爱,时间长度是800米,如何?

呸,休想。你要是个武夫,就让你做篇文章,看你是个书生,才叫你背800米,断定你是背不动,才要变通。窗外的枝条是云南黄馨,它是常绿灌木,花冠裂片的筒部比迎春花长。迎春花是先开花,后长叶子。

心头黯然,原来,她是故意刁难我,这个温柔的杯具,伤了我的自尊。我要征服她,女人总是先抗拒,后迎合,我把她按倒在床上。她挣扎,我就死死压住她,压得她动弹不得,她有些窒息,噗嗤、噗嗤地喘息。这声音发自她娇小柔软的身体,是多么性感,激发了我的征服欲,促使我勃起,更加用力。她双手挥舞,想爬起来,却不是我的对手,挥舞中,急迫之下,突然,指甲就抠进我脖子。一阵生疼袭来,我起身,跳到墙边,防止她的下一个动作。

她起身,退到门边,看我没有造次,低头看自己的指甲缝,缝里,似乎有些皮肉。她像猫一样,窜过来,看看我的脖子,血在渗出,又看看自己的指甲缝,几乎要哭了,连声说,对不起,我不是故意的,我不想伤害你,我给总台电话,要龙胆紫。

不要，我说，搽了紫色，怎么出门，难看死了。我靠在墙上，她双手放在我的肩膀上，仰脸，小声，悲戚地说，真的，对不起，我不是故意的。她说一遍，疼痛就开始减轻一些。我看着她的眼睛，她的带着哭腔的道歉，使我有些冲动，兴奋，疼痛，交织。

合适的人，太难于遇到，我在美国生活多年的遭遇，没有遇上合适的人。现在，我们在彼此勾引。我说，想再次把她扑倒在床上。

沟通和勾引，一个"通"字和一个"引"字，在这里，有质的区别。她反驳。

因为，我可以把性和欲望剥离。在婚姻之外找个异性，但是，一定会把她当隐私来对待，只是为性。作为性伴侣的般配度，你是我目前的最佳人选。

可以阐释为性的合适度吗？

可以，说得好。我突然蹲下，把她抱起来，放到沙发里。她先是紧张，坐下来，看我转身离开，坐到她对面，就释然起来。

但是，人，更多的时候，不如动物，人的欲望比动物大得多。

我赞成，灵魂比肉体丑恶。动物多本能，单纯。而有"灵魂"的人类，却是这个世界最复杂，贪婪的一类。这个合适度，其实包含了很多内容，比如修养，气质，魅力。

男人认为最美好的性爱是什么？

物我两忘的性爱。说完这句话，我有些亢奋，伸手去拉她的手。

她动作敏捷，甩开我，说，800米。

这倒霉的800米。我说，我知道800米对你的诱惑，对我来说，也是的，没有比这更好的门票，但是，我们把时间往后推延一些，就像民国时候的人，先结婚，后恋爱。

小语说，不做民国人。800米，于我是一场仪式，仪式高于性的本身，如果，你认为性是剥离生殖的游戏。物我两忘的境界，需要前提吗？

我有些沮丧。她却继续追问。这个问题没法穷究，因为个体差异很大。其实，臀部的曲线，乳房的体积，肢体的语言，只是符合观赏度。真的上了床，男人还是喜欢那种让自己发狂的气息。

这是美国式的？

这是没有国籍的，也许，你会说，这和动物有什么区别？就像你去饭店吃饭，目的很简单，如果目的复杂，饭就不好吃了。男人在世，为两件事，一是立业，二是填饱肚子，身体的饥饿比肠胃的饥饿更加难耐。橘黄色的落地台灯，照着她的脸，灯光下的西湖女子如此精致，性感。我的身体悄悄勃起，顾及不了了，靠近她，说，求你了，让我抱一下。她没有来得及反应，我的双臂已经箍紧了她，很用力。她挣扎。我说求你了，别动，就一会儿。我的手不安分地在她身上摩挲，来自她体内的细密的电流炙烤得我热血沸腾。不要挣扎，就一会儿，血液奔流，我哀求她。她忽然停止了挣扎，就像一汪水洒到土里一样，洒到我的身体里。她在呢喃，溃不成军的样子，再也不想见到你了。我忽然就松开了她，多么不想失去她。

这两天，我专心于返校的工作，开始备课，在笔记本电脑上做课件，上网，与教研室联系新学期开设的几门功课，在校网上看学生选修的人数够不够开课的标准。忙碌起来，就忽略了她的存在。已经有几天没有看见她了，她也似乎不常在病房。

夜里，躺在床上，辗转难眠。大病房的门，推开一道缝，一个娇小的身影侧身进来，是她，无法回避。我起来，把暖水瓶送去给她，帮她把床头上的热水袋灌满热水，递到她冰凉的手里，就势捉住她的小手。

她抽出手，800米。没有疑虑。

我说，为什么一定要800米，为什么一定要在西湖边。我在病房绕床跑到你喊停？到院子里背你走800米？变通一下。

不能变通，告诉你理由。她的脸色，俨然是个训话的教官，开始叙述之后，进入遐想之态。夏天中午的北京后海，室外43度的高温，所有的游客都被太阳撵走了，烈日下，一个穿着唐装，留着山羊胡子的男人，我们坐在人力三轮车上，绕着后海游荡，空气的温度大于我们身体的温度，那一刻，后海是属于我们两个人的。

古代的女人小脚，坐轿子。在巴黎的中国舞会上，我冒充别人的新娘，坐过轿子，内心的感受，仿佛回到远古时代，现代，穿越其间，怦然心动。

坐越野车，绕着西湖转圈。这些，也许，都没有趴在一个性感男人的背上更富有想象的空间。一个坚硬的男人，肩背一个柔软的女人，那个时候还没有汽车，没有飞机，只有骆驼，老北京胡同里，林海音家门口的骆驼走在你的前面，走在西湖边上，骆驼是第一次来这里，看到这样大的水面，有些惊讶。第一次看到大骆驼，身边的小妹妹，她走不动了，趴在你背上，你一路追赶着骆驼，攥紧了手心里母亲吩咐的买盐的八分钱，去湖边那家宁波汤团店，买了两碗酒酿。

你可以想象，背上的女人是邻居家的小姐姐，她带着你，去柳浪闻莺的树林偷桃，看门老头追出来，脚崴了，你背着她逃跑，水边的柳枝从耳畔飞过，风，吹过来，柳浪一波一波推出去，天色已近黄昏，夜莺在亭子里歌唱，你背着姐姐，去亭子里歇脚，偷听夜莺的鸣叫。

难怪到了柳浪闻莺，我会怦然心动，原来小时候，你带我去过，去看独怜幽草涧边生，够色情，你的前世，是水边的那位骚客？

人在那种情境下的感动，多半是因为某段记忆被唤起，唤起的记忆与欲望无关，一个在欲海中游历太久的人，这样的人会被无欲的美打动。

我点头，知道。

你怎么什么都知道？她笑起来。一声沉闷的响声，忽然传来，我们同时竖起了耳朵，是从空中坠落到地面的声音。走廊里，传来护士长尖利的叫声，那些失眠的人，纷纷起床，脚步声密集起来，我跑出去，小语也跟着我出去，窗口围拢了一些人，还有一些人，冲到楼下，我们跟着人流，盲目地冲到楼下，在云南黄馨的枝条上，覆盖了一个男人的身体。

小语"啊"的一声，尖叫起来，凄厉，瘫软，滑到我的脚边。我蹲下，抱住她，往医院急诊室跑。急诊室的陆医生已经跟我混熟了，他过来，摸她的鼻息，听心跳，检查有没有外伤。面朝下，趴在云南黄馨上的男人被担架抬进来，医生围过去抢救，可是，他已经没有了呼吸。

小语一天没有吃饭，睁着眼睛，躺在床上。她在惩罚自己，绝食。却对我说，辟谷。我学她的神情，呸，少来，为了那个男人，你和他什么关系？

她说，我看到了他。我说，他在哪里？在天上，玻璃桌子边上，那个不停晃动的模糊人影，他去了那里，在找座位，要喝茶，你过来，到我这里看。

我过去，并排躺下，像她一样睁大眼睛，可是，什么也看不见。他是你什么人？

一个陌生的男人。

具体说，不要一句话打发我。

你走吧。她推我起来。我什么也不想说，等我想说的时候，我会告诉你。

可是，如果你不说，我会持续性失眠，失眠，让我崩溃，下一个躺在云南黄馨上的男人就会是我，求你，告诉我。

真是折磨人。她懒洋洋地说，他是我们隔壁病房的一个病人，医院给他开了出院证明，他已经收拾好行李，准备出院，可是，家里人却迟迟不来，他没有钱结账，不知道下一站要去哪里，郁闷。我昨晚回来迟了，就是在楼道的椅子上劝说他想开一些，也许，他的家人，一时间凑不了结账的那么多钱，抑或路上耽误了，生活，有时候会超出我们的想象。

但是，我没有说服他，我是笨瓜，是大笨瓜。如果，我们和他一起聊天，也许，他就不会跳下去了，夜晚的天空，是那么迷人，他经不住诱惑，要去那里喝茶。如果挨到天亮，他就躲开了诱惑。

这是你的美好想象，也许，永远都不会等到家人。人生，淡漠，残缺，满是缺陷，需要弥补，趁我们在地面的时光，彼此欣赏，彼此认可就好。至于"珍惜"，要看情况，别让"珍惜"成为负担。

"珍惜"更多的在人的内心，为他人不察。小语说。

中午，去陆医生那里大聊，他是我的老乡，从西安带了正宗的羊肉泡馍给我，我打了开水，拿去给小语，逗她吃泡馍。她躺在床上，没有力气起来，我抱她，她说，走开，800米。

晕。只好一小勺，一小勺喂她。像一对情人。不是，她说，不是你的情人。说说那些追求过你的男人，你爱慕过的男人。没有，你说。她要我说，我不知道说什么，我开始结巴，我觉得，你是一个不简单的女人。

相反，简单。女人的简单这样解释，她能把握住对方不会伤害她，不会疯狂，不会无事生非，把事情弄大。我喜欢那些和戴安娜上过床，到她死，都没有出卖过她的男人一样的男人。出卖她可以写书，发财，满足虚荣心。相反的人，是有尊严，有人格的人。

赞同，我点头。心里却想，如果我真的和戴安娜上过床，闹不准，也许我的书，会是发行量最大的一本畅销书，这样的诱惑，可能摆脱不了。有的女人不像小语，事先申明观点，就失去上床的乐趣了，很多女人，喜欢那点虚情假意。

小语反驳，有一点真情也不妨，法国人嫖娼还送一束玫瑰。真的，不会说，说的，多做戏。在中国，正常生活中的一对男女，如果要上床，还是有很多心理障碍要克服的。男人不喜欢床上的女人有太高智商，所以，女人一定要傻头傻脑，才可爱。

那也不一定，对于男人来说，女人有两种，一种是心智上的吸引，一种是肉体上的吸引，关键是，傻女人没有味道。

昨晚想了一个特别有趣的问题，这个问题困扰了我很久，现在，终于找到答案了。

愿闻其详。关键是，有了答案，对你的生活有意义吗？

没有意义，打发无聊人生，找寻物理上的支持。

你的方向可能有误，这样的问题，应该远离"科学"的解释。

你说的是精神上的，现在的科学试验不能验证，并不代表不存在，爱因斯坦已经做了四维的阐述，他先知先觉于人类。

最近，科学家发现了比光速更快的微中子，这一发现，会推翻爱因斯坦的相对论，假若人类能以接近光速的速度移动，就有可能打破时间限制，通往未来，或许，可以利用微中子传送"比光速更快"的讯息给"过去的自己"，藉此，与过去沟通，那样，我就和那个比我大二十多岁的女人上床，绝不错过。

小语不屑，她说，历史上看似推翻相对论的实验结果，最后，却总是被相对论证明，彼此吻合一致，跟爱因斯坦作对，从来就没有正确过。微中子几乎没有质量，如何让二十四岁的你发现这个讯息？

OPERA实验，目前只能说是"挑战"，还不能说是推翻。回到主题，告诉你答案。

答案是什么？我想知道。明天，我就要出院了，不想再到这里。床上的书籍，电源线已经装箱。打算要她的手机号码，电子邮箱，还要和她联系，去西湖，完成那场仪式。

她说，上床好吗？我以为耳朵出现幻觉。这是她说的话吗？有些发晕，遵旨。上床躺下。听到女人说上床，我立刻兴奋。要脱衣服吗？不用，只把裤子脱了。她俯身在我耳边，悄声说，一点，性虐待。

我懂。回应她。

你怎么什么都懂啊？她笑起来。

我是博学之士。

她的手，伸进被子，像入殓师那样，退我的短裤。身体，反应很快，在她的手伸进来的瞬间，膨胀鼓翘起来，内裤的松紧带被挡住，她轻柔地把它按下，拿开。一个想象力丰富的女人的性游戏开始了，热血往头上奔涌。

她笑,迷人的笑,我是笨瓜,大笨瓜,我喜欢在性上,能引领我的男人。说完,四根绳子轻柔地把我固定在床上。男人高潮的时候也会叫,张开嘴巴,一只青桃,轻柔地被塞进去。她转身去钱包里,取出那把熟悉的瑞士军刀,她的手和刀子再次伸进被子,像入殓师一样。

闭上眼睛,你被光线蒙蔽的第六感官会出现,一会儿,你会看见玻璃桌子边上喝茶的父亲。

突然,一阵尖利的刺痛袭来,天哪!我大叫,却发不出声,她用围巾蒙住了我的眼睛,围巾上的香水味儿,是那么熟悉,那个夏天,那个晚上,扑面而来,什么也看不见,我挣扎。床被振动,病房里,那些昏昏欲睡的神经病,他们根本就不会注意到我的挣扎,护士长呢,她怎么不来查房,她去了哪个男人的床上鬼混。

告诉你答案。我听到她说,那个贪污犯贪污的公款,是为了给了一个二十四岁的男人挥霍,他是父亲的关门弟子。那时,我在巴黎政治大学读书。

床上一片潮湿,不是尿,是血。潮湿,使我想到死亡,恐惧袭来,我想拼命挣开捆绑,那些麻布绳子,此刻,是如此牢固。床,再次撼动起来。

血涌出来的时候,像桃金娘。忍一会儿,等它变成的时候,你就相信爱情了。精神的牢笼比身体的牢笼更折磨人。那个二十四岁的男人,把她的人生搞得一团糟,也搞得我……

有些迷糊,玻璃茶馆,父亲灰色的影子,在凳子上移动。他旁边的那个男人,穿了我的3号球衣,看不清楚相貌。闭着眼睛,那些透过围巾和眼皮的灯光,在视网膜上残留下模糊的光点和闪烁的黑斑,迷糊不安的喘息中,一种异样的感觉浮现出来。它与记忆、梦境或是夜游有关,它引领自己回到那个特定的场景中。被捆绑在床上的这一天不是他早晨醒来看到的这一天。他躺在另一个时间中,在那个时间里,他入眠在祖母的雕花绣床上。一些个混沌的夜晚，记忆的碎片纷至沓来，将他遗忘掉的感受不加润色地重新浮现。意识到这一点的瞬间，他被挤成碎片的怀念和兴奋裹挟。那个时候的他安然地接受它的到来，不曾意识到一切都会离开。它却按照自己的时序离开了，在他已经遗忘自己曾有过这种感受的时候又毫无征兆地复现，没有演变也没有消失，像在等待着他的放逐一般。意识到它的神奇，他一动也不敢动，伴随着失而复得的记忆，他想抓住它，不知道它后面潜藏着什么。他笨拙地尝试着曾经熟悉的动作，牵引着这种感觉覆盖向自己。眼前什么也看不见，却感受到黑暗越来越强大的压力。他感到自己在身体里面慢慢缩小，周围的一切，此时显得巨大而奇特，甚至包括自己的身体。

　　他的手臂在被子上的温暖触感变得缓慢而迟钝。思维那么清晰，身体的感受却那么遥远。这不是睡眠，这是什么？他感觉到它的后面是比死亡还要美妙的世界，那是脱离了物质的世界，那才是真正的世界。

原发 2013 年 11 期《西部》

似有若无的墙

男女生洗手间的隔墙,因为靠窗而没有封死。这堵墙便成了皇帝的新装,你想它有就有,想它没有就没有。

女生艾丽在洗手间用牙刷,对着水龙头的流水,刷皮鞋上的泥巴,唰、唰、唰,忽轻忽重,忽急忽慢,一声接一声。

男生贾可听来就像听一首音乐,好听极了。贾可常站在自己的墙边,听着隔壁传来的种种声音,想象艾丽在洗手间的样子,她在做什么,下面她又要做什么。

有时贾可听见艾丽冲淋时,头上的泡沫流淌并跌宕的声音,泡沫五彩的,一朵一朵的,在浴室的地面上生成,破灭。它们舞蹈,跳跃,一点一点地挣扎,最后淌进地漏,及不情愿地滚走。有时,他甚至看到她弧形的腰际上,抖动的一缕缕湿发,于是,每当他用毛笔沾满墨汁书写时,宣纸上全是艾丽跳动的湿发。

贾可对艾丽这边传来的各种声音的想象,就像夜空中的礼花,不断地期待着下一朵的灿烂。这种无尽猜想,使贾可独居一室的日子,充满了新鲜的期待。

现在艾丽这边传来的清脆声音,贾可听了一会儿,耳朵享受着,就知道这丫头在削苹果,便故意逗她,艾丽,你在做什么?

声音如此轻近,好像就站在她面前。艾丽不禁好笑,你猜呢?

贾可说,削苹果。

你想吃吗?

想。

等我削好了你再过来吃。

削得蛮快的,用刨子刨啊?

当然。

我闻到清香味了,好像是只黄色的苹果……

艾丽感到贾可很虔诚地站在她的面前,等她手中削的"苹果"。艾丽开心极了,她看着手中的鞋子,怎么也想象不出它是苹果,真想把这只鞋子切一小块下来,叫贾可吃掉,可是如果贾可知道此刻她手中不是苹果,而是只沾满了泥巴的鞋子,贾可的想象就荡然无存,贾可的想象叫艾丽的心中充满了快感。艾丽的苹果就一直削不好。

你要削几只苹果才让我过来吃?贾可等不及了。

艾丽跑到卧室,拿一块巧克力,从洗手间的墙缝中,小心地塞过去,她感到贾可的手触到了它,隔着男女生的这堵墙,忽然间就有了两个不同的极点,闪烁的电流从一个指头传到了另一个指头,贾可完全接住了巧克力,贾可还没有剥开糖纸,舌尖就尝到了巧克力的浓香。

贾可的门和艾丽的门只几步之遥,艾丽不过去,贾可就不好来,于是,谁也不曾从这扇门跨进那扇门。

有时贾可躺在床上看书,艾丽听对面没有动静,感到冷清,就到洗手间喊:"贾可"。一声轻唤,贾可触电般从床上弹起来,他们各自站在镜子前梳头,讲话,镜子与镜子之间隔了一层砖,有时砖在,有时砖不在。谈兴正浓时,贾可说,昨天,你不在,隔壁一点声音都没有,我怪不习惯的,其实,我们是住在一套房子里,你做什么我都知道,你晚上几点出去吃饭?

艾丽听了说,你竖起耳朵听,不行再拿一面镜子,对着这道缝折射,不仅能听见还能看见。

他们住在植物园里,园子的隔壁是动物园,夜晚的动物园,偶尔会传来狼的吼叫。艾丽听了,就不敢一人在园子里转,但是她又对夜晚的园子充满了好奇,便约了贾可一起去。

天渐渐黑下来。

黑,拉起一个没有边际的幕布,艾丽在前面走,贾可看着她娇小的背影在幕上动。

动,成了墙角的二月兰,在风中摇曳。贾可便说艾丽,你是一只依人的小鸟。

艾丽左顾右盼,耸耸肩说,我是秃尾巴的老凤凰,无依无靠。

贾可就追上前,拍拍自己的肩说,靠吧,这就是你的依靠。

园子里越来越黑,没有任何参照物对比,哪儿是路,哪儿是树。走了一阵子,艾丽说,看见这些肥嘟嘟的嫩草,就想把它们一口口全吃掉。贾可说,你是羊的肚子,猫的眼睛,你有几年没吃草,我怎么看不见这些草?艾丽说白天看见的呀,你不会听声音吗,你听见有几朵二月兰在窃窃私语?艾丽弯腰摘了一朵,放在贾可的手心,你猜什么颜色?贾可闻了闻说,是紫色的。

走完这段小径,艾丽问贾可,你在你们老家哪个单位?做什么工作?贾可说,我在车辆管理所,专门给汽车发放牌照,用电脑选号,每天都有选号的人,握紧鼠标,看中了屏幕上的号,猛然抓起鼠标,惯下去,不知惯坏了多少鼠标,现在,我只好自己握紧鼠标,让选号的人点击一下,他们看好了号,就猛然抓紧我的手,一天不知要洗多少次手。

艾丽听了哈哈大笑起来,还有这种事呢,要不是你干这一行说的,我怎么也想象不出来呀。

这时,一只大鸟"噗"地从地面飞过,停在小径边的大树上,黑暗像打碎的墨缸,铺洒了一夜的神秘,神秘模糊了艾丽的视线,却叫她的心生出了无尽的念头。艾丽动情地说,每次看见这棵树,我的心里充满了一种强烈的欲望。

什么欲望？贾可迫不及待地问。贾可什么也看不见，神秘像鼓点敲打着艾丽的欲望，他太想知道这个女孩心底的东西了。

你猜猜看。

贾可心想是接吻，在大树下，在鸟的俯视下，在天籁之际和心爱的人接吻多好，嘴里却小心地说：唱歌？

不对。再猜。

摘一片叶子当书签。

不对。让你猜四遍。

等待大鸟在树上啁啾。

不对。提醒你，不要太诗意。

谈恋爱。贾可实在想不出什么好理由，就直截了当地说，说完，紧张地等她讲。

不对，告诉你吧，我想爬树，我怀恋小时候爬树翻墙头的日子。他们走在一堵古旧的砖墙下，黑暗中，女孩一扭脖子，贾可闻到一缕缕忽隐忽现的草香，不禁问道，你为什么要翻墙头呢？

艾丽说，墙里面有花呀，想摘花。

这面墙里也有花呢，贾可说，我已经闻到了花香，我们翻过去偷花好吗？

好！我喜欢！艾丽跳起来。

贾可牵起女孩的手，没等女孩反应过来，贾可就翻了过去，贾可落在地上的时候，一股腥臊味压过来，借着面前矮房子里幽暗的灯光，贾可看见一只猴子站在自己面前，四目相对，和自己一样不知所措，贾可愣了一下，转身就翻了出去。

墙内传来了一阵紧似一阵的狗叫。黑暗像破碎的墨缸，把它最后的墨汁全洒进了夜空。

2002年10期原发《青春》

2003年1期《文学选刊》转载

手艺人

秋天，白果树上挂满了金黄色的小扇子，微风吹来，左右晃动，摇摆。小木匠精神抖擞地走在小区里面，他的心情真是好啊，就像树上的果实，颗粒饱满，这些金色的小扇子，摇摆到地面的时候，白果基本上也成熟了。小木匠在心里算计着，白果树小区这户人家装修的木材，还有十五张七厘板要搬到新结识的老乡那里，老乡正在对面那栋房子的一楼搞装修，E0级的木工板已经运过去二十张，老乡帮他卖了四千多块钱，手下的几个木匠分得小头，自己留下大头，神不知，鬼不觉，轻易就赚到三千多块钱。

小木匠装修的这户人家是包清工，包清工的意思，就是所有的材料，全由主人家自己买，装修工人进场后，只负责干活，不论工时长短，工钱不变。木匠们喜欢同时接好几家的活，这样的话，他们就可以趁机捞上一把，他们趁包清工的这家人不在场的时候，把准备好的各种木材、五金、胶水带出去，带到半包的人家卖掉。

如果没有半包的人家，或是半包的人家用不了这么多料子，他们就会低价卖给附近的建材店，市场上的小老板们和这些长年在外做木匠的手艺人，眼神一对，心领神会。这已经成了业内心照不宣的"行规"，木匠们怎么会看上那几个小小的工钱呢，他们买材料拿的回扣，倒卖主人家的材料收入，才是真正的工钱呢。这年头，哪个木匠不会赚这种外快钱，哪个木匠就去喝西北风吧。

一次，小木匠听到女房主接手机的时候讲英语，声音嗲兮兮的，肯定是哪个男的相好的打来的，故意叫他听不懂，才讲两句就躲到门外的露台上。小木匠停下手中的活汁，躲在天井的窗口偷看她，她讲话时大腿夹着屁股，扭来扭去的样子真骚。小木匠就想，她在床上一定会很有意思，小木匠喜欢有意思的女人。

小木匠一直在等机会，女房主却总是在天黑前就走，哪怕他想方设法，找各种借口，拖延她的后腿，她都不会等到天黑。而黑夜就是一块幕布，能遮住人的眼睛。要是人在黑夜里也能像白天一样看清楚，这个世界上就会有好多事情不会发生。小木匠热衷于夜里发生的事情，夜里的事情刺激，不可预知，想到哪里就能做到哪里，只要躲过别人的眼睛，有什么不可以做的呢。夜里，霓虹灯闪烁，像女人鬼魅的眼，勾魂一样。你想到的事情和想不到的事情，都装在魔鬼的盒子里，充满了期待，夜色成就了小木匠的不少好事。

小木匠听到一楼的大门"砰"地一声关上了，就表示女房主又给他支走了。他丢下手中的活计，走下楼梯，楼板是新打的，光洁的版面上有木纹自然卷曲的图案，他对准那朵图案，嘴一歪，"呸"的一口脓痰就飞了出去，他随即伸出右腿，脚对准痰迹，踩开，光洁的木楼梯踏步上，便留下一团污迹。然后，他动作潇洒，从西裤口袋里，掏出男主人早上给他的一包黄南京香烟，这包烟要二十块钱，这个价格已经卖了好多年，这个城市里的抽烟男人，比较认可的一种香烟牌子，除了厅局级干部不抽这种烟，一般机关的处级干部，混得好的商人，都是抽这种烟，有时，看一个男人从口袋里面掏出来的香烟牌子，就可以大概判断出他的身份和经济条件，是什么级别的款儿。

小木匠在这里，把这种牌子的香烟甩给其他的几个木匠，进一步确立了他的地位，说得夸张点，是他在这个城市的地位，差不多一个处级干部，这是小木匠给自己的定位。木匠们一人一根地接住他抛来的香烟，相互间点燃了烟火，各自停下手中的活计，拍拍身上的木屑子，找块板子，把屁股撑上去，围个圈子，歇下来，这一歇就要歇几个钟头，这几个钟头的时间里，他们谈论女人，乡下的女人，城里的女人，女人，只要有钱，花个一二百元的，就能搞到手，而且，漂亮。

现在装修的这套房子，主人家希望早点装修好，这样，他们就可以早点搬家。旧的房子卖了，新主人等着他们搬家，彼此约好了三个月的时间，有合同制约，到时候如果装修不好，还要再找地方过渡。

这对夫妻付了新房子的首付款，再加上两个人的公积金贷款，商业贷款，一套房子花掉了一个家庭所有的积蓄，还搭上父母养老的钱，负债累累，这一点，乡下来的小木匠看不到，小木匠只看到城里人光鲜的一面，城里人花这么多钱买房子，凭什么城里人这么有钱，乡下人就要穷呢，城里人住大房子，乡下人给他们装修，为什么不能倒过来，把城里人的钱都吸走，到乡下去过好日子。

女房主买了胶水和五金回来，他们听到她开门的声音，懒散地拿起工具，各自干活。小木匠一早喊她去买材料，她按照他写的订单买材料，这些上等的材料，只有小部分用在他们家，多数材料在晚上，天黑以后，小木匠就会带领众木匠，把它们分门别类地装在蛇皮口袋里，乘保安不在意，混出小区，第二天拿到大市场，换成三等四等甚至更差的来用，赚个差价，有些要拿到半包的人家用。小木匠盘点这批材料，看看又能赚多少钱，钱意外地生出来，他的心里很快活，抬眼看到女房主的杏仁眼儿，很是喜欢，停下手里的活计，讨好地告诉她，对门家也在装修呢，昨天装潢公司送来的几十张 EO 级木工板，刚才全都搬走了。

女房主仰着脸盘儿，不解地问他，为什么花钱请人，扛上楼的板子又扛下楼？用多少板子，难道装潢公司没有数吗？小木匠笑而不答，女房主也没有多想。对门家那个在现场施工的包工头，亲自往楼下扛木工板，当时，女房主心中还想，这个包工头不错，和装修工人一起干活，也不嫌累，真是难得。

可是，过了两天，女房主在看电视的时候，才知道事情的原委。一档新闻节目中，业内人士揭露，搞家装的工人，把主人家订购的二百多元一张的EO级木工板，签收过后，换成了四五十元一张的低档板，差价不言而喻地进了调包人的口袋。

按理说，小区的各个交通要道口都装了监视探头，大门口有站岗的门卫，搬东西进进出出都要检查，可是，这些装修的材料，每天进出那么多，谁搞清楚哪家对哪家呢。再说，小木匠用电锯下好的料子混在刨花垃圾里，乘天黑送到垃圾堆，再从垃圾堆的围墙丢出去，外面的同伙等着接应，再多的东西也翻墙走了。

巧的是，对面一幢楼的一楼也在装修，那天晚上他们在垃圾场相遇，小木匠正往围墙外面丢三合板，一楼人家的木匠看见了，听口音竟然是老乡，老乡对老乡，什么话不好说，从此，对面半包的人家，需要什么材料，晚上，女房主一走，他们就过来拿，当场付钱，小木匠又意外地赚了一笔。小木匠庆幸自己是聪明人，聪明人脑子一转，钞票就来。但是，聪明人也有被人耍的时候，那个看似柔弱的女房主，耍过他，还把他耍得团团转，有苦说不出，这个仇，小木匠是要伺机报复的。

所以，小木匠在她家露台上看她摘菜的样子，十指修长白皙，弯腰低头时，胸口的沟壑那么深，操她的心有过。小木匠想，操过她以后，她就不会那么神气了。在我们农村，女人不就是给男人操的吗，那些眼睛翘上天的女娃子，爷们只要一操，眼皮就耷拉下来了。而这家房子里的女人，骑到男人头上去了，整天指挥爷们，安排自己干活，她家里的男人听她的使唤，小木匠就是不听她的使唤，小木匠不信自己斗不过她，哪有男人斗不过女人的呢。

一段时间相处过去，小木匠感到这个女人软中有硬，硬中有软，不好缠,越是不好缠的女人,小木匠就越想缠一缠。小木匠对自己潇洒的外表,聪明的心智,向来很是自信,他从来都是女人的赢家,这个女人,小木匠打定注意,迟早要把她拿下,拿下她,一切问题都不是问题了。

小木匠是手艺人,手艺人到哪里干活,是受人尊敬的,为此,小木匠很自负。他自从承包了这户人家的木工活以后,又接二连三地承接了另外几户人家的活计,他只好东家一锤子,西家一榔头,调剂着干活。最近天气好,秋高气爽,正是装修的好季节,小木匠接的活儿较多,多的都有点忙不过来了。

小木匠托人给老木匠带口信,老木匠就在这当口过来了。据说,老木匠是小木匠的姨夫,虽然不是一个姓,却住在一个村子上,多少也算是亲戚,所以,老木匠跟在他后面干活,不拿工钱的,算帮忙。

老木匠其实并不老,也就四十岁的光景,因为黑发中夹杂了不少白发,皮肤黝黑,脸上的沟壑像东西向的河流,很少说话,加上他做活时动作迟缓,总是弓腰驼背地在原地打转,给人的感觉就是年纪不小了。

跟老木匠比起来,小木匠就是另外一番景象了。小木匠高鼻梁,大眼睛,朝气勃发,光滑的皮肤渗出火龙果肉质的颜色,上嘴唇留了一圈小胡子,小格子衬衫束在宽松的休闲裤内,两手抄在裤袋里,中午洗过澡以后,一边刷的西装头,抹了发胶,站在人家的楼梯上,挑着下巴,俯视一楼的女房主,感觉像是银幕上的奥利弗走下来。他勾着眼睛,站在楼梯一侧,故意乜视女房主,那神情明摆着,挑衅的意思了。

不过,女房主不理他这一套,女房主该干什么就干什么,女房主拎了一包钉子上楼,板着脸,对于他的挑衅,神情硬得像手上的钉子。小木匠不得不闪身让开,女房主放下钉子,站在比他更高的地方观察,这边摸摸,那边看看,好像他根本就不存在,女房主自在的表情,像一盆冰水,倒在他嚣张的火焰上。需要跟他说话的时候,照旧给他发话,她发话时,语调轻柔,字句果断干净,不容置疑。女房主的这份神情,小木匠没有见过,却激发了征服她的欲望,迟早要把这个骚货扳倒。

小木匠不仅是木工的包工头，还指挥了四五个木匠干活。晚上女房主一走，他就早早地收工，吃过晚饭，带着他手下的一帮木匠去附近的网吧上网，打桌球。网吧里会有在附近上学的女大学生，小木匠成熟自负样子，跟女生要QQ号，过几天加她们，和她们聊天，熟了，便在附近的路边摊点请吃夜宵，女学生下了晚自习，三五成群地来校外街边，小木匠以老乡的身份，潇洒地招待她们。

小木匠想，对钱要像对待女人一样，对待女人，要像对待钱一样。小木匠的脸上有一丝好看的笑容，他干活，大刀阔斧，拉回来的满卡车木料，要不了两天的功夫，他就在电锯上下光，堆的房子里到处都是下好的料子，却不见他打过一件像样的家具，小木匠总是嚷着要买新木料，他喊什么，房主就要把什么送到他面前，稍有怠慢，他的脸就拉下来了，还带拐弯，弯的都能挂钩子了。

小木匠下的料子实在是太多太乱了，楼上下每个房间都是。有时，他自己都搞不清楚，哪些料子是下重复了。直到小木匠走后，女房主还在家里找到好多整齐的方木板，可是，家里从来就没有这样尺寸的用料？他下那么多料子干什么呢？

小木匠头天来干活的时候，就把主人家有几口人，多大岁数，在哪里上班，拿多少工资，买这套房子花多少钱，装修好后几个人住，一一打听清楚。女房主本来不想说的，禁不住他嬉皮笑脸地反复追问，还指望他好好干活，不讲吧，就得罪了他，讲吧，又不情愿，小木匠问多了，她就真真假假地编了一套，说给他听。小木匠也是见过世面的人，他才不相信她的鬼话呢，他心中自有自己的算盘，不管怎么说，城里人要比乡下人有钱，现在，房价疯涨，能买得起大房子的人就更有钱了。

有天中午，吃过中饭休息时，老木匠利用地上的碎料子，给主人家打了一张精致的小八仙桌。小木匠看了就不高兴了，他挖苦女房主说：这些下脚料，我们农村人都不用，你们城里人拿那么多钱，真是的。话里的意思明摆着了。挖苦人的话说多了，女房主就会生气，也不是找不到回他的话，回他的话找是找到了，又怕他在家里哪个旮旯使阴暗坏，好几次想回他两句，从长计议，都忍住了。

小木匠之所以能做包工头，就是因为他能干，善于统筹，圈子里的行话叫：包清工"走"料，半包"省"料。这套房子的主人家两口子好说话，很合小木匠的胃口。小木匠有三分之一的时间在这里，其他时间在外面跑外交，统筹管理材料和其他各家的装修进度，这套房子是适合他们长期住下去的，空间足够，洗浴齐全，最好住一辈子不走。所以，他们能磨则磨，能拖则拖，一会儿是清明了，要回家上坟了，一会儿是秋收了，回家割稻子了，其实，他们哪里也没去，到别的人家干活去了，干完活，晚上回到这家来洗澡睡觉，喝茶嗑瓜子，外带嚼蚕豆米。

女房主是个爱干净的女人，她总是在他们睡觉的榻榻米上、客厅里、露台上、橱柜中清扫到他们的烟头果核鱼刺花生皮，怎么这么馋？抽烟的男人，大多数是不吃零食的，这些木匠却吃那么多，女房主想不通，内心里，越发看不起小木匠，觉得他徒有其表，不像个男人。

既然手上有这么多人家的活要做，为了便于统筹，集中管理，小木匠几乎隔三差五地，找各种借口叫主人家去买材料。这户人家是好支派的，小木匠自然要叫他们多买些料子。遇到难缠的人家，就从好说话的人家把料子"统筹"过去，昨天才买的料子，明天就不翼而飞，小木匠"走"的料，到后来，连外行的女房主都看出来，再装修一套房子都够了。说他吗？不敢。翻了脸，更难办。

小木匠在这户人家"走料"很爽，心情却开始有点郁闷。她男人是个老板，进出开个车子就算了，她也开汽车，小木匠就不服气了。凭什么？他心想，难道就因为她生在城里，接手机会讲外国话？小木匠喜欢她的杏仁眼，终究，她是一个女人，这个女人没有一点乡下女人的样子，这个女人身上的味道，像刨花一样新鲜，吸引着小木匠，既有些恼她，又格外地想征服她，只是有些拿捏不住。

小木匠心里愤懑的时候，就把女房主的要求放一边去了，权当她放屁。他总是找各种借口把她支走，他对她说："你赶快去买一点五的纹钉，马上吊顶要用。"女房主就会屁股冒烟地走了。小木匠发现，只要随便找个借口，就不是女房主安排他，而是他安排女房主了。小木匠是习惯安排人的，那天，他刚把女房主打发走，对面一楼装修的木匠就来搬防潮板了，防潮板搬得差不多了，又搬十二厘板，这两种材料基本搬够了，小木匠就和他们中的包工头结算，分钱，这一回，小木匠净赚了两千多。他轻快地吹着口哨，把钞票装进随身携带的挎包，他想着，晚上去网吧，约女生菲菲出来吃火锅，然后，去开房间，把她做了，潇洒一下，自己有的是钱。

　　他篡改了图纸上书桌腿的试样，图纸上笔直的四条腿，给他削成了外八字形的尖腿，就像尖头插在地上的小脚粽子，忸怩作态的样子。

　　女房主回来发现不对，叫他改。他不理睬，照样打他的桌子。他要创造一次，改变一次，不能总被女人摆布，他要她听他的，这一次，一定是他说了算，他反复对她说："不要急，打好了就会好看了。"

　　小木匠的这个创意，严重违背了女人的审美，她天天在现场监督，就是要他们按照她的图纸行事，她是一个追求线条完美的人，她对他说：拆。他嬉皮笑脸地说：好。尾音拖长了，装腔作势的样子，学她说话的口气呢，暧昧的意思就有了，手上却始终不拆，继续打。女人就生气，小木匠看出来了，她一生气，他的气就顺了。

　　几天过去后，她男人到现场来的时候，看到小木匠打的书桌，眼神就不对了，男人说：这哪里是书桌，简直就像食堂揉面用的案板，哪个打的？给我拆了重打。小木匠对男人的话多少是有点胆怯的，毕竟他是老板，比自己有本事，不过他要在众木匠的面前维护自己的面子，这时候他在男人面前的怯，就给他巧妙地转化成了俏皮，他挤弄着眼睛说：我们农村老家都是这么打的。男人说：这里是城里，按城里的样子打。小木匠强调说：你家老板娘要放两台电脑，外八字形的腿，站着有力，放两个人都压不趴。

放两个人都压不趴这句话，小木匠对女人讲过，挑衅的意思搁里头了，当时女人装着听不见的样子，她男人就没有那么好惹了，男人说：你跟我讲力学还嫩了点，拆！

小木匠低头不吱声了，活还在手上干，心里已经打定主意，坚决不拆，不仅不拆，还要找机会报复她，谁让她告状，害她男人训他。

他要把她的汽车用锤子砸个洞，轮胎前面放个小木头，木头上钉有三寸长的钉子，叫她开车的时候，一启动，汽车轮胎就跑气，气死她，她一生气，样子就会变得好玩，女人好玩起来，男人就开心了。

有一点，唯物主义的小木匠是不明白的：女人的直觉一直是存在的。何况一个搞室内设计的女人，多么敏感。小木匠的心事，女房主也渐渐感觉到了，她一肚子数，就是不说，却转弯抹角地假装善意：你们不要乱倒垃圾，小区里面到处是监视探头，监控室坐的警察比保安还多，你们要小心，不要给他们抓住，探头是全方位的，比起人的眼睛要厉害多了。

女房主的这番话，对小木匠多少有点威慑，但是，他转念想，天黑了探头就成了瞎子的眼睛，到时，我砸你车子，戳你的轮胎，看你找哪个？女房主好像知道他的心思，女房主说：这个小区的探头，都是带远红外线的，夜里一样能拍清楚，要不然，小偷都夜里来好了。这番话，小木匠半信半疑，他想，哼，唬我，还嫩了点，晚上去网吧的时候查一查就知道了。

小木匠干活之余，会考虑两个问题：一是怎样在白天，把她的汽车轮胎戳坏，不被发现？二是用什么招数把她扳倒？看得出来，她是一块好吃的肉，一块有味道的从来没有吃过的肉，嗨嗨，想到女人身上的肉，小木匠心里融化了。

有一次，一个警察朋友来女人家里看装修的那天，小木匠正往楼下搬木板，警察脸一挂，开口训小木匠：你当老子面偷人家东西啊，老子把你抓起来……小木匠老实了好几天。她发现，小木匠天不怕，地不怕，就怕穿制服的警察。可是，家里没有人当警察，靠什么镇住小木匠呢？小木匠闹腾得凶的时候，她就喊人来看装修，然后告诉小木匠，这人是在哪里当警察，真警察和假警察多少是有区别的，警察当久了，自然而然地会流露出警察的真相，这一招使长了，就不灵了。

家装已经接近尾声，细数家里像样的木工活，都是老木匠做的：榫头做的洗手架，黄金分割尺寸的大书桌，一件件，亭亭玉立地搁在空屋子的地面上，像大姑娘滑嫩饱满的小腿，看得人眼热。

没几天，女房主就发现这些打好的家具上有人为破坏的伤痕，书桌的边上凹进去一个寸把深的豁口，平整的原木地板凿了好几个洞……看了就心疼，坏了又不能复原，说了还得罪人，面子上都跟你过不去，里子上再使阴，损失就更大了。可是，这样损人不利己的事到底是谁干的呢？以女房主的直觉：肯定不是做它的老木匠干的。

那天，老木匠一边敲楼梯的榫头一边自语：我叫你的缝连灰都掉不下去。楼梯还没有做完，老木匠就接到小木匠的指派，要到另一个工地做模子去了。

中午吃饭的时候，女房主看过楼梯，蛮精致的，已经做了大半，快完工了，她忍不住对老木匠说：老师傅，我舍不得你走，等楼梯做完再走吧。

小木匠听到这话，脸就搁不住了。你只能夸小木匠好，怎么能夸老木匠好呢，尽管这老木匠是他找来的，就是他手下的人，他还是不能容忍，女房主这样对老木匠说话，简直是不把他放在眼里。

女房主几乎是哀求的口气，和老木匠说这样话，有些肉麻，伤他自尊。一个女人不对他说软话，却对一个比他丑得多的老黑头说，是根本就不把他放在眼里，是故意气他。

这里，所有的人都必须听他的调遣，没有他的命令，怎么行？他的鼻子里捏了一股腔调，哼哼叽叽地对女人说：这个样子怎么行呢？他还要回老家拿被子和生活用品呢。

女人不理他，继续对老木匠说：楼上你们睡的铺盖都是我的，你走的时候随便拿，不要回老家了。女房主的这后半段子话，小木匠听了就更生气了，随便拿？哼！随便拿的事还轮不到别人呢，看看到底是哪个能随便拿？

最气人的一次是，她竟然在窗户边上，把老木匠的手捧在手心，葱白样的指尖，在他的拇指上挑刺。老木匠做戏了，当了一辈子木匠，怎么会把木头上的刺戳在手指头上？还要女人来挑，老木匠的手有什么好的，这个不要脸的女人，骚货。小木匠横了心，执意要把老木匠赶走，不把老木匠赶走，迟早老木匠会爬到女人的床上。

现在，女人竭力挽留，老木匠怎么好意思走呢，他心里一直在重复"我舍不得你走"这句话，多暖心的话，暖的人心都要化了，那个电视上的娘子，对许仙就是这么说的，城里的女人说话，都像电视上一样呢。

可是小木匠勒令他说：最迟的话，明天一早必须走人，否则以后别想跟我混。老木匠在女人面前，碍着小木匠，嘴上没说什么，心里是答应了她的，那么软绵绵的女人，那样对他说话，就是铁木疙瘩，听了她的吴侬软语，也会化开了，何况他一个大男人，做人怎么能失信呢？但是，眼前的这个侄子也是不好得罪的。得罪了他，就是得罪了婆娘家的亲戚，自己是倒插门的女婿，婆娘家的侄子是不好得罪的。

老木匠在小木匠们去网吧上网的时候，又开始悄悄干活了。他要信守诺言，答应人家做好楼梯，就一定要做好，小木匠玩到夜里回来的时候，看见他还在干活，就喊他睡觉，他答应了，却一直没有睡，他干了一个通宵，连夜把楼梯做好了。这时，天已经亮了好久了，小木匠们陆续起来，吃过早饭，在忙着扫地。老木匠没有和他们一起吃早饭，他洗了个脸，就爬上阁楼，找了主人家的一床旧褥子，扛在肩上，和小木匠打个招呼，下楼走了。

晨曦的小区里，看不见小鸟，却听见它们在鸣唱，红杜鹃开得遍地都是，热情似火，露珠还泫在叶子上呢，手艺人的天空真是早呀，老木匠走出院子，看见男房主的轿车缓缓地开过来，就赶紧弯腰闪开。男房主看到了他，减速，摁下车窗玻璃，笑着和他打招呼，只听见他喉咙里咕隆了一句：老板，我走了。腰就几乎弯到腿裆里去了。

下午，女房主赶到工地时，发现她给老木匠准备的生活用品和车票钱，他一样都没拿走。没有饭盒，到了新工地他怎么吃饭？没有毛巾，他怎么洗脸？给他的新茶杯，他也没有带走。女房主想象他在新工地的生活，一团糟，心中不免内疚，为什么一大早，没有过来送送他，她心里总惦记着，要把这些东西给老木匠送去。

这天晚上，女人把这些东西放进汽车后备箱的时候，其他的木匠正在屋里吃饭，女人带来的红烧扣肉和一箱啤酒。小木匠已经吃完了，他站在阳台上点了只烟，悠哉地抽着，香烟的火苗在黑暗中，像红色的萤火虫，这只虫子现在被小木匠控制着，想要它飞到哪里，它就飞到哪里。女人红颜色的汽车停在林荫道上，从上面看下去，汽车的一边倒伏在地面，显然，两个轮胎已经没有气了。女人不知道，她打开驾驶室的车门，坐了进去。

奇怪的是女人出来了，难道她发现了什么？他瞪大眼睛，看到她把一床毯子也放进了后备箱，重新坐到驾驶室里。小木匠终于听到了汽车发动的声音，他把红颜色的萤火虫放飞下去，俊俏的脸，现出一个得意的笑容。

原发 2012 年 2 期《北京文学》

证人

一

碧葭回头看了一眼大门，对陈桂芝吩咐：你在一楼盯住小徐，他什么都会偷，盯紧了。说完这些，看了一眼陈桂芝的反应，像是听明白了的样子，转身上楼去了。

陈桂芝在碧葭上楼的时候，打开她的衣橱，看到一款款时尚新衣，密密实实的各类物品，尚未拆封的包装盒，脱口说道，搞得不得了，东西比我还多。她在心里对比一下，她现在不如她。她的心里说不出的嫉妒。

陈桂芝人前人后的讲碧葭，榆木疙瘩一段，遗传她老子，没得心机，不像是在社会上混的人。碧葭懒得跟她理论，也不屑跟她理论。她在一所重点中学教语文，教了十多年，从教研组长，教务处长，慢慢升到校长秘书，一路过来，风生水起。她在省城进修，过不了几个月，老校长一退休，新校长非碧葭莫属。可见碧葭在外面混得不错。陈桂芝对此心里很不服气。

换季。碧葭回家拿一些秋装，过中秋节。顺便找油漆工小徐把家里墙体有裂缝的地方修补一下。修墙是借口，重要的是找他打听和陈桂芝有关的一件事情。碧葭想知道事情的真相。

其实，碧葭心里想什么，打算干什么，陈桂芝眈一眼，全部了然。陈桂芝不过是装迟钝，应付她一下子。陈桂芝压根就不把她的话当回事情，她在她心里不过是个任她摆布的丫头片子。

时过境迁，陈桂芝像屋檐下那些陈旧的瓦砾一样，布满了时间的灰尘。惯性促使她顽固地拽着过去的车辙不放。以前，碧葭考大学的时候想学医，她竭力阻止，逼她上定向分配的师范。嘴上说女孩当老师好，心里是为了省两个学费，怕她远走高飞。碧苇上高中的时候是快班的尖子生，她硬是不让她参加高考，逼她上技工学校，分配在家附近的一家工厂做车工。心里盘算的是大学毕业分配到外地，这么多年的饭白养了她们。后来，碧葭工作两年后，准备考研，也被她阻止。她怕他们翅膀硬了，难于操控。以为自己养的是几只羊羔，羊羔养大是为了在羊羔身上谋取利益。

大宝结婚的时候，单位可以要到房子，她不同意他搬到外面去住，一定要大宝小两口住在他们夫妻两室一厅的小套房子里。大宝媳妇压根就不搭理她这一套，她在单位要了三室一厅的大套房。双手叉腰，站在新房的客厅指挥工人搬家具，嘴里不说话，眼睛里是笤帚，急于把陈桂芝扫出门外。眼看局势失利，陈桂芝鼻涕一把，眼泪一把，哭诉自己当年怎么心疼大宝，不能娶了媳妇忘了娘。算是妥协，硬是在大宝的新房子里放了一张大床，要大宝给她留一个房间。休想，她刚出门，大宝媳妇说。把她买来的新床，放置了一天就弄到地下室。

南阳台墙面渗水的地方补好后，小徐趸了一下脚后跟，端着腻子上二楼。小徐并不是真正的小偷，他在干活的时候顺带偷主人家的一点东西，他觉得顺带不为偷，人家又没有看见，没有看见我拿东西，就等于没有拿。

在乡下，女人很少指挥男人干活。小徐以前来这里干活的时候，碧葭指着墙上的裂缝，要他逐一修补。碧葭指一条，他修一条，被动的样子。时不时地挖苦碧葭几句，碧老师眼神不错，这么小的裂缝都能看出来，到底是当老师的人细心。离异的小徐单身，一边干活，一边韶韶叨叨地说一些和女人过往的事情，在没有裂缝的地方，反倒使劲抹，像是对着女人的身体，下了狠劲。地上掉了一地的材料，踩在脚下，粘得到处都是。他讨厌女人对他吆三喝四，城里的女人搞得不得了，说一不二，心里有些赌气。现在情况有所改变，小徐像是换了一个人。

小徐的孩子在乡下上小学，成绩不错。他指望孩子将来能上大学，脱离农村。他从陈桂芝口中知道碧葭是重点中学的校长，动了心思，想依靠碧葭的关系，把孩子送到城里来上学。他试探过碧葭，碧葭未置可否，说要看孩子的学习成绩。进城上学家长成本大，学习好才值得。这话留了活口，他现在来干活，基本上像是换了一个人，对碧葭一副俯首帖耳的样子。

小徐在往墙上刮腻子粉，一铲子上墙，反复推刮九十八下，再铲一铲子腻子，粘在墙上，又是九十八下，像电脑统计的数字一样准确。他一秒钟都不会闲着，像是上足了劲的马达。碧葭在暗中观察，他跟铲子、腻子摽上了劲，一坨坨的腻子粉被他揉来刮去，仿佛是被他踩躏的女人一般。碧葭喜欢他身上的这股干劲，或者说是羡慕。男人强健，拥有使不完的力气也是令女人羡慕的，她想知道他干活不惜力气是装的还是本能，她躲在他看不见她的地方偷偷观察，发现他依然如故。小徐做的墙面，无与伦比的平滑。碧葭一面面墙看过来，满意地叫他徐劳模。小徐就说，你看这墙面，白净的跟女人的皮肤一样。碧葭听到这话，眼睛里生出刨子，狠狠刨他脸皮一层，掉头走开。

估计陈桂芝在楼下，闹不好就在翻箱倒柜找东西。碧葭低声问小徐，上次喊你带给我妈的茶叶，你打开过没有？小徐说，没有，怎么了？碧葭说，你要说真话，有人举报我，说我收受贿赂，钱是装在那个茶叶里面的，你到底看到没有？

楼梯有脚步声。碧葭听见，对小徐使眼色，大声说，你把窗户下面的墙体补一下。果然，陈桂芝上楼。她刚才听到他们悄声说话，不知道他们在说什么，鬼鬼祟祟的，心里犯疑惑。现在这个话，显然，是故意说给她听的。两个女人对峙在那里，彼此盯着对方的脸。毕竟是在碧葭的家里，她正年轻，有些气盛。僵持了一会，陈桂芝低下了头，自言自语地说，我看看小徐还在干活，没得事。

人嘴两块皮，翻过来倒过去都是它。这句话是陈桂芝串门子的时候喜欢说的开场白。她深谙一个道理，世界上的事情不是人做出来的样子，而是人说出来的样子。一个人能说会道，才能在社会站稳脚跟，说得好比做得好更重要。只有碧葭姊妹这样的傻子才会想着怎么把事情做好，辛亏大宝没有那么傻。

街坊问陈桂芝借钱，她很爽气，好的，没有问题，下午来拿。街坊下午来了。陈桂芝说，钱放在信封里装好了，我拿给你。很讲义气的样子，装模作样翻下抽屉，咦，钱呢？钱怎么不见了，我装在信封里的，连信封都不见了。突然就叫起来，钱呢？老头子，你还看到我的钱了。一定是碧苇这个死丫头拿走了。她说过，借钱容易，还钱难，十有九个都不还。一定是碧苇偷偷拿走了。回头，我去找她算账。街坊没有借到钱，悻悻地走了。心里记恨碧苇，在路上见着，装着没有看见她。

碧葭的爸爸变成榆木疙瘩跟陈桂芝有关，她有语言暴力，她把一家人每天要说的话都抢走一个人说光了。不然，老头不会变成会说话的哑巴。陈桂芝在家只有一个哑巴听众，找不到对话的目标，有些无趣。

当校长的事情，碧葭想瞒着陈桂芝，怕她知道后给她惹是非。陈桂芝嘴皮子长，还是拐弯抹角地知道了。陈桂芝四处炫耀，说碧葭是校长，吹嘘的时候，好像她是校长一样。她埋怨说，碧葭摊到了好时光，自己生不逢时，要是碧葭和自己换个个儿，兴许，自己早就当教育局长了。就凭碧葭那几斤几两，也不是她的对手。

后面这句话，陈桂芝不对一般人说，她只对家里人说，比如碧葭的爸爸，弟弟，妹妹，亲戚和街坊玩得好的老姐妹。早年，她也对碧霞说过，碧霞听了就生气，碧霞嘀咕她，你连初中都读不下去，跟我比什么，我好歹是师范大学毕业的，就你那点水平，两行字都读不过来，还当教育局长。现在，不是草包挂帅的年代，贫嘴耍舌，肚子里没有学问的时代早就结束了。你的那一套少来。

哈哈，陈桂芝狡黠地大笑，唾沫星溅到碧霞脸上。这样的话，毛毛雨，淋不着她。她脑子转得快，一副得意的样子，心里早就有现成的话堵人：你大学毕业又怎么样，你不是我身上掉下来的肉，不要说你当校长，你就是当了局长，市长，不过是我手心里的一只蚂蚱，我想怎么摆佈你就怎么摆佈你。后面这句话，陈桂芝以前经常说，自从碧霞要当校长之后，当着她的面，她不大敢说了，不敢说的原因是怕她真的跟她翻脸，以后就不好找她择校沾她的光。

张大妈家的孙子今年中考，想进重点中学；李二嫂家的大媳妇的侄子小升初，快要抽签，如果抽不到，我已经答应过人家，要帮忙。只要是能攀上陈桂芝的街坊邻居，同事的七大姑八大姨，家里有上中学的小孩，陈桂芝都满口承诺，她靠这些关系，建立自己的裙带帝国。

这个时候，人家就开始给她送礼。也不是什么大礼，都是一些小恩小惠，两斤草鸡蛋，两条活鲫鱼，一包栗子粉糖之类。陈桂芝客气一下，把人家送上门的东西推开，你看你，那么客气干什么，找我家碧霞的事情，还不是我说了算。这些东西拿回家给孙子吃，我们家多着呢。昨天，我儿子才送的一包罗汉果还没有拆开。你看，这是碧霞拿回来孝敬她爸爸的香烟，我不给老头抽，他控制不住自己，会抽上瘾。

陈桂芝把孩子们送给她的东西一件件抖露出来，在邻居们面前炫耀一通，她的儿女有出息，混得好。她满足于这样的炫耀。虽然自己老了，退休了，依然是有权势的。暗示邻居们，不要小看她，往后是要巴结她的。

最后，收了人家的东西，再还两个罗汉果之类，算是扯平。让老街坊觉得她不是个贪小便宜的人。这就是做人的学问，碧葭她们懂个屁。

此刻，陈桂芝躲在一楼，不服气，又有点心虚。她压根就不把碧葭盼咐她的话当回事情。小徐上二楼的时候，她没有跟上去。而是暗自庆幸有了机会。她手脚麻利，飞快地把楼下厨房里的一个抽屉打开，抽屉里面乱七八糟，什么东西都有，都是些不值钱的小东西。陈桂芝翻来翻去，几个新的耳刷子、镊猪毛的镊子、还有刨子、窄条的小铲子、尖嘴钳子、陶瓷菜刀等等，都没有拆封。碧葭去日本的时候买的，精巧实用，给过她，她不屑一顾。

当着父亲的面，陈桂芝说，你拿走吧，我要这些东西干什么，我在农贸市场买的刨子，铜的，才五毛钱一个，比你这个好用多了。陈桂芝耷拉着脸，把东西推还到碧葭手上，意思摆在那儿：我们这么大年纪的人，养你一场，出国一趟，不带点儿值钱的东西给我们撑脸面。你爸爸好哄，这些破玩意儿糊弄我，我可不是吃素的。

东京是世界上物价最贵的地方，就这一个看似普通的刨子，顶多刨个苹果皮、萝卜皮什么，折算到人民币，也要一百多块钱。陶瓷的纳米菜刀要一千多块钱。电饭锅也是。碧葭给陈桂芝带的东西实用而不光鲜，这些看起来不值钱的东西，换算成人民币，差不多有大几千块钱。碧葭就是这种内心实在的人，一个人要是太实在了，那些不实在的人就会嘲笑他，看不起他，要是他们还有一点什么亲密关系，后者就要教训前者不会做人。碧葭就是陈桂芝眼里不会做人的人，陈桂芝要给她点脸色看看。

现在，趁小徐在楼上干活的机会，陈桂芝把搜索到的小工具，镊子一个，钳子两个等等，悄悄拿到自己随身背的挎包里，包的上面放层过期的报纸，塑料袋什么的障眼。

估计碧葭一时半会儿不会下楼。陈桂芝装着帮碧葭烧饭的样子，打开了冰箱的门。她把冰箱里面的东西，冻过以后，看不太清楚的拿出来，码在锅台上，一件件仔细鉴别，想要的就拿一半出来，藏到自己包里。然后再翻冰箱深处的东西，冰箱最下层的塑料盒子里面有一包人参，拇指般粗大，数不清多少根，一看就是人家送的。陈桂芝眼睛发亮，她不露声色地掀开自己挎包上面的报纸，打开包装袋朝里面倒了一半。不能倒光，倒光碧葭会发现，她自言自语。把人参包好，放回原处。又接着翻，看看还有什么值钱的东西。忽然，她眼睛一亮，看到一个黄灿灿的小东西，摸出来，竟然是一只金戒指。她立刻藏到口袋里。

陈桂芝这样拿东西，已经不止一次了，没有一次被发现过。碧葭眼神不好，和她爸爸一样，架个近视眼镜。也许，碧葭发现过，只是懒得和她计较，她说不过她，她说的话大多是生活的真相。陈桂芝说的话基本是惯长的诡辩。这两种语言是无法对接的。输家肯定是碧葭。比如，碧葭看到陈桂芝往外套的口袋里倒海参，几千块一盒的高档海参，陈桂芝倒了大半盒，还剩几只，又放回冰箱。碧葭说，放在口袋腥气，连盒子拿走吧。陈桂芝说，我才不要盒子，盒子占地方，我挎包那么小，什么都装不下。碧葭说，柜子里手提袋多呢，你装在手提袋里拿走。陈桂芝说，我嫌重，不要袋子，我也不吃你的东西。其实，陈桂芝是不想让碧葭看出来，她从她这里大包小包的拿了东西。

女儿是别人家的人。要设法在没有出嫁的时候，把她们这么多年吃过的饭钱变相赎回来。平时，她们在家只能吃最差的，好的都是留给大宝和老头子。有一次，碧葭那会儿上大学，放假回家，看到别人送来的奶油蛋糕，她第一次见到这样奢华的点心。上面的奶油舔了一点，很好吃。忍不住，又舔一点，舌尖就刹不住了。她成了奶油的俘虏，不知不觉中偷偷舔了一层，还是忍不住，又舔了一层。终于被陈桂芝发现。知道会挨骂，就是控制不了自己。陈桂芝为了处罚她，给她吃的菜里放泻物，为的是让她少吃饭。碧葭持续性腹泻了半年多，什么菜都不能吃，只能吃一点白稀饭，人瘦得皮包骨，干巴巴的两只大眼睛深陷在乌黑的青眼眶里，像晚期吸毒病人一样憔悴。经常脱水，三天两头去医院挂水。邻居奇怪，好端端的姑娘，瘦得像个鬼一样，问陈桂芝，碧葭得了什么病？三根筋挑一个头。陈桂芝朝碧葭乜眼，翘着兰花指说，问她自己，这么大的姑娘，也不晓得丑，偷吃奶油，她不拉肚子，哪个拉肚子。

陈桂芝每次偷拿碧葭东西的时候，心里就琢磨，小时候，你吃了我多少饭？为了你少吃菜，我就放很多辣椒炒。她在她碗里放了什么，已经不记得了。过去，她在农村当赤脚医生，去村里给人接生，生了女婴丢进马桶就了结。她没有把这两个丫头弄死，带大到今天，全是她的恩德。现在，我要把你吃过的饭钱赚回来，不然，我是吃亏。尽管，三个孩子都是陈桂芝亲生的，但是，她固执地认为，女儿是替别人家养的，是外人，不能让她们沾了自己家的光。

陈桂芝拿女儿的东西，回家并不自己用，自己用的话，她们回家会看见。碧葭是个马大哈，她心里面怎么想，嘴里面就会怎么问，她会让陈桂芝当着老头子的面出丑，陈桂芝领教过她的直肠子。

陈桂芝悄悄溜到楼梯口，看到楼上的两个人，一个不出声在干活，一个在书房收拾课本。没有什么好搅合的，她悻悻地下楼。心想，这回，可以好好翻翻她的储藏室。

楼上只有小徐一个人的时候，碧葭悄悄过去问，我让你给我妈送去的茶叶，你当时就去了，还是过了几天才去？小徐没有停下手里的活计，他往墙上剐腻子，微微侧过脸对碧葭说，当时就去了，没有拆开看，直接交给阿姨的。碧葭说，你不要骗我，骗我，你家小孩上学的事情就不要找我。小徐大声发誓，哪个骗你是龟孙子。哪个龟孙子举报你，你告诉我，我去找他算账，老子正愁没得地方打架。小徐丢下手里的铲刀，跳起来，比试一下膀子上的肌肉。碧葭说，好了，不要嚷嚷，不要跟我妈韶叨这件事。记住我的话，不要到处韶，就你话多。小徐连连点头，知道，碧校长，龟孙子韶出去。

听到楼上的动静。陈桂芝估计碧葭在问这个事情。她竖起耳朵偷听。两万块钱藏在茶叶的下面，她收起来，没有告诉任何人，楼下的焦奶奶除外。

碧葭在省城进修期间，遇到了一个男人。男人从讲台上走下来的时候，看她的目光，倏然间像一道闪电，直刺她的心房，心脏骤然间颤动了一下。

这就叫一见钟情，抑或是一见如故。他们更趋于前者。后来的日子，他们互通电话，彼此探明虚实，说好了，待他出差回来再见，他请她吃饭。这个约定，令她期待。

碧葭把衣橱里好看的，平时不敢在小城穿戴的性感的衣服一一挑出来，带到省城去穿。女人不再是少女的时候和男人约会，更需要气质和体面的衣服。

二

碧葭的父亲是个好好先生，他看报纸的间隙，听到母女对话：超市到处都是探头，这样搞，迟早会被盯上的。碧葭的父亲问，你妈在超市干什么？陈桂芝回道，我买绞肉给你炖肉圆子吃，多管闲事。碧葭说，她和楼下的老太学，把打过价码的两根大葱再塞一根进去。生姜卖到十元一斤，她们嫌贵，就买两份，把价格便宜的条码撕下来，贴到贵的那份上面结账。碧葭的爸爸就不乐意了，他的老花眼镜架在鼻梁上，报纸还在看着：你不要跟她们学，物价再涨，这点大葱生姜我们还是能买得起的，你这样做，干什么。

碧苇家的东西，陈桂芝偷偷拿走送到大宝家。有时，大宝发现会放在客厅门口，叫碧苇过来拿走。大宝看不上碧苇家的那些东西，都是母亲自说自话，拿过去讨好他的媳妇。碧苇下岗了，在别人家做钟点工。碧葭觉得妹妹在别人家做钟点工，面子上过不去。况且，妹妹写一手好文章，脑瓜子清爽。她找学生的家长，在一家民营的工厂找了个发货的差事，这个差事只做大半天。碧苇下班后，回娘家搞搞卫生，接弟弟大宝家小孩放学。她把原来的家，当成自己现在的家一样。

老头子是北方人，年轻的时候不做饭，年纪大了就更不用说了。陈桂芝年纪大了，还像年轻时候一样贪玩，经常不回家做饭。她给老头子做了一辈子饭，现在要革老头的命。她跳着脚，气势汹汹跟碧苇说，人家家老头都会做饭，我们家老头不会做饭，我给他烧了一辈子，总不能烧到死。我跟张大妈去卡拉OK唱唱歌，一个下午才十几块钱，又不贵，有什么关系。

父亲在家没有饭吃。碧苇知道后有些心疼。碧苇买了超市活动价格的杂粮馒头送来，给父亲炒个小菜，烧西红柿鸡蛋汤。父亲留她一起吃饭，要她吃了再走。有时候，陈桂芝回来，撞见她在家吃饭会不高兴。陈桂芝说，吃，吃，就晓得吃，大米多少钱一斤还知道啊？吃不穷，穿不穷，算计不到一世穷。碧苇听了心里难过，慌忙收拾好碗筷走路。以后，就自己带了饭菜过来。

陈桂芝看碧苇跟老头关系走近了一些，开始嚼舌头。她跟老头分析说，碧苇那么小气，自己从来舍不得买好菜吃，总是买下市的倒萝菜。衣服也是捡大宝媳妇不穿的破烂。经常把别人家吃剩的饭菜拿来给你吃，还把做钟点工那家父亲死前穿过的衣服拣来叫你穿。老头慌了手脚，忙问是哪一件？陈桂芝说，还没有送来，她骗我说在商场换季促销的时候给你买的新衣服，商标是后来缝上去的，假装是新的。老头说，我坚决不要，我不穿死人穿过的旧衣服。

送给陈桂芝的茶叶，没有问出什么名堂。就算茶叶盒子里面有钱，估计小徐也想不起来拿。是哪个小人诬陷她？她常常为此失眠。眼看就要当校长了，在这个节骨眼上弄出这样的事情，很是焦虑。她找老校长打听，又间接找到一些相关人员，总算知道告她状的那个人，竟然不认识。又设法找到这个人的社会关系，终于找到一条线索，此人有一个老婆婆，姓焦，难道是陈桂芝常常挂在嘴边的焦奶奶？

碧葭想起来，焦奶奶住在陈桂芝家楼下，她的孩子上中学，她确实帮了忙，拿过她的两斤草鸡蛋。当时，是陈桂芝转送的，陈桂芝给她鸡蛋的时候说，焦奶奶媳妇讲的，她们找了教育局的人，是教育局的人帮了他们的忙。一个月后，高中分班，陈桂芝又来找碧苇，要求分到快班。碧苇桙她，她上次不是找教育局的人吗？你让她们去找教育局的人，分班凭成绩，我没得办法。

是不是分班的事情，她们还在记恨她？可是，她们凭什么说别人送她茶叶，钱塞在茶叶下面，茶叶的品种还说得有鼻子有眼。当时，她并没有翻动茶叶，直接把那盒茶叶交给小徐，叫他帮忙送回娘家。难道茶叶下面真的有钱？她问过陈桂芝，陈桂芝说没有钱。那个送她茶叶的人，是以前教过的一个毕业生，他出差，路过母校，来看看昔日的班主任。

老人的日子是减法。父亲的身体一天不如一天，碧苇要在父亲活着的时候，多照顾他一点，等到哪一天，父亲不在了，想孝敬他都没得地方去，那个时候，后悔都来不及。

这个朴素的想法，支撑着碧苇每天回家给父亲做晚饭，顺带洗洗父亲的衣服。父亲的衣服一股子熏人的老人味道，年纪大了，行动不方便，洗澡的时候没有人能帮他。他是个自尊心很强的老人，不想麻烦儿女。可是，他自己不提出来，谁能想到这个老人的困境？他需要人帮他洗澡，即便是在浴室帮他递递毛巾，肥皂之类。浴室的雾气使他白内障的双眼什么也看不见。有一次，他从大池子里上来，看不见喷淋头下面洗浴的人，一把站过去，把人家推个趔趄。人家发火，要打他。他道歉，像孩子一样无助，说自己眼老昏花，什么也看不见，才算了事。以后，再也不敢一个人去浴室洗澡。现在，父亲和母亲分室而眠。父亲的衣服再脏，母亲也不管他。

碧苇在超市促销酒类商品的时候，买两瓶酒回家，精心炒几个小菜。酒过三巡，丈夫喝得高兴。碧苇借机提出来，请他带父亲去浴室洗个澡。父亲动作缓慢，在澡堂时间泡久一些。丈夫回家就抱怨，嫌他洗澡时间长，耽误自己上班，本来一个小时洗把澡，现在，要两个小时还多。碧苇觉得他不能体谅一个动作迟缓的老人，三个月洗一把澡，身上有多少老茧。现在，父亲叠被子也感到吃力，正常的洗脸毛巾拧不动，要换成孩子用的小毛巾。人越老，就回到了小婴儿状态。她记得父亲年轻的时候盘腿坐在床上，两只大手掌撑开，碧葭和碧苇一人站在一只手掌上。现在，父亲成了她手掌上面的孩子。碧苇看过报道，加拿大的老人，上了年纪，每周会有两次，义工上门为行动不便的老人洗澡。加拿大是寒冷的地区，她羡慕那里的义工制度。

碧苇回娘家干活是没有工资的，父亲体谅她辛苦，把自己买报纸香烟的零用钱，悄悄省下来，塞两个给她。父亲的这个动作是背着母亲的，每次碧苇都要低下头，像是做了什么错事一闪身，溜到阳台上，装成看花的样子，悄悄抹一会儿眼泪。

陈桂芝要是知道，会蛊述她。总不能老靠我和你爸爸养，嫁出去的女儿泼出去的水，老赖在家里怎么行。陈桂芝这样讲的时候，很得意。她有一份退休工资，身体很好，街坊邻里都喜欢巴结她，兴许，两个女儿都活不过她的年纪。谁活到最后，谁才是真正的赢家。这是邓小平同志说过的话。陈桂芝一直记得。

过几天就是中秋节。碧苇和同事结伴去农副产品批发市场，买一些必需的食品。自行车龙头上挂满了蔬菜，植物油，生鲜牛肉，鱼虾等等。用陈桂芝说的话，都是一些不值钱的便宜货。大宝从来不这样送礼，大宝送来的礼品都有奢华的包装，即便是一般的商品，也要夸夸其谈，吹的云里雾里，多是从香港带回来的名贵产品，或者是国际大牌。大宝在陈桂芝心里就是国际大腕。碧苇是那些不值钱的便宜货。碧苇把生鲜果蔬送到陈桂芝楼下的时候，大宝的同事打她电话，说大宝喝多了，现在人在医院。

碧苇急了，她给陈桂芝打电话，喊她下来拿。一个人急急忙忙往医院赶去。陈桂芝心里不悦，一个毛丫头，不把东西送上楼，丢在楼下就不见了踪影。太不把她这个老娘放在眼里，以为自己是捡垃圾的，这样一想，心里就生气。

回到家，老伴却说，碧苇刚才来电话，叫你下楼去，她刚才急急忙忙，把外套丢在楼下。陈桂芝听到这话，心里更火了，她拿起电话，给碧苇打去，气呼呼地吼道，我刚才下去找过了，没有衣服。

碧苇心里说不出的难过。陈桂芝的这个电话之前几秒中，她还给父亲打电话，问母亲回家了没有，父亲说，还没有。分明就没有下楼去找。错就错在自己没有把东西送上楼。外套的口袋里面有过节发的购物卡，她想给陈桂芝的，表现一下她也是能挣到购物卡的人。急急忙忙的忘记拿出来给她，是回去找外套，还是去医院救大宝，她选择了后者。

陈桂芝的电话不断打来，一会儿问她外套丢在什么地方，里面有什么东西。一会儿教训她，乱丢东西，陈桂芝找各种借口训斥她。她在医院急诊室到处乱转，专找长得像大宝的男人，急诊室问遍了，没有大宝的踪影。一定是那些酒鬼喝糊涂了，把医院的名字搞错。她又换一家医院去找大宝。找到第三家医院，才看到大宝躺在急症室，他在昏睡中挂水，听到碧葭喊他，醒了，很难过的样子。

中秋节的晚上，大宝开着小轿车，带着老婆儿子，大包小包的回家。碧葭夫妻两口也开着轿车回家。碧苇一个人骑自行车来。陈桂芝要她早点来烧饭，那么多菜要摘洗搭配，碧苇大早就赶过来。她在厨房里择苋菜，陈桂芝看见说，你买的牛肉一点不好，纹理那么粗，我们咬不动，下次记住要买小黄牛的牛肉。现在才择苋菜，昨天干什么去了？碧苇反驳，苋菜是早上买的，昨天怎么择？

陈桂芝生气，怎么是早上买的，昨天就买好了，强词夺理。

碧葭听见，走过来说，苋菜是我带来的，我才来，你怎么说是昨天买的。陈桂芝说，你没有带苋菜，苋菜是我昨天买的。

碧苇昨天没有来择菜，事出有因。她去下岗那会儿做钟点工的人家送礼去了。大宝喊她去的。前些日子，碧葭去进修，前脚刚走，大宝后脚就约了姐夫一行去喝酒，喝高了，去夜总会，还招了小姐。遇上扫黄的，被抓个现行。两个人都是公务员，党员，如果单位知道，问题就严重起来。他们不敢告诉任何人,只是通知了碧苇,碧苇去银行取了现金,准备赎人。忽然想起来,过去做钟点工的人家的姐姐,在公安局里是做宣传的领导,自己还帮她写过稿子,那段时间,她的孩子高考,她很忙。也许,她还能认出自己。

抱着试试看的想法,碧苇骑自行车,直接去公安局,找那个人家的姐姐。一路上,碧苇心里忐忑不安,一会儿担心人家不在,一会儿担心人家不认识她。后来,又担心起大宝在局子里受苦,脑子里一团乱麻。

急急忙忙赶过去,问了几个人,还算顺利,找到了那个人家的姐姐。人家一时想不起来她是谁,但是,写稿子的事情还依稀记得。把她领到会客室,客客气气地给她泡茶。碧苇有些难为情,羞怯地说了大宝和姐夫被抓的事情。时间,地点,过错。这三条,她在路上反复默念,不要说错话,也不要絮叨,人家忙,没有功夫听闲话。她已经准备好钱,马上要去赎人,希望姐姐能帮她一把,不要在局子里留下案底,他们两个都是公务员,这关系到他们的前途。

女人坐在碧苇对面喝茶,观察她,渐渐想起来,过去她不止一次帮自己送过饭,从来不肯收钱,说是顺带的,已经拿过工钱了。偶尔要她跑个腿,帮点忙,是应该的。碧苇在家喊姐姐喊惯了,人家姐妹那么信任她,她就把人家的姐姐当作自己的姐姐那样,姐姐长,姐姐短的,叫得蛮顺口的。这一声姐姐,忽然就唤起了那个女警察的记忆,女警察先是安慰她不要着急,问了一些她的近况,在哪里做事情。然后站起来,拍拍她的肩膀,你等会,我去打个电话,然后告诉你具体找谁。

大宝媳妇听到这边在吵,用手指厨房,戳戳大宝。大宝就过去看看,大宝说,我跟碧葭一起到的,我看到她拎了一大包菜上楼,有什么好吵的,就是摘个菜,来不及烧菜,出去吃好了,我请客。

碧苇不说话,她一个人低头在厨房忙碌。姐姐和大宝都在数落陈桂芝,矛头被转移了。只要大宝开口和陈桂芝较真,陈桂芝也拿他没得办法。陈桂芝在心里是心疼大宝的,她一直宠着大宝,让他三分。大宝的事情，碧苇不会跟别人说。但是，姐夫的事情，她是要告诉姐姐的。尽管姐夫一再叮嘱她保密，姐夫还给了她超市购物卡，堵她的嘴巴。她要把卡还给姐姐，不然，瞒着姐姐就是不把姐姐放在眼里。

这顿团圆饭很丰盛，大家都到齐了。本来姐夫是要回自己家的，今天也特意陪碧葭来了，他担心她们姐妹见面，碧苇说话不牙疼，走漏风声，特意过来，全程跟踪和监督碧苇。过了这一段时间，等到风平浪静，哪怕碧苇真的说了出来，也是她说走了嘴。他们攻守同盟，绝对不会承认。现在，刚过风头，要看紧碧苇，只要她把话题往这里扯一点，他们两个爷们立刻就把话题跳开，转移的无影无踪。况且，要是局子里有什么情况和变故，见了面，碧苇会告诉他们，免得他们给她打电话，好像他们有事情求她一样。

碧苇这个人憨，忠厚，但不傻。更不会傻到一家人的团圆饭上说出这个话题。况且，还有孩子在场。只是他们心虚了。他们从来不把碧苇放在眼里，他们从来没有这样关注过她，这样客气地和她说话。她不过是一个下岗女工，最多会写个宣传稿子。现在，写宣传稿子算什么。只有手中有权利，有砝码交换的人，才被重视。

晚饭后，碧苇洗碗，收拾卫生。碧葭给大家切月饼，陈桂芝切西瓜和水果，众人享受一番，说说笑笑。大宝媳妇是公务员，自恃高人一等，在这个家里最要强，从来不动手，走路都要踮着脚尖，大家让她三分。

一次，当着一桌子人的面，饭吃得好好的，大宝媳妇忽然变脸，搧孩子耳光。碧苇不知其故，劝她，小孩上初中，不能因为考不好就当这么多人面打脸，伤他自尊心。大宝媳妇站起来说，我要钱有钱，要文凭有文凭，我也是有身份有地位的人，也不撒泡尿照照自己，混成这个死样，还管我。说完，一把推开碧苇，甩手而去。

碧苇被推倒在桌子边，坐在地上，有些惶恐。急忙爬起来，不知道自己哪里说错了。碧葭知道，碧葭不说，看她们表演。碧葭后来告诉她，是因为你现在的工作。你在私企干得好，肯出力，工资涨得比她高了，她气不服。你一进门就告诉我，你又加工资了，她听到不高兴，她就怕别人过得比她好。其实大家都知道，大宝的媳妇连高中都考不上，运气好，早年抵职，进了现在单位，算是公务员。几张文凭全是花钱买来的假货。

吃月饼和水果的时候，大宝媳妇开始新一轮炫耀，我的这个LV包是在香港买的，比上次在澳门买的那个贵，一万八千块钱。他们夫妻自说自话，没有人接茬。陈桂芝觉得，媳妇是自己家人，媳妇阔绰，她也有面子。碧葭姐妹却不屑她的表演。姐夫看这几个女人的样子，像在看一场闹剧。轻松，有趣。女人，各有各的可爱，浅薄，未尝不是女人可爱的一面。他一直是喜欢大宝媳妇的妖娆、媚俗。后来发现她还很浅薄，嫉妒心重，这样的女人也不错。女人，只要狐媚，他就喜欢。大宝媳妇深知姐夫对她的欣赏，她很笃定，自己能搞定他。

一大家子走的时候，陈桂芝跟着一行人下楼相送。大宝说，天黑，你在家歇着，不要送。陈桂芝不依，一定要送，找个理由，跟他们下楼。一路大声嚷嚷，在家门口喊，大宝，你忘了什么，再想一下。碧葭，你什么没有带，去省城要带去送礼的鹿茸带了没有？

没有人接话，各自往自己的小汽车走去，想尽快钻进车开回家。陈桂芝终于追上他们，先是拍打大宝的汽车车窗，跟孙子说，再见，跟奶奶再见，喊你爸爸慢点开。手伸进窗户，抓着孙子的手不放。沿途路过的邻居看见，她才松手，和邻居打招呼，介绍说，是我家儿子大宝，大宝一家回来看我。大宝终于关上窗户，把脚刹切换到油门上。

陈桂芝又敲打碧葭的汽车玻璃，手伸进窗户里面，跟孩子说，再见，喊你妈妈慢慢开，湿漉漉的油手在外孙脸上瞎摸瞎掐。外孙就怕她这一套，外孙腼腆，害羞，内心愤怒，隐忍，不便发作。碧葭火了，碧葭心里闷了一肚子气，你松手啊，汽车要开了，挡在大路上算什么，你害我们出事故。

你看你个破嘴，张口事故，闭口事故，哪个害你出事故了？我亲小孩脸一下，我喜欢，我喜欢小孩都不行，你看你那个夹生样。陈桂芝反击她。油腻腻的手，无趣地从孩子小脸上移开，碧葭就加了油门，一溜烟，不见了。

碧苇骑自行车过来。陈桂芝装着没有看见的样子，懒得理她，下岗工人，最没得出息的就算她了。

第二天，陈桂芝有了新的谈资，街坊邻里，炫耀儿子女儿带给她的月饼和礼物。老太太们围在一起咂嘴，流露出羡慕的样子。显摆过后，无聊了，打电话给碧苇，喊她来拿衣服。拿衣服是托词，喊她来家腌制韩国泡菜是真。大宝媳妇喜欢吃韩国泡菜，她最近天天看韩剧，剧里都有吃泡菜的场景，吃泡菜看来很时髦。陈桂芝竭力讨好这个买得起LV包的媳妇。

大宝媳妇淘汰的不穿了的旧衣服碧苇也不嫌弃，翻到适合的，就拿一两件回去穿。有时候，还会穿到陈桂芝这里。大宝媳妇看她穿自己的旧衣服，心里很满足。下次再找一些旧衣服来，给她们姊妹两个穿，她就可以穿得更时尚，心里也觉得把她们两个的风头打压下去。

一次，陈桂芝要碧葭找几件穿。她说，这些衣服很新，一个洞也没有，那么多金子银子片片，挂在上面，富贵得很，当校长的人要穿这些衣服才行。碧葭不要，碧葭有自己专门买衣服的店面，那是一家法国品牌。她觉得，那家的设计师就是专门为她这样的女人设计服装的。陈桂芝不依，非要她穿给她看看。碧葭抗不过她的絮叨，只好假装试试给她看。她就得劲了，非要碧葭穿在身上，等会给大宝媳妇看看。

碧葭不理她，脱下来，换上自己原来的外套。陈桂芝就不高兴了，觉得她不给自己面子，还没有当上校长，就以为自己多了不起了。大宝媳妇的衣服，料子这么好，款式也流行，你为什么不肯穿，太浪费了。吃不穷，穿不穷，算计不到一世穷。陈桂芝对着碧葭絮叨，没完没了。这当口，大宝媳妇进门看到，陈桂芝更是了得，越发耍泼起来。

碧葭心里那个气愤，一言不发。进屋和父亲打个招呼。问他手指甲里的黑灰是怎么回事情？父亲说是头皮屑，头痒，抓的。碧葭听了难过，用牙签给他挑出来，挑的时候，发现下面一层是头皮屑，上面的一层是黑色的泥巴。他的指甲很短，泥灰镶嵌的紧密。一定是父亲一个人在外面跌倒了，或者抓着地面什么的，父亲不愿意说这些显得自己衰老的事情，这些一个人在外面磕磕绊绊跌倒是常有的事情。人的年纪大了，总会有这么一天的，怎么办呢？不下楼走走，一个月下来，腿都是软的。下楼的话，楼梯又陡又高，难免跌倒。

  碧葭体谅他，给他的口袋里装了自己的名片，名片上写了姊妹三个的电话，写了父亲跌倒如果打电话告知，她们一定会百般感激并重谢！父亲把这张名片当作救命稻草一样装在他的手机套子里面。

  碧葭对父亲耳语一番，拉着他的手，安慰他，晚饭没有吃就走。陈桂芝有点不自在，想劝阻，又下不了台面。碧葭下了楼，打电话给碧苇，告诫她，穿别人的旧衣服，本来无可厚非，但是，别人要是以此而欺负你的时候，你还愿意穿着她的旧衣服？把你推搡到地上，骂你是下岗工人，下岗工人有什么过错？下岗就要受公务员的气？下次不要再穿她的旧衣服了，我有的是衣服，我上周买了五件新衣服，这两年的新款，一上市就会寄快件给我，满意的都留下。我衣服多的穿不了，你到我家来拿。

  再过几天，碧葭就要走。碧苇打算在她走之前告诉她姐夫和大宝干的"好"事。那天中午，碧苇骑自行车赶到学校，一五一十地跟姐姐全部抖露出来。碧葭问一些细节，罚款有没有？不要欠人家钱。这个时候，手机响了，是陈桂芝，陈桂芝问她，你上班了，我跟你说，我早上去拿牛奶，看到我们社区服务站请来的医生，给老人免费量血压。我已经量过了，高血压是一百，低血压是七十，喊你爸爸下来量，他不肯下楼，我劝他，他就拿报纸刷我，这个日子，我没法过了。

  她不说个五十分钟，电话不会挂。只好让她说，碧葭气咻咻地把手机放回口袋，姐妹两个继续刚才的话题。最后，碧葭叮嘱妹妹，这个事情到此为止，不要再传话出去给任何人。

回到家，碧葭什么话也没有说。他们去夜总会找小姐的事情，也不是这一次了。大宝是始作俑者，只要她一去外地，他就喊姐夫去找小姐，花纳税人的钱。他们公务员的工资有限，但是，有一点小权的人，都要设法把权力用到家。

夜总会的小姐们，那些推销酒水的小姐一看到大宝进门，就像蝴蝶一样往他怀里飞，大宝最受这个。他开始潇洒地分钱，不是他的钱，花起来不心疼，厚厚一叠百元钞票，每个小姐，见者有份，一万，两万，瞬间被分光。然后开始给她们点小吃，点酒水，听她们滴着蜜汁的廉价的浮夸的极度夸张的赞美，这是他最满足和享受的美好时光——傧妃相拥，左搂右抱。

他不读书，不看报，更不会关心他人。他当然不会知道，这个世界上还有读不起书的饥饿的贫病交迫的一辈子都走不出大山的孩子。或许知道一点，是电视新闻里看到的皮毛。他们这个群体热衷于沉溺在自己的势力范围内，弄些权术，诡计，压榨良民。

碧葭受贿学生家长两万元钱的事情已经浮出水面。而且是实名举报。纪委找她谈话，问她有没有这件事情。她矢口否认，根本就没有过。纪委的人让她先回学校好好想一下，什么关口出了问题，不然，举报人说的有鼻子有眼，那么笃定。

受贿的传闻在学校不胫而走。老校长已经正式办理退休手续，碧葭的任命书却迟迟没有下达。教育局是否会考虑派一个新的校长过来，也是有可能的。本来，一切顺理成章。突然冒出一桩受贿案，碧葭不洗清自己，很难办。她决定起诉那个诬陷她的女人。同时，找到那个学生，在开庭的时候，出来作证人。

陈桂芝退休前是一家单位人事科的工作人员，她本来不在人事科，人事科忙碌的时候，喊她来帮忙，帮完忙，就赖着不走了。人事科掌管人事资料，工作安排，权力不小。陈桂芝管一些信件收发，打扫办公室卫生，整理一些普通资料。在这个口子上，并没有什么实权，但是，她善于察言观色，一有什么风吹草动被她捕捉到，她就去找当事人吹风，表态，耍嘴皮子，玩过不少的把戏。虽然都是一些小把戏，在她看来，只要能从中谋利，得了好处还卖乖，何乐而不为呢，这是陈桂芝一直引以为傲的做人的诀窍。

下午，五点半钟左右，台风来临。碧霞忙着学校的安全检查，率一帮人马巡查。把有隐患的广告牌卸下，免得被大风刮下来砸伤学生，出意外。这当口，手机突然响了。她的左手打伞，右手拿了一捆电缆线，无法接电话。电话就一直在裤子口袋响个不停。电话铃声固执，不泄气，一直要响到她头皮发麻，响到她的电池断电。来电不接总不是回事情，万一是校长找她或是其他重要的事情，想到此，只好躲到屋檐下，丢下电缆。

陈桂芝打来的电话，陈桂芝问她，你还下班了？啊，在什么地方，你爸爸担心你，叫我给你打个电话……碧霞问，你有什么事情？陈桂芝说，我告诉你啊，楼下的焦奶奶的外孙，今年中考，要到你们学校，他现在来了，在他奶奶家吃饭，你过来看看这个娃，长得虎头虎脑，蛮神气的。碧霞说，我在忙。陈桂芝说，再忙回家来吃个饭就走，不耽误你时间。

一阵大风过来，呼啦一下，掀翻了碧霞手中的雨伞。陈桂芝还在电话里唠叨，超市玉米搞活动价，两块钱一斤，我买了一点，你还要？要的话，我再去给你买一些……雨水已经把碧霞的衣服后片打湿了，往里面渗水。陈桂芝没有挂断的意思，又冒出来一个新的话题，新搬来的三楼的女人，她男人病了住院，她原来是二奶转正的，她男人的儿子下午来找我……碧霞没有关手机，她不说个够，绝对不会挂断电话，她把手机放进裤子口袋，让陈桂芝慢慢唠叨。谁让大宝给她搞了一个家庭免费电话套餐，陈桂芝和她通电话不要钱。想省钱，活该。碧霞骂自己。

三

一个人在外面进修,蛮孤寂的。约好出差回来的那一天到了,她的手机响,是短信,他发的,他说:碧葭,今晚咱俩吃饭吧,我在单位等你过来。老陈。

两句话,碧葭反复看了几遍,咱俩,两个字,这里表达的意义就不同了,好像他们已经相识多年,本来就是一体的。他愿意在单位等她,一点也不见外,碧葭的心就有些波动。他也可以说:我请你。三个字,那样会显得生分。

她立刻给他回复:好!老陈的短信又到:我在办公室等你。碧葭回他:好。碧葭在赶往地铁的路上,手里拎了大包的课本,书籍,资料。进地铁的人,潮水一样往前涌,她停不下来。短信再来的时候,碧葭正想看,手机响了,是陈桂芝的电话,陈桂芝说,你还下课了?晚上还回家吃饭?碧葭烦她,不是告诉你,我在外地进修,我怎么回家?你有什么事直接说。陈桂芝说,昨天晚上,你爸爸喝大宝送来的苏酒,喝了一瓶,喝吐了,我都吓死了,现在,还睡在床上,不起来,我喊他吃饭,他不理我,你快回家看看他,带他到医院去,你爸爸要是有个三长两短,我这个日子怎么过啊?

碧葭知道,陈桂芝会虚张声势。父亲喝醉酒是托词,又有什么升学的事情找她是真。不然,碧苇怎么不来电话通气。她懒得理她。

背后是蜂拥而至的人群,碧葭被人推了一下,一个趔趄,差点栽倒。她赶紧站稳,顺着人流往前跑,下班时间,大家都拼命一样往车厢里挤,这一趟挤不上的,下一趟还是挤不上。

终于挤到车厢里,陈桂芝的电话不知道什么时候挂了。她看短信,是陈老师的,陈老师说:我在地铁大厦边上的六楼,韩林烧烤餐厅等你。碧葭回复:我下午有课还没到呢,等我啊!

碧葭在车厢里,不停地看手机,看时间,恨不能飞出去。每一个车站,都有那么多人上上下下,终于到了站点,轮到她下车了。她一口气挤出人群,往出站口跑去,跑急了,风吹乱了她的头发,裙子下摆像旗帜一样呼啦啦飞扬。没有人知道,这个在大街上飞跑的女人,她要去哪里,她去做什么,她一定有什么要紧的事情赶着去做。

陈老师捧一堆书刊和打印稿,独自座在窗边,心思不定,暗中注视着每一个走进来的女人。

黄昏的大街,小汽车排成长龙,碧霞行色匆匆,穿过大街,找到那栋大楼,进入电梯。她喘得厉害,上楼看见了他。装着没有看见,径直步入。他抬起头,用目光抓住了这个小逃犯。

她乖乖地回到他对面,相视一笑,算是招呼,尚未坐定,又溜走了。她溜去洗手间补妆,整理被风吹乱的头发,她仔细看了看镜子里的自己,然后,从包里拿出她喜欢的那一款香水,已经被生产商淘汰了的名字,往自己的两边耳廓上各粘了那么一小点,甩了一下头发,从容地走出去,坐到他对面的沙发椅子里。

他却站起来,匆忙去了洗手间。他也是去照镜子,洗了脸,才回来,忙了一整天,到晚来,连脸都没有顾上洗一把,心里只是想着面前的这个女人。

菜单打开,他纵容她点她喜欢吃的,她看出来他的真心意,就不客气了,点了她自己喜欢的几个菜。她这样做,只是表明她想靠近他,他们之间亲密无间。他要了碗米饭,知道她是南方人,给她要了汤圆,怕她吃不饱,让她也要碗米饭。那么多菜,够了,不能浪费。他给她小碗里拣菜,盛汤。玉米、猪肚炖的奶白色的浓汤,加了牛奶。她渴了,大口喝汤,看她碗里没有汤了,就用金属调羹及时给她添上。她很享受,有点受宠,便真的摆出一副受宠的样子。一个女人,活了这么多年,没有男人这样宠过她。陈老师懂女人,这一招很厉害,一下子俘虏了她的芳心。

两个人渐入角色。一个被浓汤喝得心里热乎乎的。一个有了把握调节对方的掌控感。他给她讲日本人的审丑，吃十六岁少女的黄金大便，人体宴，还有更甚。她有点难为情，不好意思，头扭到一边，羞红了脸。他调侃她，你有点怕我了。两个人不急不慢地享受这顿没有人打搅的晚餐，陈老师甚至把一只小汤圆喂进她嘴里。她还没有咬化，手机尖利地响起来。陈桂芝说，你爸爸还在睡，也不起来吃饭，我搞不动他，你看我怎么办啊？

当着陈老师的面，她什么话也不好说，想了一下，说什么好呢？她说你打电话给大宝了吗？陈桂芝说，大宝他忙，他在外面应酬多。碧霞说，可是，我在外地，我也来不了啊？陈桂芝就抱怨了，陈桂芝说，你也不来，他也不来，难道你爸爸病了，你都不管不顾，这个样子不知理，还怎么在外面混？

陈桂芝说话的声音很高，陈老师一定听见了，有些为她担心的样子。但是，陈老师不好插话。陈桂芝还在电话里面嚷，她怕陈老师听见，赶紧掐断了电话。

她调出碧苇的电话，打过去。碧苇说，我刚从妈那里回家，爸爸不肯去医院，他昨天晚上吐的，现在，人很清醒，只是没有胃口，不想吃饭，没得事情。大宝呢？碧霞问。大宝不知道爸爸吐了，妈没有告诉他。爸爸说，你送的苏酒不上头，不知不觉就喝高了。妈非要说酒是大宝送的，好东西都是大宝家的。

他们离开的时候，陈老师有些不舍，心里慌乱，一不小心把方形的靠垫碰掉地面，弯腰去拣，不想被她看到自己的慌乱，还是被她看到了。她飞快地帮他拣起，放回座位。像个小尾巴，尾随在他身后，依偎在他身边。走到地铁口的时候，她落单到他身后，他不习惯地看了看她。她明白他那一瞥，他是想要她和他并肩走在一起。离开地铁口，她走到他身边，心里有点忐忑，不知道他下面要带她去哪里。前面的路口停了一排排汽车，他说你在这里等我，我去停车场拿车来。

她不知道他会开一辆什么样的汽车过来接她，她很小心地留意出口处每一辆开出来的汽车。这个时候的等待，甜蜜而刺激。一边是到手的幸福，一边是未知的惶恐。终于看到了他，她打开车门坐到他的身边。他在嚼口香糖。

她是敏感的，嚼口香糖暗示了什么。她知道他要把她送回学校，有点不甘心，她现在已经开始依恋他，不想和他分开。却是害羞，说不出口。一顿两个人的晚餐，他已经成功地试探和俘获了她。

这个晚上，她被他的气息深深吸引，这么快，刚吃过晚饭就要分开，她恋恋不舍，却羞于表达。他的汽车开得很慢，在她看来，还是那么快就到学校南门附近的拐弯口。他停下车，打开中控锁，眼看她就要开门下车，却忽然像条扭曲的水蛇，面朝他缠了上去。

他以为她行告别礼，抱住了她。但她没有松手的迹象，而是更紧地缠住他脖颈深呼吸。他意识到什么，轻柔地抚摸她的后背，音质诚恳缓慢地说：碧葭，你这样抱着我，我都不想让你下车了。这正是碧葭一直在等待的话。碧葭声音颤抖、细密：那就不下了。把脸贴着他的颈项，整个身体都缠了过去。她的浑身散发出迷人的气息。他动情了，还是那么诚恳的声音：开房吧，开房好吗？这是碧葭期待的一句话，她松了口气：好！松开缠绕。

他们绕了几圈才在离学校稍微远些的地方停下来，他去开房，她在车内等他，一会儿他就出来，问她要身份证。她一半是耍嗲一半是哭腔地拉长了腔调对他说：我不想让你看到我的身份证。身份证上面的照片多难看啊，像个逃犯。她不想他看到那个猥琐的样子。他立刻投降转身上车说，我们再重找一家。

他们继续在路上兜圈，两个人开始闲聊，他谈到自己的家庭，妻子无论如何不肯生孩子，一定要领养地震灾区的孤儿。而他，却执意要生一个自己的亲生骨肉。

除了对孤儿的同情心，还有什么更深的理由？他说，怕生了孩子破坏身材，还有就是怕疼，她母亲从小就跟她说，生她的时候，难产，疼的在地上爬，差点丢了性命。这个故事搞得她心理上有阴影。她说叫她干什么都行，就是不能拖着大肚子，疼的在地上爬。

也许，领个孤儿，带一段时间有感情了，母性觉醒，战胜了早年的阴影，你们就会有自己的孩子。碧葭安慰。唉，陈老师长长地叹了一口气，要是能像你说的这么简单，就好了。谁也不愿意妥协，每个人都坚持自己的真理，别人家的小孩都能打酱油了，我的小孩在哪里呢？想想自己奋斗一辈子，房子、车子、票子，样样都有了，到老来，交给谁呢？我为谁奔波劳碌？

过年回老家，看着我哥哥、弟弟一家子拖儿带女的。我母亲就急，她说不管生男生女，生个娃儿出来，不要你们养，趁我手脚还利索，我来帮你们养。母亲还劝我老婆到医院去看看，有什么毛病不怕，现在，医学发达，没有什么大不了的问题，而且，试管婴儿技术也很成熟，不行，就去做个试管婴儿，多大的事儿，钱她来出。这个话讲多了，我老婆就不乐意了，她觉得我们不可理喻，一家子人都不理解她，自己生的孩子和别人生的孩子，有什么差别，差别是我们内心的魔鬼，小孩子都是一样的，只要好好教育，都能成材。现在，我老婆都不愿意跟我回老家，也不跟我住一起，她跑回娘家去住了。我一天不答应她领养孤儿，她一天不回来。

陈老师专注于他的叙述，汽车像幽灵一样在夜晚的街头溜达，他始终在长叹短嘘。碧葭很是同情，却不知道用怎样的语言来安慰他。为了讨好他，尽量附和他的意思，陪他一起嘘唏叹息。内心里，她真是为他难过，一个成功男人，不能有自己的亲生孩子，她不知道怎样才能够为他分难，她在竭力思索，有什么好的法子能使他不再苦恼呢？这个世界上看似美满的人，原来也有纠结和烦恼，就像自己一样，只有在事业上寻找人生的立足点。

又兜了几条街，找到一家宾馆的标识跟警察有关，她害怕，不喜欢。但是他不在乎，她依从了他。她收到他的短信后，装模作样地钻进他的房间。两个人终于紧紧地拥抱在一起。她的裙子高贵典雅,他试图打开,不得要领。她指引他解开裙子的腰带和拉链,露出腰间细腻的凝脂。他有些心动,又解开胸扣,浑圆的侧乳如巨大的白银闪落,他的心猛然间跳起来。她羞涩,让他关好门和灯。他小心地退去她的长裙。

他淋浴出来的时候,她躺在床上的被子里,盖着被子的碧苢不再羞涩,看着他的脸,神情放松而专注。她一直是慌张的,现在,她的沉静,让他感到他们像老夫老妻似的。他调侃自己。意识到这点的时候,她羞怯地笑了。羞怯的女人使男人充满自信。他上床,掀开被子的一角,矫健的身体像头猎豹,要把她吞噬。她轻轻抚摸他的腿,像猎豹一样的腿,他的强悍的体魄。大自然的曲线是多么美好,她这样想,喜欢他憨厚的面容,微胖的体魄,喜欢他手指滑过她身体的感慨:多么光滑的丝绸啊。她想,即使他变成卡西摩多的模样,她喜爱他的感觉,依然不变。

枕边,电话突然响起来,这么晚了,谁来找她。她看了一下来电显示,又是陈桂芝,她不接,干脆挂断。她刚挂断,铃声又固执地响起来,她再挂断,再响,最后,她听到陈桂芝说,你爸爸撵我走,我没得办法活了。陈老师问,是谁?她说,是我妈,肯定是我爸爸醉酒的事情,碧苢去过了,根本没得事,她唠叨不休,每天要找我几遍。她心里有些烦,不想影响陈老师的心情,便换个话题,说些轻松的话。

她告诉他,进修班的同学来自全国各地,新疆来的同学很有趣,总是在夜晚的校园里,弹吉他唱歌,唱新疆民歌。他们唱的什么民歌呢?他好奇地问她。她笑,想不起来了,旋律很有特色,过耳不忘。他说,你哼一下。她羞涩,笑的不好意思,转过脸去。再想想嘛,他一定要她想起来,你会唱吗?她说,天天晚上听,会哼一点。唱一下,他想听她唱歌的样子。她就爬起来,脸对着他的脸,轻轻哼了两句,节奏感出来,一下子就连续出一段来。他说,我想起来了,你唱的是《新疆的英孜》,对,是的,乌鲁木齐有三件宝,马粪牛粪芨芨草,维族姑娘满街跑。

两个人开始唱起来,你一句,我一句,渐渐地把一首歌的歌词慢慢填补出来。后来,陈老师即兴发挥他的表演才能,他会玩魔术,玩小沈阳玩过的一些魔术,逗她笑,满屋子都是两个人的笑声。他在唱,唱碧霞是他从阿西巷子带来的维族姑娘,他要把她拐走,去红山饭店喝酒……

后来,他送她回学校,还是那个路口。已经没有晚饭后的慌张,他停好车说,亲一下。在他快要停车的当口,她就做好了亲一下的准备,她把腿上的书包,课本,笔记全部任性地丢在腿下,为了能使自己的上身能像水蛇缠绕他猎豹一样的身体,她又一次缠了上去。他没有想到,碧霞的身体是这样柔软,像蛇一样光滑,水一样流畅。似一股升腾不休的气流。他很久没有这样和女人亲密过了,很是满足。

四

小徐从老家回到小城。他给碧霞带了农村的新米,还有大灶烧饭留下的锅巴。碧霞说,我在外地,不要客气,你自己留着吃。小徐执意要送,说等她回来。碧霞说,等我回来,大米都变成霉米了,你还是自己吃吧。小徐媳妇特意叮嘱他,一定要送到碧老师家,不然,以后小孩上学,怎么好意思去找她帮忙。小徐不敢违命,骑电动车,一路找到陈桂芝那里。

陈桂芝很高兴,笑呵呵的。看到有人上门送礼,这是好事。她客气一番,假装推脱不掉,然后帮碧霞收下。她对小徐说,你的手艺真好,我家碧霞都夸你能干,等她回来,我叫她把她们学校的出新工程给你做。小徐一听有工程做,大喜,脸上笑开了花,不知道说什么话是好。闷了半天,才挤出一句,阿姨,那这个事情就拜托你了,到时候,我一定会好好谢谢你的。陈桂芝说,你看你,客气什么,我都不拿你当外人，你也不要见外，我看你确实能干，等你那天有空，帮我把家里的橱柜和门油漆一下。她带小徐看厕所的门，时间久了，门上的油漆已经开始起泡剥落。小徐说，这个要全部铲掉，重新来做，我帮你做仔细，包你满意。

陈桂芝逮到一个愿意倾听她说话的对象，而且是竭力迎合她的年轻男人，她来了劲头，越说越远。最后，连碧霞高考那年，摔了一跤都扯了出来，还扯到碧霞的婚姻，怎么进的学校，先是教初中一年级，后来才升到初三。碧霞在初中部教了好多年，要不是我管她，她那里能进高中部，怎么也轮不到她当校长。

小徐听到这里，瞪大了眼睛，对陈桂芝一脸崇拜的表情。他很想在城里认个干亲，如果这个老太太肯收他做干儿子，他将来在城里混就没有工地上的痞子敢欺负他，有了这样的背景，就能理直气壮地做油漆工，不愁接不到活干。

陈桂芝留小徐吃晚饭，小徐受宠若惊。他试探着，结结巴巴地说出了他的心思。陈桂芝满口应承，她说，就当是我又添了一个儿子。然后，开始接着韶大宝的出生，到工作，似乎都是她张罗的。其实，几个孩子的工作跟她没有一点关系。

这座城市地脉潜，说谁，谁就到。刚才提到大宝，大宝一家就到了。小徐一看大宝和他媳妇那个架势，他们身上穿金戴银的样子，吓了一跳。他开始坐立不安，好像他是来骗老人家的骗子，他赶紧和陈桂芝打个招呼，说是有事情，急忙溜走。

大宝两口子没有挽留他，也没有追问他是谁，仿佛他是隐身人一般。一会儿，碧苇也来了，她知道大宝一家晚上要来，小侄子喜欢吃她家门口的盐水鸭，她去家门口斩了新鲜的盐水鸭过来。

她刚进门，鞋子还没有换，陈桂芝说，菜配好了，你炒一下。大宝从里间出来，点了根香烟，递给父亲。然后，自己点一根，说，妈，你上次给我带回家的花生米全部霉了，钟点工倒掉了。

陈桂芝大惊，啊？怎么回事，我一颗一颗挑出来的，怎么可能霉呢？陈桂芝打碧葭电话，电话一通，陈桂芝就说，碧葭，我跟你说个事情，我上周给你和大宝的花生米你还吃了？碧葭说，没有，我在外地怎么吃啊。陈桂芝说，你哪一天回来拿给大宝看看，怎么可能霉呢？

这一次，是陈桂芝主动挂断的电话。她接着问大宝，那么多啊，都倒掉了？大宝说是的，我看到钟点工都倒掉了，她剥开给我看的，霉得一塌糊涂，根本不能吃。大宝说完，掉头离开厨房。不屑的样子，几斤花生米，大惊小怪的，老子在夜总会给小姐发钱，成千上万。没得见过世面。

后来，碧苇私下告诉大宝，上周走了以后，大姐把她的那份花生米给我了，都是好的，我吃了一部分。个个香喷喷的，怎么会发霉？大宝说，我们家的钟点工是可信的，端午节的时候，你嫂子给她工资，把两百元超市券包在里面一起给她，结果，她拿出来就还给你嫂子。她不还，我们也不知道。碧苇说，做钟点工的女人也会在一起串，这是把房门钥匙交给她们，又要考验她们是否可靠的一种手段，这种小伎俩，业内都知道。你懵人家，人家懵你，大家都一样。

大宝不承认他媳妇会干这样的事情，她不是考验她，就是忘记了。碧苇说，现在女人的钱包都大，长条的，一百元理得整整齐齐，怎么可能把那么小的超市券包在里面。大宝语气就重了，我跟你说，不可能的事情就是不可能，你家嫂子绝对不会干那样的事情。难道你以前被人考验过？碧苇说，我没有，如果人家这样给我工资，我要看她钱包里的钱是否都是这样乱裹乱放一团糟。不然，就是考验我，我会立马辞职不干。大宝懒得再搭理她，一根筋的人。哪个给钱多，给哪个干活，管那么多屁事。

下午，陈老师下课后，告诉碧葭，他要去她们学校做演讲。碧葭问他几点到，他一直没有回复。后来告诉她，正开车。碧葭就回他，真好！注意安全。这次，陈老师立刻回复，碧葭我两点左右到。

碧葭告诉他自己的宿舍，我在房间等你。陈老师不知道碧葭是一个人住还是两个人住,他不想遇到她的同学,要不我在车内等你呢?我把书籍给你,完了我上二楼的报告厅。碧葭想了一下,明白他的意思,告诉他:听您的。两点差十分的时候,陈老师短信到:我在大门口,下来吧。

碧葭在教学大楼的一楼门口看到陈老师的车子。他在泊车,看见了她,打开车门,面带微笑。她说,你等我一会儿,我上去拿菩提树苗。很快,碧葭把菩提树苗拿下来,放进后备箱,仄身钻进车后排坐下。她大概是想陈老师也坐到后排,两个人在一起说说话。陈老师回头看她说,我们一起上去。电梯里只有他们两个人,她把手搭在他膀子上。他没有动,她抽了回来。他们各自去了自己的楼层,她在观摩一场讲课,心神不宁,不停地回头看,期待他会出现,最好不要在轮到她讲课的时候进来。他在电梯里说过,他完了会溜上来看一下,听听她怎么讲课。一个下午的模拟讲课结束了,最终,他没有上来。

陈老师只是给她发个短信,碧葭我有事,现在走了,讲课很成功吧。喝你的酒,滋味最美了。她回道:你没事的时候把我一起带走。他说:好,过天。喜欢你自酿的酒。

后来,陈老师在短信里告诉她,给学生上课的时候,内容固然重要,形式感也很重要,你悟性好,会教好课的。即便是回去做了校长,依然要兼课,不能脱离教学第一线,不然,你镇不住那些老家伙,更镇不住那些教学有方的年轻教师。

碧葭告诉他,蒋教授课程无聊,想睡觉,读您的著作,来了精神。现在午睡前再读几页,在回味中进入睡眠。读您的感觉真好。您让我知道一部作品的出处,形式感的形成,两者的差距。这样的阅读比什么导师大课都有效。你这让人着魔的法师啊,世间美酒皆因你而酿。

陈老师说,我正喝你的酒,陈年五粮液,味道很好。

不要酒后驾车啊。

放心,下周有空去看你。

陈老师和几个老乡斗蟋蟀,正在兴头上。碧葭来了精神,不想午睡，想试试陈老师的反应。女人一旦得到宠爱，会像孩子一样变得调皮。她想逗他一下：下周学校散伙，明早飞机回家。

陈老师的蟋蟀斗输了一只，用竹筒换了一只，对方也换了一只，个头相当的，继续斗。他输了一局，有些走神。啊？你明早走？

是的，亲爱的，再见了。

我会想你的。陈老师记挂着他的蟋蟀。

就这么散场，原来，两个相爱的人，这么简单，就散场了。碧葭很伤感，立刻告诉他，要进修一年时间，才两个月不到，还早呢。怎么会不打招呼就走，怎么舍得不见一面就走，逗闹的，不要生我气，对不起啊！亲爱的，我还等你来，等你带我走呢。她打他电话，想告诉他，后天，她和同学去大理的洱海。

陈老师的蟋蟀反败为胜，连胜了二局。来了劲头，索性关了手机。

已经无法午睡，碧葭心里有些乱。下午的课，她没有心思听，两眼直勾勾地看着黑板。晚饭后，过了很久，陈老师的短信才到：我到达银川了，要去额济纳。

在大理的洱海，碧葭和各地来的同学一起唱歌，喝茶。男同学请她跳新疆舞，她不会。新疆的女同学能歌善舞，站起来就跳。后来，轮流唱，每个人所知道的民歌，都要唱一下。碧葭第一次发现，新疆的民歌那么多，真是好听。还有甘肃同学唱的民歌，也是那么有趣，贴近生活的本质，贴近人性。后来，就乱了，你唱你的，我唱我的，有人唱起了《新疆的英孜》。

碧葭沉湎其中，她突然想起一个场景，想起陈老师和她同唱这首歌的时候。那是一个女人一生中多么美好的记忆。心里被折断的树枝戳了一下。

苍山印在湛蓝的天幕上，山顶犹如竖立的刀锋；洱海，像一条绵延弯曲的蓝色缎带，柔韧，无边。碧葭的同学三三两两，成群结队，畅游在这条风光带里，唯有碧葭在风光带之外。她的心不在这里，她期盼这里的旅行早早结束，重返学校。

大理人家安静的四合院，她住在楼下的房间。大家游兴正高，不想回来。她借口头晕，一个人溜了回来，体温渐渐升高，浑身发烫，人却怕冷。沮丧地躺在床上发愣。

窗外，微风吹进来

小狗安静地卧在花丛边

雍容的牡丹在窗口眺望

有一朵，从窗口探身而入

她们对视，无语，时间静止一般

良久，那朵花的叶片扑闪了几下

似乎说了些什么

微小的声音，一些窸窣

一些馨香的暗示。她听得见

忽然明白要做什么。她想，他是那么的优秀，而自己的基因，异常健康，如果他们两个人生的孩子，一定会是完美的结合。这个想法确定的时候，内心渐渐平静，平静的能听见花叶根部的声音。算好了时间，她想，只要一次，一次就能怀上他的孩子。等生下孩子，满月就可以交给他，越快越好。

当一个女人想去为一个男人生孩子的时候，这个女人就在火魔身边。她燃烧自己，全然失去这个世界的理性。她给陈老师发短信，要给他泡酒的老参，新疆的雪莲，却没有谈生孩子的事情。陈老师回复：跟我别那么客气啊我在草原。

碧霞和同学们在外面聚餐。她觉得陈老师在找借口回避她，她的直觉告诉她，陈老师哪儿都没有去。他就藏在某个地方，他甚至不需要藏身，该干啥就去干啥。她无法接受这个事实，内心忧伤，眼泪像凋谢的花瓣，大滴滚落下来。心口有无数的锥子扎在上面，她又开始给他发信息。明天上午我们返回，下午就可回家。买周一的票是想周三、四能见到您，没有您的日子是多么孤独忧伤内心绝望。陈老师说，唉，好遗憾。

晚上，碧葭被同学拉出去喝了酒。回到住处，又在大理人家的四合院子里，"举杯邀明月，对影成三人"。下半夜回房睡觉，夜里醒来，想起他上次出差前他们在电话里的约定，那是一个肯定不止一次的约定。现在，只有一次，就要结束。想到此，很伤感，又发信息。虽然，她知道这个信息也许永远都不会回复，那样，她会更加绝望，但她忍不住要赌一把，不然，她无法渡过这个失眠之夜。

想念你的拥抱想念你宽厚的容颜亲密的声音结实的胸膛你的味道和扎人的胡子梦见到你来梦醒湿衣裳。醉酒的人，就是那么固执，甚至是偏执。碧葭不断地给陈老师发短信，发到最后，陈老师也没回。

陈老师有些不懂碧葭了。他怕被人纠缠，出门在外，看风景都来不及，他的心情和碧葭的心情，风马牛不相及。

发完信息，碧葭躺在床上无眠，怕同学看见她屋里的灯光，他们还在院子里喝酒，这会儿在唱歌。她压低声音，哭了一会儿，然后起来，坐在桌前发呆。直到天色蒙蒙发亮，才迷糊睡去。脸上满是泪痕。

恋爱中的碧葭，神情恍惚。她体内的化学指标上蹿下跳，严重失常。陈老师喜欢散淡的女人。而这个碧葭，是块不懂得疏离感的玉石，纵然再剔透，温度过高，也难免羁绊在杂芜中。

五

大宝的媳妇上午在办公室悠闲地上网，喝茶，突然被外面来的两个男人请走。楼下停的是检察院的车子。她走后，她的电脑，办公桌抽屉被查抄。有同事看到，一个漂亮的点心盒子，打开的时候，里面有银行卡，购物卡，储值卡等等有价值的卡片，累计起来有几尺高。

碧葭中断了行程，从丽江赶回家。大宝跟她商量对策。大宝说，那些卡片，有的是分管单位送给他的，有的是送给她的，她全部拿到单位。连用完的都集中在一起，烧包，拍照片，发在微博上炫耀。现在，出事情了，全部成了罪证。

碧葭手机响了，是陈桂芝的电话，我告诉你啊，上次那个三楼女的，她男人前妻的儿子今天上午来我家敲门，要送我两袋麦片，一袋奶粉。我那儿敢要，莫名其妙送上门来，那个男孩喊我奶奶，你就收下吧，是我爸爸喊我来给你的，我爸爸住在医院，我爸爸叫我问你，还看到有叔叔来找妈妈？陈桂芝的电话，来的不是时候。碧葭焦虑，有些恼火，心急，手机滑掉在地上，踢了一脚，真想踩扁。

大宝说，她一个人肯定扛不住，从实招来，自己也要受到牵连。那些储值卡，有的是去年送的，现在，想不起来是谁送的，要不了两天，检察院肯定会来抓我。大姐，你就说是你送给我的，我就没得事情了。

碧葭说，怎么行。检察院的人问我哪里来的，送你这么多有价值的卡做什么？你这样，把我连累进去，自己也脱不了干系。想串口供，不是那么简单的事情。

"唉"，碧葭长长地叹了口气，说，现在都到了这样的地步，你要我怎么办？唯一的办法就是老实交代，你们证据都在人家手上。没有证据的案子还能想想法子。那些卡，是赖不掉的。你家里的房产证，票据，有价值的，需要转移的，时间容不得你细想了，快快回家操办。

两个人分手的时候，大宝急促地说，大姐，要是我有个三长两短，儿子就拜托你先照看一下，或者叫碧苇接回家过。不要给妈知道，不然，会更麻烦。她要是找我，就说我出国了。大姐，你要想办法帮我们找找关系。大姐，拜托你，我现在全靠你了。

大宝刚走，陈桂芝就找到碧葭学校。絮絮叨叨，告状老伴。碧葭只好赶回家，看看到底怎么回事。陈桂芝高八度嗓门，又蹦又跳指责老伴撵她走。父亲低头坐在椅子上，沉默良久才说，我就担心大宝，他总是在外面喝酒，花那么多钱，他哪里来的钱，又是买汽车，又是买房子，还要送孩子去国外读书。

　　一些不堪入耳的话从陈桂芝嘴巴里蹦出来,接二连三炸响在碧葭头上。碧葭很崩溃。父亲八十多岁的人了,他怎么承受得了?他的手背上有女人指甲的深深抠痕,皮下的血迹瘀在那里。一定是陈桂芝抠的,她想。小声问父亲,父亲说,还不至于打我。男人再老,也是要面子的。后来,碧葭发现父亲的食指断裂,送他去医院,怎么也不肯。他说,大宝很久没有回来,他去了哪里?我要在家等他,要是我出去,他刚好回来怎么办,真是为他担心啊!

　　近一个月的时间,陈桂芝没有在家做饭。她现在和老伴分室而居。老两口矛盾的焦点姊妹两个理不出头绪。陈桂芝出门逛街以外,就是在家发飙,破口大骂。碧苇回家,见她哭哭啼啼的,说老头欺负她,伺候他一辈子,到头来,撵自己走,真是不想活了,要不是怕她们姊妹出丑,早就跳楼了。碧苇心想,就怕你不跳,你要是跳楼,天下就太平了。她不理她,送一包面食给父亲,怕他不会做饭,饿着。父亲动作越来越迟缓,她蹲在父亲脚边,轻轻摸着他受伤的手,眼泪在眼眶里缠绕。父亲身上一股尿骚味和老人味儿,她问他多久没有洗澡?父亲说,有个把月。

　　陈桂芝还在骂,碧苇头要炸了,她劝父亲和她下楼,出去吃个晚饭再回家。父亲低声说,就怕出去了,再也回不了家。碧苇听不懂父亲的意思。陈桂芝却喊,我跟你出去吃饭,我现在没得地方住,我要住到你家去。说着,就去换衣服,并数落起碧葭来。碧苇崩溃了,落荒而逃。

　　陈桂芝这段时间对老头的态度越来越恶劣。姊妹两个不知道原因。只是在心里估猜。第二天,碧苇往家里电话,没有人接。下午再打,父亲接的,说他上午在家洗澡。碧苇说妈到哪里去了,她怎么不接电话?父亲说,她不在家。父亲的声音有些不对劲,她很担心,告诉碧葭。碧葭说,晚上回家看看。

下班回到家，刚进门，就听到陈桂芝在嚎叫，你作死了，你洗的什么衣服，水也不拧干，都滴到阳台里面。碧葭说，我来拧，他手骨头是断的，你叫他怎么洗衣服。陈桂芝就哭了，我的衣服，哪个带我洗过，我也是七十多岁的人了，你们不管我，还护着他。我不想活了，我去死算了。

既然你们都不能洗衣服，找个钟点工回家洗。碧葭说干就干，她付工钱，找来钟点工。连续三个，都被陈桂芝吵得头晕，她们前后来找碧葭要钱，一天都不肯再干。父亲没有吃的，碧苇在家做好了菜送去。她要上班，自己的孩子，大宝的孩子，两个都要接送。不能天天给父亲送饭，买一大包面食送回家，放在冰箱里。父亲吃了一个月的玉米、荞麦、燕麦、黄豆等各类杂粮馒头。老人在南方生活久了，习惯了瓜果蔬菜，突然没有这些果蔬，他开始便秘。

大宝受媳妇的牵连，很快被请了进去。证据确凿，没有什么好抵赖的。碧葭升职的节骨眼上，无心给他们两口子找人。她在准备自己的官司，洗清自己的冤屈，不然，她在学校永远抬不起头来。

法院开庭的那天，碧苇上早班，没有到场。她给碧葭发了短信，叫她安心打官司。父亲睡不着，大早起来，挂着拐杖，一步一步艰难地下楼，颤巍巍地站在街上，拦出租车。没有空车，即便有空车驶过，都忙着挣钱，谁愿意带他这样的老人。

站了很久，站不住了，跌倒在地上。两个上学的孩子看到，去拽他，拽不动。一个中年男子看到，过来，三个人，把他拖起来。他坚持要到法院。一个开私家车的女人路过，停车载他，把他送到法院。他给那个女人钱，女人坚决不肯要，赶着上班的样子，匆忙离开。法院的门还没有开，他活了一辈子，没有进过这种地方，他很担心和害怕。他为碧葭担心，虽然，她已经长大成人，还是他的孩子。他来这里，把拐杖跺得"咄咄"响，给她撑腰，以父亲的名义。他的心跳得厉害，脸上却竭力做出平静的样子。

碧霞没有请律师。她自己去辩护。她觉得，这是一桩诬陷状，案子很简单。八点整，法官已经到场。父亲，陈桂芝，焦奶奶以及她的媳妇，学生，均已经到场。

起诉书念毕，法官问被告，让她陈述碧霞受贿事实。被告陈述完毕，法官问她，你看见碧霞收钱没有？被告说，我没有，但是，婆婆看见的。焦奶奶坐不住，站起来反驳。法官命她坐下，问她和被告的关系。被告说是婆媳关系。婆婆告诉她的，婆婆亲眼所见。

法官问焦奶奶，是你告诉她，你亲眼看见的吗？焦奶奶摇头，我没有告诉她茶叶里面有钱。法官问，你告诉了她什么？焦奶奶说，我告诉她，碧霞给她妈的茶叶很高级，是金骏眉。法官问，你怎么知道原告送茶叶给陈桂芝？焦奶奶说，那天，我们一起买菜，回家摘菜的时候，陈桂芝给我看的。法官问，你看到了什么？茶叶。除了茶叶，你还看到什么？焦奶奶摇头，没有，只有茶叶。

法官问陈桂芝，你和原告的关系？碧霞是我女儿。法官问，她送你茶叶是吗？是的。你把茶叶里面的钱拿走了？陈桂芝急起来，我没有。你是没有拿钱还是拿了？听到这里，碧霞有些愤怒，法官怎么能这样误导陈桂芝，法官的提问偷换概念，他假设两种可能，一个是拿钱，一个是没有拿，前提是不论拿，还是没有拿，钱是客观存在的。碧霞抗议法官的暗示性误导。

住嘴。法官打断她。法官继续问讯陈桂芝，原告什么时候送的茶叶，谁看见了，里面有没有钱，你是否给被告婆婆看过。陈桂芝逐一回答，基本上和焦奶奶口供一致。

现在，被告站在不利位置。被告对焦奶奶翻白眼，愤怒地盯着她。焦奶奶低下了头，她不敢直视媳妇的目光。她已经找陈桂芝打听过，即使媳妇败诉，原告要求赔偿一百元精神损失费，最多再加上一个诉讼费几十元，焦奶奶来给媳妇垫付。这个钱，自己出，媳妇是冤的，是她告诉媳妇茶叶里有两万元钱。但是,她在这里不能讲真话,她不能毁了碧葭的前程,况且,她的孙子进这所名校念书,是碧葭帮的忙,怎么能恩将仇报?做人要有点良心。

现在,传证人学生出庭。学生相信他的真话一定会打动法官。学生陈述他和碧老师的关系,他是碧老师过去的学生,因为家境贫寒,碧老师资助过他上大学。现在工作了,路过母校,回来看看昔日的老师。学生有些激动,以前,上高中的时候,同学们中午去食堂吃饭,我一个人躲在教室做作业,因为父母生病,没有钱给我上学,读完高一可能要面临辍学,我很珍惜这一年的学习时光。

碧老师发现我没有吃午饭,就给我申请了助学金,这个钱给父母拿去还债了,我还是没有吃上午饭。碧老师就每天从家里给我带一份盒饭,高中三年,我是吃碧老师家的饭长大的。

每天中午,别的同学到食堂吃午饭,我到碧老师的办公室吃午饭,因为碧老师已经给我在微波炉加热好。有时候,碧老师有课,我就自己去加热。碧老师看我瘦瘦的样子,总是给我的饭里带足鸡腿,排骨和鱼。

每次我考好了,碧老师会有额外的奖励。我在碧老师那里,有过很多第一次,比如,第一次吃到进口巧克力,第一次吃肯德基,第一次看三D电影,第一次听演唱会。这些,对城里的孩子不算什么,但是,对一个乡下的孩子,很重要。学生说了这么多,是在为他下面的真话做铺垫。

法官有些不耐烦,上午有好几场官司要判,他没有时间听这个年轻人讲故事。他打断学生的叙述。问他,你送老师茶叶没有?学生说,有。法官紧接着问,你送老师钱没有?学生的情绪还停留在先前的叙述里,他说,我把自己生平第一次的年终奖金,学生说到这里,看到碧老师瞪着惊恐的眼睛看他,学生在心里急忙改口了:我只给老师送了茶叶,没有送钱。

法官追问他,你的年终奖金交给谁了?这一次,学生恢复了理性。

学生说，交给父母了。法官反问，既然碧老师资助过你学费，你现在工作了，有没有想过归还老师过去的资助？学生说，努力做个好人，报效社会是对碧老师最大的回报。法官无语。当庭责问被告还有什么话要陈述，被告没有，心里却是不平。法官宣布判决结果，劝原告和被告接受调解，达成和解。碧霞坚决不同意，她需要一份判决书，需要澄清自己的无辜，这关系到她的政治前途。

法官当庭宣布碧霞胜诉，择日去法院拿判决书。

碧霞请学生一起出去吃个便饭。学生回想起中学时代，他想在学校食堂吃个便饭，他很怀念那个地方。他相信碧老师没有收到这个钱，但是，钱去了哪里？他想把真相和自己的怀疑告诉碧老师，况且，他也是有一点点私心的，他想要报恩的心没有得到认领。他犹豫了一个中午，见到几个任课的老师，他没有说。他决定，在对的时间里说正确的话。碧老师需要的是正义的真相，而不是事件的真相。他在教室门口，用手机跟碧老师拍了一张合影。像这个时代的孩子们热心的自拍那样，很满足，心里想好，回去传到校园网上，让过去的同学们分享一下。

大宝夫妻被抓的事实，终究是被父亲知道了。老两口矛盾的焦点更加突出。碧霞稍稍猜出几分。因为，父亲求过碧霞，希望她能站在大局的关口，帮大宝退赔一部分赃款。父亲把自己一生的积蓄全部拿出来给大宝退赔，陈桂芝不同意，陈桂芝觉得自己辛苦一生节约下来的几个养老的钱，全部给了大宝，往后自己老了怎么办？

碧霞说，大宝自己有存款。他想减刑，自己会退赔。父亲说，他平时大手大脚惯了，吃顿饭就几千，去澳门给媳妇买个包，花好几万，他没有存款，不然，不会受贿。碧霞说，他就是没有存款，也有两处房产，卖掉一套房产，足够退赔的。父亲说，我担心他买房子的钱也有问题，所以，你一定要帮他退赔。我已经没有钱给他了，不然，不会求你。碧霞说，受贿的人，不是因为没有钱，而是因为贪婪。如果没有钱就受贿,下岗工人都要受贿,农民更要受贿。问题是他们有受贿的土壤。父亲不语,良久才说,碧苇是靠不住的,只有靠你。我这把老骨头,要是能换几个钱,你帮我打听一下,我想捐献器官,我已经活到岁数了,再活也没有意思,把我的身体捐出去,换几个钱给大宝退赔。

碧葭难过,心里说不出的难过。碧苇是个靠谱的人,大宝才不靠谱。父亲辩解,她那天晚上来送年货,衣服没有掉,非要你妈下楼去找,她总是跟你妈过不去。谁说的,你妈说的。你就相信她的话,她衣服肯定掉了,不然,她神经病啊?她就是没有掉衣服,不可能掉的。碧葭没有想到父亲会说出这样的话来,她把父亲的话用手机录音下来。他一再嘱托碧葭,我活着已经没有意思,现在要为大宝做一点事情,就是帮助他退赔赃款,你帮我听着,捐献器官的事情。

父亲在家重重摔了一跤,瘫痪在床上。他说他的器官是好的,他想全部捐献出去,要给大宝筹钱退赔。碧苇要母亲交出父亲的工资卡,她好把父亲接回家照看。母亲大吵大闹,口口声声说把工资卡给她,就是不拿出来。

不能眼睁睁看着父亲饿死,最后,碧苇妥协,即便是没有父亲的工资卡,她也要把父亲接走照料。但是,父亲不肯跟她走,他不想连累她,他说他活够了,要是碧苇还能听他一句话,就去打听一下捐献器官的事情,他想换几个钱,再少都行。碧苇给碧葭打电话求助,希望得到她的声援,劝父亲跟她回家。

这是不可能的事情。碧葭知道。碧苇在电话里哭,哭求碧葭劝父亲一下。碧葭实在无奈,只好把那天录音的一段话,播放给碧苇听。碧苇只听了一段,就坐在地上掩面大哭,她没有想到,原来,她在父亲眼里是这样的不堪入目。她把父亲当作神明一样,而她在父亲眼中,却是这样一个荒谬的人。

这是什么原因?她双手抱头,追问碧葭,也追问自己。每天,她都在想这个问题。过去，她不能接受父亲的离开，现在，想到自己在父亲眼中是如此荒谬，这荒谬给了她一些安慰，教导她，这个世界上要发生什么的时候，一定会发生，她是阻止和改变不了的。她还在找理由，这理由使她想到一些从未想过的问题。被掩饰与被遮蔽的，她在心里反复重复这句话：被遮蔽的，真相是什么？

判决书下达的第二周，新来的校长报到。碧霞即便是洗清了自己，也错过了升职的机会。她又回到省城进修，开始她的学习生涯。以后，还会有机会的，好好学习才是正道，她安慰自己。

陈桂芝除了晚上回家睡觉，白天不见踪影。打她手机，她就一个劲儿告状，破口大骂。越劝，骂得越凶。想到父亲一个人，孤单单躺在床上等死的样子，碧霞潸然泪下。她请了几天假，赶回去看看，怎么办？

那天，她路过地铁车站，赶火车回家。地铁里形色匆匆的人流从地下通道走上来，走了一段路，像是被风吹散的落叶，人流忽然消失。她看到了那天和陈老师吃饭的那栋大厦。大厦在晚霞中呈斜线在漂移，大厦离她越来越远，越来越模糊。心里有些感慨。天黑了，也差不多是上次见面的那个时间，那个地铁口，他们就是一前一后地从这里经过。那个晚上，发生过吗？她开始怀疑。现在，只剩下她一个人的影子。她一个人走在从前的路上，有些恍惚。一切进入眼帘的景物都和他有关，都使她绝望，她被世界抛弃了。

眼泪忍不住流下来，挂在她的两腮上。她用手擦了一下，泪水是真实的。他想要一个孩子，她想给他一个孩子，一些简单的事情，注入了感情，就无法做到。如果没有情感的参与，她愿意吗？再多的外力，她也是不愿意的。人的主观意识是如此卑微，美好的往事就像梦幻。人在他人羁绊的索道里摸索着，颤栗着走完一生，在自己设置的羁绊中苍茫离去，人生真的是没有意思。她想尽快离开这里，一分钟都不能停留。这个时代，情感是多么的虚无。

不会再有感情的付出了,就像一首诗里写的那样:"不会再有痛苦,也不会再有激动。那些白色的峰顶沉没在苍茫之中,不会有人拜访沉寂的故居,黑暗的门上不会再有陌生人的留言,在我疲惫的心里,一条芳草萋萋的小路,洒满了阳光的断箭,通向一处泥潭。我还能听见脚步踏着石上青苔,看见鸟儿起飞前树枝微微的下沉,我这被未来遗弃的空壳,越来越薄,像蝉蜕混入流沙。"

原发 2013.12 期 B《山花》

夜坐时停了针线

年三十的傍晚，街道两边的门面，早已关了店面。一只腊肠犬窜出家门，街灯尚在沉睡，道路显得寂静，昏暗。它跑出小区大门，冷风吹过，几片废纸屑在地面翻卷，溜到墙角，打转，一派萧瑟。刚才，风把门吹开一条口子，它把头挤出去，身子顺势挤了出去，两只下垂的大耳朵自在地抖了一下，朝着内心的方向，一路而去。腊肠犬顺着纸屑的街道疾走，脸上凝重的神情似乎肩负了什么使命。偶然有一两个路人从街上走过，低头，只顾走自己的，没有人注意到这只小狗，它要去哪里。当然，它也不知道街上的人要去哪里，但是，它自己要去哪里，去找谁，它是清楚的，它全然不顾这个世界日常的惯性，深夜里必然而至的喧腾，只顾埋头，走自己的。

马骏看了一眼病床上的母亲，问她晚上想吃点什么，母亲不搭理，似乎连眼睛都睁不开，马骏又喊了两声，母亲依然没有反应，马骏抬头，看到母亲床头柜上的心电图，那条弯弯曲曲的线条，渐渐成了一条直线，他有些慌张，站起来，往医生办公室跑去。马骏刚出病房，便听到"汪、汪"两声狗叫，似乎是冲着他来的，只是和他打个招呼，便匆忙跑去，腊肠犬星星不知道从哪里钻进来，往它主人的病房跑去，跳上床头，哀鸣地叫了两声，便伸出舌头，舔它主人的嘴角和深陷的眼窝。值班医生来了以后，马骏把狗赶下床，用纸巾擦拭母亲的脸。闻讯而来的护士，手里举了药瓶，她给马骏的母亲打针，药水已经推不进去，护士拔掉针头，换到脖子上打，心电图渐渐有了一点曲线。

这几天来，马骏几乎每天都会收到一份医生下达的病危通知书，他已经有了心理准备，父亲和两个姐姐及其他亲属也知道会有这一天，这一天是迟早的事情。每个人都会有这一天，有些人可以预知，这样的人，走的时候，会准备得充分一些。比如，马骏的母亲，她把自己的生活用品，事先交代二女儿马红，全部翻出来，一件一件掂量一遍。这些极其私人化的物品，带着母亲的记忆，验证了她走过的每一个历程，这些历程留下了不可磨灭的印迹，是的，她的人生轨迹，被她强大的内心照耀着。那些失落的记忆，系着这些物件，一次次跑回来和她约会，这样的约会是多么温馨，迷人，超越了时间对人的摆布，一些不可逆转的幸福，再次隐秘进行，正因为此，也格外伤感，绝望。

老人把这些物件分为三类：一类是自己走了以后要用的。她当小学老师，教了一辈子书，那些用过的教材，考试卷，课本和笔记，是要带走的，她来生还要当小学老师，不然，她以什么为生呢，到哪里都要过日子的吧。她学生时代的师生合影，那些梳着西装头的男同学，以后还要做同学，带着照片，彼此有张相识的脸，见了面，也好关照一下。站在中间的那个男生，手风琴拉得好，篮球打得也不错，自己暗恋过他很久，暗示过他，可是人家的心里，早已经装着在县中上学的表妹。

箱子里的那只老玉镯，虽然不是什么上好的玉，裂纹，瑕疵，比比皆是，不值几个钱，马骏不会要，却是母亲结婚的定情物，传到她这里，又成了她的辟邪之宝，压在箱子底下，跟着她从乡村走到县城，磕磕绊绊，一路走到现在，这只老镯子是要带走的，母亲在那个世界里等她，知道她来了，有个相认的信物。一些尚未编织过的新毛线也要带走，织毛衣，红的，米色的，都是全毛开司米，过去舍不得穿，一直省着省着，压在箱子底，不知不觉，已经没有了机会。依稀记得，第一次穿新毛衣的感觉，是相亲的时候，母亲给她编织的，跟定情有关。结婚的陪嫁，是毛线，给男人编织毛衣准备的毛线，跟男人有关，到了那里，这样的生活也许还会重来。下雪啊，清冽冽的寒风，吹得两边肩胛骨生疼，披肩要选两条最好的，帽子，围脖，套装一样的裙子都是少不了的。马骏从悉尼给她买的贵重的晚礼服，总是舍不得穿，想留着以后出客穿，结果，一次也未穿过，看得见的以后没有了，看不见的以后，谁知道呢？或许会有呢，以后的人生，这礼服是用得着的。

还有就是一对金耳环，要带走，金子是烧不坏的。离开医院的时候，小骏子，儿啊，母亲吩咐道，从我耳朵上拿下来，最后，送我上山的时候，记好，悄悄放到我的骨灰盒里，埋在骨灰中间，不要给两个姐姐知道，传出去，遭贼偷。其他的物件，有些能用的好的，马红已经收拾好，我住院期间就送给乡下的亲戚。旧的，不好的，卖了破烂，还能换几个钱。

重要的是，差点忘了，上山后，入土之前，你要抱着妈妈，不要让别人插手，让我的两个孙子点火，给我烧房子，带院子的豪华别墅，不然，刮风下雨，妈妈要挨冻受饿，等妈妈住下来，记得把星星给我带走，不然，我会孤单。

小骏子，儿啊，你抱妈妈，送妈妈上山最后的路，妈妈舍不得你，来世，儿啊，说着，她扑倒在马骏身上，母子两个抱头痛哭，儿啊，来生我们还做母子。

医生交代过，病人时日不多，就在这个晚上，最多不过明天，可能会清醒一下。马骏给两个姐姐，姐夫，父亲以及外地的亲友分别通了电话，告诉他们母亲的病情。大姐马霞挂了电话，把母亲的寿衣找出来，装在包里，很快赶到医院。父亲已经八十多岁了，头发花白，步履蹒跚，年轻人的忧伤与不能承受，于他，已经是浮云。白天，他守候在医院的休息室，说是对母亲的不舍，倒不如说是他内心的孤单，这永恒的持久的孤单，像一条深邃的漩涡，高速旋转，时刻要把他卷进去，令他恐惧。现在，他被二姐马红搀扶进来，他的日渐老迈的手，紧紧攥住马红的手，马红的有力的握持，使他感到瞬时的安慰，他需要这样的安慰，尽管短暂，也传递给他抵挡那些漩涡的一种力量。年纪大了，什么都不想要了，没有放不下的，这是他和母亲完全相反的地方。马骏有时候想，父亲和母亲，这两个完全不同的人，也过了一生，如果，他们完全一致，这个家，会是什么样子？

五年前，母亲病了一场，诊断结果是骨髓纤维化，这是一种血液病，老年人得了这样的病，没有什么办法彻底根治，只能靠药物维持，延缓病情发展，拖个四五年的光景，现在，已经到了五年这个大限，年前住进医院，靠呼吸机，营养液维持。这两天，胃出血，肾脏、肝脏也有不同程度的出血，挨到年三十早上，医院外面鞭炮震天响，该是团聚的日子，两个姐姐，在各自的家里，忙着过年，做年夜饭，妻子也在母亲家里，忙晚饭，这是一年下来，家家户户最讲究的一顿晚饭。

马骏在医院陪着母亲，母亲时而清醒，时而昏迷，现在，有些醒了，她像是自言自语，却是对马俊说，外面炸鞭炮了，声音热闹，像过年一样，只是可惜，我要听不见了，我不想走，真是不想走，舍不得你，舍不得我的两个孙子，还没有看到小孙子长大，大孙子结婚，死不甘心，你要给我想想办法，找找关系。马骏望着母亲日渐萎缩的脸，点点头，说，妈，你放心，我已经找小苏子了，她在悉尼的医院里，找到一种澳洲人研制的新药，据说很灵，效果要比国内的药好。母亲的眼睛亮了一下，渐渐有些潮湿，像个无助的婴儿。马骏又说，妈啊，你要挺住，坚持一下，小苏子已经买好机票，明天就能到家，到医院来看你，等她的药来了，马骏还没有说完，母亲的眼睛又闭上了，捏着马骏的手，无力地松开。

县城里的亲戚，早早吃过年夜饭，赶到马骏母亲的病房。两个孙子是早两天从悉尼赶回来的，大的已经是个壮小伙，刚刚工作，小的才三岁，说一口本土英语，听不懂县城里的方言，又不肯说汉语，只能用英语和他交流。大孙子是老人带大的，他对奶奶有感情。小孙子吵吵闹闹，惊醒了昏迷中的老人，她似乎感应到两个孙子的到来，勉强睁开眼睛。她的眼球浑浊，像散落在脸上的两粒石膏，她的手动了一下，大孙子把手伸过去，她捏住了大孙子的手，不肯放开。马骏把小儿子抱到母亲的面前，小儿子看到老人脸上插的氧气管，各种导管，面色死灰，像块土砖，吓得大哭起来。马骏转身，把小儿子递给妻子，妻子很快把孩子抱出病房。

马骏的大儿子是前妻小苏子生的，小苏子是他的大学同学，毕业留校，在图书馆做管理员。马骏那个时候，准备考研，天天泡在图书馆看书，很晚才走，小苏子注意到他，对他格外关注，日子久了，两个人谈起恋爱，算是郎才女貌的一对，引得校园里不少男生，羡慕马骏的福气。

马骏结婚后，携新婚的妻子回家，小两口给母亲请安，母亲坐在床沿，一脸不悦，嘴巴使劲撇在一边，横竖过不去的样子。母亲对妻子的反感，源自何处？马骏私底下想问个明白。母亲依旧坐在床沿，也不搭理，她在听《西厢记》里的《夜坐时停了针线》片段，收音机里唱道：这以后，他说红娘你先走，叫小姐权且落后，月儿才上柳梢头，早已人约黄昏后，常言道……母亲忽然挥手朝马骏打过来：你翅膀硬了，找个老婆，不经过我同意，胆敢结婚，你眼里还有我这个老妈没有？生米煮成了熟饭，才来征求我的意见，不把我放在眼里。马骏嬉皮笑脸，闪开母亲的巴掌说，老妈大人，我怎敢违抗您的意志，在学校里，追她的男人太多，我怕一不小心，她跟别人跑了，先把她做熟再说。母亲道：哄我，我不信你的鬼话，分明是这个小妖精，把你心窍迷住了。母亲扯住马骏的衣袖，他跟了收音机里的调子，一起唱道：期间你何必苦追究，夫人啊，你得放手时且放手，得罢休时且罢休，夫人啊，红娘不曾把日月记，月余来，早已情意两相投。马骏唱完，扑通一声，跪在母亲面前,任由她打,任由她骂。母亲哭哭闹闹,好一阵子,马骏好语劝慰,信誓旦旦,这一关,才算过去。

马骏家住在县委大院,一栋老式四合院,院子里有菜地,桃子树,枣子树,一些花草。小苏子为了讨得婆婆大人的欢心,大早起来,做家务,扫院子,给花草浇水,洗过菜的水,浇菜地,忙完这些活,去厨房做早饭。婆婆早晨起来,看到院子里的地面,新打扫过的样子,估计是小苏子干的,心里不悦,仿佛自己成了客人,小苏子成了主人,这样喧宾夺主的姿态,使她心里纠结不安。她去厨房,小苏子正在大灶上熬米粥,早晨的阳光,从灶房的玻璃窗口,倾泻在她青春的脸上,她的脸上交织着欢快与幸福,儿子所给予的面前这个年轻女子的幸福,使得马骏的母亲忍无可忍,她二话不说,端起一盆菠菜,呼啦一下,泼洒到院子的地面上,转身回到厨房里骂到,菠菜洗得不干净,菜是洗给猪吃的,不是给人吃的,人吃了这样不干净的菜,要拉肚子,想害死我。骂了一会儿,便觉得真是那么回事儿,就势倒在地上,一边打滚,一边嚎哭起来,打人了,救命啊,不让人活了。马骏从卧室里出来,看到母亲挨打的架势,跳起来,挥手就给了媳妇一记耳光,转过身去,扶母亲起来,母亲不依,哭得益发伤心。小苏子愣在那里,缓不过气来,她不知道自己哪里做错了,想来,是婆婆存心找茬,这个家是待不下去了,她回到房里,收拾衣服,一个人,慢慢走,回头看马骏有没有跟出来,身后没有一个人影,泪水涟涟,亦进亦退,回到娘家。

现在,马骏给前妻小苏子打电话,说儿子就在母亲床边,母亲就这一两天了,你是不是过来送她一程。小苏子说,我尽量吧,订好机票就过来。小苏子放下电话,一个人傻愣在那里,好像心里有一堵墙,堵得她这么多年不透气,忽然间,墙体塌掉,一丝清风吹进来。她去书橱拿酒,XO,琥珀色的液体缓缓倒进一只酒红色的矮脚杯子里。往常,她喜欢用透明的高脚杯子,倒三分之一酒杯,是她恰好的酒量,边喝边观赏杯子的晶莹剔透与酒色的纯正。现在,她特意找了一只深色的矮脚杯，到了三分之二杯酒，矮脚杯的内敛替代了高脚杯的张扬，深色玻璃掩藏了酒色的浓艳，似乎是一种暗示，暗示她不愿意被人发现，在这样的时候，还有心情品酒，她在竭力掩饰什么，尽管屋子里没有一个人，她的潜意识在本能地给她掩饰什么。

她陷在沙发里，闭上眼睛，第一次，能够完全沉湎在XO的浓香里，头有些重，往沙发上倒，心里却放下了，轻得要飞，被头拽下来，迷糊中听到电话铃响，伸手去接，愣了一下，直觉感到，可能是马骏的电话，手便缩了回来。

马骏给省城银行工作的一个女孩打电话，告诉她母亲的病情，问她是不是来见母亲最后一面。这个女孩是马骏母亲资助过的一个贫困学生，她考上大学，没有钱上的消息传到母亲耳朵里的时候，母亲去那个女孩的家里考察过一次，回来以后，果断决定，女孩要去上大学，她去上学的路费，伙食费，四年的学费全部由她从自己的退休工资里支付，每学期还没有开学，母亲就把钱汇到女孩的学生银行卡账户内，女孩顺利读完大学，在省城银行找到一份不错的工作。女孩现在穿着体面的服饰，指甲修的干干净净，打交道的都是一些有钱人，她几乎不回乡下，她的身上时不时会流露出一丝优越感。马骏的电话一下子把她拖到不堪回首的那一页，她怕同事听到她的这个电话，躲到一边去接。她慌张的同时有一丝庆幸，以后再也没有人知道她曾经是贫困生了，没有人知道她是靠别人资助才上完大学，贫困，在她看来是和羞惭相伴，那个帮她摆脱贫困的老人，她的内心的感受就像一团解不开的绳索。她告诉马骏，她会去看望他的母亲。

打完这个电话，马骏又给母亲资助的另一个贫困生打电话，同样的内容，马骏已经记不清，自己说了多少遍了，母亲清醒的时候吩咐的，这些孩子都是她的牵挂，她在生命的最后时刻，一定要见他们一面，不然，她不安心。这个接电话的男孩在上大四，一听到资助人要死，他立刻想到他下学期的学费，他问马骏，奶奶有没有把他的学费留下，马骏说，你放心，母亲都交代过了，到时候，我会给你银行卡打钱。男孩这才放心，放下电话，他想到现在是年三十，他暗恋的女孩已经回老家，他要用怎样的方式表达他的爱心呢，他还没有想好这个问题，等他把暗恋女孩的事情搞定，再去想资助人的事情。

在省城的亲戚有几家，每家都来了人和车子，几辆小汽车并排停放在医院大门口，外省的亲戚，乡下的亲戚，陆陆续续都来了，把病房围的满满的，大家分头挤进去，见马骏母亲最后一面，先是和马骏打招呼，再对床上的病人说一些宽慰她的话，老太太已经不能发声，眼睛也闭上了，估计就在这个晚上走。等大家一一话别之后，马骏盼咐两个姐夫：大舅、二舅、三舅、小舅、大姨妈、三姨妈，表兄弟们大老远过来，辛苦了，去安排他们先住下，该让客人们，早点去休息。

亲戚们走后，马骏的两个姐姐给母亲换寿衣。寿衣是母亲在省城的大医院住院出院后，自己在医院门口的寿衣店买的，她一向节俭惯了，为了烧开水的时候省煤，茶壶的壶嘴不漏热气，特意让马骏的父亲，找乡下的铁匠，打了一个茶壶嘴套。马骏的父亲年纪大了，记性不好，有时候，烧开水会忘记盖茶壶的嘴套，母亲就大发雷霆，告诉你多少遍了，烧开水不要忘了盖茶壶嘴，你怎么又忘记了，不长脑子啊。马骏的父亲如果说，忘了，盖上就是，多大的事情啊。母亲就会不依不饶，就这一点小事情，两个人吵得不可开交，闹分家。

现在，她一听寿衣的价格动辄几百元一套，贵的还要上千，内衬都没有拷边，不经穿的样子，就打算找裁缝做。卖寿衣的女人看她气色不好，又是外地口音，一看就知道是来看病，给自己买的。便说，自己做的寿衣，阎王爷是不收的，到了那里就会光身子，连个体面的衣服都没得穿，来世还要过穷日子，活受气。马骏的母亲想想也是，省了一辈子，都病成这样了，还舍不得花钱。马骏的父亲也在一边劝她，裁缝知道你是来做寿衣的，收的钱也贵呢，而且，寿衣有寿衣的规矩，做不好，穿不起来。这一次，马骏母亲听了父亲的劝，她咬咬牙，选了比较最贵的一种，九百元一套的，紫红色的贡缎。

除夕的钟声就要响起，这套紫红色的贡缎寿衣套在母亲的身体上，预示着她将寿终正寝。医院外面的鞭炮此起彼落，马骏的父亲有些支撑不住，姐夫送他回家，余下的家人，等着母亲咽下这个除夕的最后一口气息，母亲的脸色死灰，仿佛已经不在这个世界，她跟这个世界的辞旧迎新没有一点关系。

马骏两天没有睡了，就等着这个时刻，一些告别，一些仪式，母亲是讲究仪式的，要做的圆满，符合她的心意，她才能走得安心，舒适。

街上的鞭炮声渐渐稀疏，平息。马骏看了一眼母亲，她很平静，好像睡着了。心电图的曲线证明马骏的判断，他疲惫地倒在了母亲的床头。母亲这次住院前，已经安排好了自己的后事，马骏不过是个忠实的执行者，母亲要求自己的墓地是双穴的，有父亲的一半，前面要有水，背后要有山，朝南，有阳光照耀着，家族才能兴旺。马骏找到了这样的地方。

马骏醒来的时候，天已经放亮了，两个姐姐不知道什么时候走的，他的身上盖了马霞家的一床毛毯。今天是大年初一，三十是道鬼门关，母亲挺过了三十，初一会不会走呢，马骏心里在想，看看母亲砖土一样的面色，她还有意识，人有意识就应该活着，活着，享受亲人的关爱和曾经建立的关联，希望母亲今天好起来，她还想见到她助学的两个孩子，况且，小苏子确实在悉尼给母亲买了新药，小苏子明天该到了。

大年初一，街道上一片寂静，所有的商家都关门打烊，看不到一个做生意的人。这是一个安静的从前的世界，现在的世界躁动不安，每天都在飞速奔跑，两天比一天还要短，过年，是把过去的慢的世界展示一下，叫人们留念和回望，转瞬，就会回到奔跑的新世界。

马红骑了一辆自行车来，给他送早饭。还带了一小包饼干，母亲清醒的时候，想起来，要吃的一种，马红跑遍县城，在一个偏远的村口买到的。马红原来在工厂上班，工厂倒闭后，下岗，她是勤快人，闲不住，做了三份钟点工，加在一起比下岗前的工资还要高一点，只是养老保险要自己去交。母亲病的这些年来，每天都是她回家做饭洗衣，照顾两位老人。马霞提出过，母亲应该给妹妹开一份工资，就是在外面花钱，找钟点工回家做，也找不到妹妹这么贴心的。

母亲说，要给，你自己给，天下儿女，孝顺父母乃天经地义之事，还要我们付工资，岂有此理，我养你们这么多年，难道白养了？你看电视上法制现场播出的节目，一个母亲，她女儿两岁的时候，跟别的男人跑了，现在，这个女孩长大了，母亲老了，要她抚养，她不肯，法院还是判她给母亲养老，要她孝顺母亲，要她接母亲回家住，给她看病，伺候她。这是孝道，法院是最讲道理的地方，听大院的人说了没有：隔窗望见儿喂儿，想起当年我喂儿，我喂儿来儿饿我，当心你儿饿我儿。你们今天孝顺我了，明天，你的孩子才会孝顺你，大家都讲孝道，社会才能和谐。

马霞说，公平，正义，才是真正的和谐，孝道是对人性的压制，把社会、国家的责任转嫁到个人头上，就是纵容人不负责任，养儿防老是错误的，国家应该给纳税人养老，倡导义工。

马霞的话引起母亲的极度反感，造反了，才读几天书就想造反，几千年传统文化，讲究孝道，你这些谬论，离经叛道，亏你还当老师，这样的思想，到学校教书育人，岂不误人子弟，你该下岗，那天，见到你们学校的校长，叫你下岗。

马骏看到母亲脸色变化，把马霞拉出门外，低语，你跟她讲什么道理，都这把年纪的人了，你能改变她什么，什么也改变不了，还惹她生气，有理也不要跟她讲，要哄她，哄她开心，人到老就像小孩一样，她没有多久的了，不跟她计较，就是。

马红也说，大姐，你就不要为我争了，以后，我跟爸爸过，照顾他，他的退休工资交给我，你们两个不要有意见。

马骏说，母亲已经跟我交代过，她走以后，父亲要跟我过。

马霞说，父亲不是白痴，他想跟谁过，他就跟谁过，任何人都不要干涉他的自由。马红说，其实，最后不管他跟哪个过，都是我去烧饭洗衣照顾他。马骏笑道：你到我家去烧饭，顺带搞卫生，到时候，我付你工资。

早上十点钟的样子，安排住在宾馆的亲眷们已经起床，吃了自助早餐，三三两两地来到医院探视。走在前面的是大舅、二舅、三舅、姨娘们跟在后面，表兄弟们在停车，一个姐夫去省城的机场接小苏子，马骏吩咐的，他想让母亲尽快吃上新药，也许会有奇迹出现。

病房里，马骏对母亲说，大舅大姨他们都来过年了，住在我们家里，现在来看你，你睁开眼睛一下。母亲似乎听懂了马骏的话，她的眼皮动了一下。马骏把母亲的手放在自己的手心，母亲的手干瘦的，土灰色，缩小了，像风干的鸡爪子。马骏捏着母亲的手，又说了一遍先前的话，母亲的眼皮又动了一下。

这时，大舅已经走了进来，二舅也进来，兄弟姐妹几个都围到了床边，母亲似乎闻到了童年的一丝气息，这气息是如此的富有生命的律动，像田埂边的草芽，藏在荒芜的草下，冻土变软的时候，一下子窜出遮蔽的落叶。她突然睁开了眼睛，头脑清醒，穿着寿衣，看到她的大弟、二弟、三弟依次走到她的床边，她笑了起来，好像回到从前，从前，她是他们的大姐，她和母亲一起带着他们长大，大弟的脾气好，三弟的脾气臭，她对他们了如指掌。他们一个一个依次过来喊她，大姐，你好些了吧，今天是大年初一，我来给你拜年，说完，给大姐鞠躬。小姨娘的儿子挤到前面说，大姨妈今年还给我压岁钱啊，我又长大一岁了，大姨妈，我剥橘子给你吃好不好？说完，他把橘子汁挤出来，侵湿了棉球，搽在大姨妈干瘪的嘴唇上。

橘子的气息甜蜜，芬芳四溢，遮蔽了病房里药水的味道，马骏母亲的脸上又有了些微的笑容。她闭上了眼睛，沉湎在一种清晰的意念中，大家听到了她说话的声音：横式要等于竖式，错了，马红真笨，伸手来，尺子，打手心……大家在屏息倾听，三舅的手机铃声突然响起来，听见三舅妈在说：你大姐还好吗？三舅压低了嗓子说，还好，现在，我们在病房跟她拜年呢。三舅妈一听这话急了，那你什么时候能回来啊，明天，亲家要上门，我们好歹要有准备，前面几个对象都吹了，要是亲家来，看不到我们新买的轿车，你这个当家的也不在，怠慢了客人，搞不好，又吹了。

其实，二舅也急，他在单位的副科一直没有转正，领导每年的团拜会，基本轮不到他，年前，他给领导家的装修下了苦力，算是回应，领导和他交代，大年初二去参加中层干部团拜会，这么个机会，怎么能放弃呢，年纪不小的人了，这样的邀请还是拎得清的。

大舅走到母亲床边俯身下去，贴着母亲耳朵说：大姐，你还有什么不放心的事情要交待的，我们都在场，你说出来吧。母亲的眼睛眨了一下，什么也说不出。大舅又说，我们大家都过得很好，你也看到了，放心走吧，不要担心。母亲嘴角翕动了一下。马骏注意到这个轻微的翕动，他出去给姐夫电话，问小苏子接到没有？姐夫说，已经上车，如果高速公路不堵车的话，中午就到。另外，那两个资助过的学生，来不了，不要等了。

这个上午，大家轮流进去和马骏的母亲说话，母亲的神志时而清醒，时而糊涂，她要吃饼干。按理说，胃出血的病人是不能吃东西的，连水都禁喝，但是，医生说了，这样的病人，已经没有什么忌讳的了，想吃什么就给她吃什么，尽量满足她的所有要求。

姨娘们七嘴八舌地在一边谈论过年的事情。交代马红弄饼干，不要多，半块就够了，用开水和软，小勺喂进嘴里。马骏看到母亲的嘴动起来，她在吃，努力回味饼干的味道，应该是记忆中饼干的味道，她已经很久没有吞咽过了，饼干在嘴里移动，咽不下去，马红给她喂水，忙了半天，算是把半块饼干喂了下去。

中午的时候，小苏子终于跟在姐夫后面到了医院。星星围着她打转，亲昵地咬她的裤腿。她把药品交给马骏，马骏打开说明书阅读，马红准备给母亲喂药，因为母亲一周前，营养液已经滴不进去，打针也是，药水很难推进去。医生的说法是，如果继续用药，病人痛苦，没有任何医疗价值，人财两空，还折腾病人。

但是，马骏期待奇迹出现。马红按照他的吩咐，几个姨娘帮忙，一阵手忙脚乱，折腾，把病人的嘴巴扳开，药水灌进去，再把病人抱起来，防止药水回流，呛入气管。

喂完药，一行人去饭店吃饭。马霞带了酒，大年初一，小苏子回来一趟不容易。

亲人团聚，总要喝些酒的，菜点得丰足，几个舅舅都能喝酒，聚到一起，也不容易，纷纷给小苏子敬酒，已然没有了往日的生分。小苏子也坦然，心里却是明白，人生就像一出戏，台上的主角，戏唱完了，该要落幕退场，偏是不肯下这舞台，弄得配角们站在舞台上不知道如何是好，自己在不觉中，也卷了进去，串了一场，明日里，不管她下不下去，自己是要带着儿子，飞回悉尼。

这样想着，忽然抬头看见马红，正喊她，感到自己有些走神，慌忙和她招呼。原来，马红心里惦记马骏，拎了些打包好的饭菜，正准备去医院送饭。星星饿了，老远出来迎她。马骏也饿了，狼吞虎咽的样子。马红弯腰整理床头柜的物品，她说，小苏子好像明天要走，回头你去她住的宾馆打个招呼，不然，人家老远跑来，也不去见一面，有点说不过去。

马骏回道，你说的也是，可是，我怎么能走呢，答应过母亲的。马红说，我在这里，一时半会不会有事情，你去了就来，打个招呼，顺便安排一下，你儿子什么时候走，悉尼那边不过春节，他们是要上班的。

马骏看了母亲一眼，又看了一眼，希望母亲等他回来，他说，妈，你不要睡，等我回来再睡。母亲似乎听见了，眼皮动了一下，嘴角在微微翕动，马骏把耳朵凑过去，隐约听见一丝气息：谢谢她。马骏心头一热,转身出了病房,丢下马红一个人在那里。她不知道母亲刚才说了什么,想问,但是,马骏已经急急忙忙走了。

见到小苏子的时候,她微醺的样子,被几个舅舅劝了不少酒,这些舅舅们就是这样,不把客人灌醉,不足以证明自己热情好客。酒精使得小苏子双颊绯红,两眼放光。马骏从门外进来的时候,他侧身,甩头发。一下子,时光倒流,仿佛是刚从校园走进图书馆,却分明不是那个时光,不是年轻的瘦削的马骏,而是中年的有些臃肿,头发斑白的男人。他们已经多少年没有见面,彼此的情况,是儿子在传递。这既陌生又熟悉的马骏,使得小苏子有些伤感,她仰脸看他,想在他的脸庞上挖掘出往昔的影像,把那些藏在深处的记忆刨攫出来,一个人存在于另一个人的心中,除了记忆还有什么?小苏子有很多话,想对这个男人倾诉,她一个人在悉尼的时候,夜里,躺在床上,幻想他在身边,在听她诉说。她对他说过多少话啊,生活中的点点滴滴,欢乐的,痛苦的,悲观的,希望的。现在,面对他的时候,忽然什么也说不出来了。

马骏倒了杯水,递给她,说,谢谢你的药,母亲吃过,好些了,她叫我来看你。他这样说,无非是表明他母亲对她态度的改变。小苏子淡淡笑了一下,有些失落。她已经见过马骏的母亲,那个老人萎缩的核桃般的样子,已经全然没有了当年的盛气,她的内心早就原谅了那个枯槁的老人。人,这一辈子,到了一把年纪,才懂得,宽恕别人就是宽恕自己。那些仇恨的妒火,是通过自己的肉体喷射出去,肉体承载了愤怒的源泉,最先受到了伤害。如果,她的心里还有仇恨,她一个人带着孩子,在悉尼,是过不下去的,她也不会给她找药,千里迢迢送回来。她在意的是当下,是马骏对她的态度,是生命的这个剖面。

已经是晚上十一点多,两个人约好明天,请姐夫送小苏子和儿子去机场。马骏给姐夫电话,电话始终占线,打不进去。正准备去医院,姐夫的电话来了,姐夫说,刚才突然落下的大雪,能见度太低,一辆运煤的卡车迎面撞上了三舅的车,宝宝和你媳妇在三舅的车上,卡在车里出不来,宝宝还有呼吸,大人好像不行了,后面的车全部追尾,连环撞,你赶快去现场。

　　马骏一下子跌坐在床上,目光呆滞,人傻了一般。小苏子却清醒过来,她说,走,我陪你去。马骏不动,僵了。小苏子伸手抚摸他的头,像对儿子一样,醒醒,马骏,醒醒,天塌下来,我陪你撑着。马骏浑身冰凉,彻骨的凉。小苏子转身去柜子里拿钱包,起身抱他,往门外走,马骏,相信我们,一切都会过去。

2011.2.28.一稿,
2011.4.7.二稿,
2011.4.21.三稿
2012.8 期 A《山花》

择　校

终于等到蒋总办公室的客人散尽,巩经理大步走到他的老板台面前,拍着自己的胸脯说,你女儿的事就包在我身上了,我包她上外国语学校。蒋总反问,你可有把握?今年是摇号,要是摇不上怎么办?摇上你还找我干什么?我就是包你摇不上也要上,你放心了,百分百上。

老巩是蒋总下属公司的汽车分销商,老巩公司有多少畅销货,计划定单卖多少,全在蒋总的一支笔上,现在,蒋总对老巩的单子是有多少批多少,蒋总想,就算上面知道又怎么样,哪家无儿无女?我为女儿违一次规,就是找到局长,恐怕也是要帮我一把的。我从来没有拿过下属公司的回扣,年前老巩送来的四万块红包,怎么推都推不掉,只好交到会计手上,过了年,叫办公室主任还了他,这次也是他主动盯着我的,老巩向来是个做事有谱子的人,他打了包票的事,一定不会错。

蒋总的妻子绣枝不相信老巩的承诺,她说我最恨这些说话不打草稿的人,连我家小孩的学校、身份证号、学习成绩一点都不知道的人,就随便拍胸脯打包票,一点根据都没有,你就是找人进去,也要有个理由,是奥数获奖还是特长生,是市长批的条子,还是教育局长家的千斤，你总要给校长一个对外的说法，老巩找谁？和他什么关系？深到什么程度？你什么都不知道，就相信他拍胸脯的保票，你要问清楚老巩这几个问题才是。

这天中午，蒋总没有去局长办打八十分，他把老巩约来，老巩说你放一百个宽心好了，我老巩什么时候说话不顶数的，我实话告你，外校的校长是我的小舅子，我小舅子的儿子在我公司做事，我早就跟他匡好头了，你把你女儿的情况告我。

蒋总召来秘书，把他女儿的各种获奖证书复印一份交给老巩，老巩一张张看过去，乖乖，这么多奖状，还有全国获奖的，就凭这么多奖状也要招她，前年我家女儿进去，一张奖状都没有，你女儿真不错。绘画获奖有什么用，要奥数获奖才有用。这里不是有数学获奖的吗，老巩指着手中的数学奖状。要全市一等奖才行，这小奖算吗？蒋总瞪了老巩一眼。你不要操心了，包在我身上，老巩抹了一把胡须拍着胸脯说，百分百让你满意。

老巩前脚出去，后脚小郜敲门进来，小郜的单位在一家汽车分销商处定了一批小车，车还没提走，每辆就降了九千元，小郜找商家谈了多次，人家都不肯退款，最后一次去磨，只答应每辆换一套皮的内置，外加进口遮阳膜。小郜单位的领导找到蒋总的上一级书记，书记给蒋总打招呼，蒋总把电话打到分销公司，通知他们退款，小郜拿回退款后来谢蒋总，走时硬丢下一只信封，内有港币人民币存折两份，竟然是蒋总的名字，在实名制的今天，不知道他怎么存起来的，蒋总就打电话叫会计进来，会计说不知道这事，蒋总就吩咐她把存折过几天退给小郜单位。

小郜见蒋总的会计和办公室的主任一起来还钱，知道蒋总不是那号人，便不再勉强，却意外获知蒋总的女儿小升初要择校，小郜就找上门来，小郜说，蒋总的事就是我的事，小升初择校这事包在我身上了。蒋总说，小郜呀，你的好意我领了，已经有人帮我办了，要是有什么问题再找你吧。小郜还想说什么，欲言又止，看一个大腹便便目空左右的人径直进来，蒋总赶紧起身相迎，小郜一看就知是个官儿，招呼都没打，忙起身悄悄退出去。

有了老巩的保证，蒋总就放心出差去了。小升初的第一轮摇号在星期天的上午举行，好多心急的家长等不到第二天查号就去了现场，蒋总家对面的孩子报的也是外校，孩子妈妈是一家银行新提拔的行长，她作为学生家长代表参加现场摇号，绣枝把女儿的身份号码给她带去，请她顺便帮查一下。才九点多一刻，电话就来了，以为是对门女孩妈妈，却是老巩，蒋夫人吗，我现在摇号现场，就坐我小舅子旁边，你女儿的号没有摇上，没关系的，包在我身上了。一会儿电话又响了，是对面妈妈打来的，激动万分的声音，她还没有开口，绣枝就知道她家摇上了。

老巩这一大早就跑到摇号现场，说明他是真的帮自己家的孩子，绣枝开始相信老巩的话，下午老巩又打电话来说，我的一个老表托我帮忙，我没有答应他，我今年就保你家小孩一个，我已跟我小舅子说好，让他明天晚上跟蒋总见面，蒋夫人，你就放心好了。

绣枝挂了电话，就打蒋总的手机，蒋总说知道了，我走之前就跟老巩安排好了，不当面见见他小舅子，光听他一面之词，不踏实，我要见到校长，听听校长的说法，再说就是上了外校，认识认识校长，以后对小孩也是有好处的。

报外校摇上的孩子要考试，考英语，八比一录取，对门家的孩子去外籍教师家强化听力去了，绣枝的女儿豆豆没人玩，就不停地看动画片，反正有老巩帮忙，外校是一定上得了的，绣枝去银行取钱，准备交赞助费，同时也为老蒋准备几千块钱，明晚好见校长。

绣枝取了钱回来，豆豆还在看动画片，绣枝一言不发，走过去就关了电视，豆豆正在兴头上，气得斜眼瞪着绣枝，两个人一句话不说，都狠狠地盯着对方的眼睛，绣枝心中的火像利剑穿出来，把豆豆劈得七零八落，豆豆渐渐移开了眼光，盯着地面，绣枝把新买的报纸递给她，你好好看看今年高考尖子生的报道，看看人家女孩是怎么学习的，光聪明是不够的，勤奋出成果，不勤奋到哪里收获，你看完了写篇作文，根据人家的学习方法，总结一套你自己的学习方法，上初中了，不能再像小学一样，什么都靠你爸，要自觉。

　　吃过晚饭，豆豆又坐在电视机前看娱乐节目，看得眉飞色舞，绣枝看不惯却懒得说，走进她的房间看她写的读后感。第一段写的是各个高考尖子的学习方法；第二段这样写：从这么多学习方法中，我总结出了最有效的学习方法，主动学习，多积累，多提问，高效率，重视基础知识，有自制能力，有良好的学习心态，不能见困难就让，见容易就上，要会调节情绪，在挫折面前把握好自己。但是，我认为我在自制能力，主动学习，学习心态这三个方面还不够，有时会放纵自己，见到难题就不想做了，一看见应用题的题目长一点就会害怕，害怕动脑筋找麻烦，难题只想一会儿就不去钻了，把思考让给了老爸，没有那种弄不明白心里不舒服，有件事没完成的感觉，好像学习是为了别人而学，动不动就问老爸今天复习什么？明天复习什么？心里没有计划和打算，这一点已经是多年来养成的习惯，要一下子把它改掉，还有一定的困难。

　　我觉得晚上不应该复习的太迟，那样我会困，并且很累，都忙了一天了，学校上课，下课赶作业，中午赶作业，放学回来又是赶作业，赶了一天，精神很紧张，处在亢奋状态，晚上又学那么晚，不仅眼睛受不了，身子也受不了，我知道别的孩子比我更苦，比我更累，可是你希望我变成学习的机器吗？你希望我童年的回忆净是作业、试卷、复习、作业、试卷、复习吗？我相信你不会，你说过，你要给我一个快乐的童年。当然，我也知道这个年代竞争激烈，没有真本领根本就找不到工作，所以，我也决心要好好学习，主动些，不让你们烦神，可是，每次都以失败告终。

　　有一次，我考得很差，和你们以前对我的期望差很多，当我看到大家失望的表情时，我很伤心，真的！！！那时，我觉得人生做对不算什么，重要的是不能待在世上受累，除了累，还是累，我那时真的不想活了，觉得死了什么都没有了，不会再累、再苦了，可是，这种感觉仅仅维持了一天，我认为，这是我的学习心态不好，经不起打击……

这天夜里，绣枝在床上翻来覆去睡不着。豆豆作文里的字老是在她眼前跳，搅得她难过无比，人生做对不算什么，重要的是不能受累，受累不如去死。难道你人生最重要的组成部分，才刚刚长成还没有独立的那一块，忽然间就把你一直坚守的东西一下子摧毁！她生来就是为了和你对抗？你一生都在努力做对，为此心甘吃尽苦，难道你错了？这么久？

现在是暑假，多数孩子都在家，对面的女孩和豆豆在一个班，她们这一代都这么想吗？看看她同龄的孩子怎么说，绣枝就问对面的女孩，你觉得人生做对还重要呢？重要的是什么？告诉我你真心的想法，阿姨为这个问题而苦恼。女孩想了想说，应该是人生做对不完全重要，重要的是，是什么呢，我一下子也找不到适合的句子，反正后面两句有问题。

蒋总赶到茶馆的时候，老巩已经要好了茶，手指着他身边的中年男子介绍道，这是我的小舅子，外校的、外校的老师。蒋总疑惑，不是说校长吗，怎么变成了老师，又想校长说成老师也不错，就掏出自己的名片，恭敬地双手递了过去，校长也把自己的名片双手回递给蒋总，蒋总飞快扫了一眼职务，清楚地印着：校长秘书。

校长秘书告诉蒋总，孩子上外校的事没有问题，录取谁要通过一个七人参加的表决会，超过半数以上的人投票才做数，为了确保万无一失，他已跟校长和副校长说了，只是副校长的儿子今年大学毕业，看蒋总能不能通通关系，帮孩子找个工作。学什么的？学建筑设计的。那只有到设计院了，我有个同学是设计院的院长，我尽快跟他联系一下，你叫校长儿子把个人资料准备好，我女儿入学的事请你们放在心上。

择校的事蒋总表面不动声色，内心是有压力的，女儿上个好学校固然重要，他的面子也重要。女儿能不能进外校，标志着像他这样的男人在社会上是否为成功之士；如果女儿进不了好学校，自己在母亲和绣枝一家人面前就抬不起头来。好几次，绣枝带女儿回娘家，他都不肯去，他怕丈母娘问这事,他还怕下属笑他这个老总没本事,连孩子上外校都搞不定,所以他一回家,尽管是深夜了,绣枝母女已睡了,他还是给院长打了电话,你老婆要的车型到货了,你明天叫她来提货。价格怎么说?先从仓库调一辆,不慌结算,等过段时间,这种车型降价以后,你再来结账。最后他反复强调,校长儿子进不进设计院,关系到他女儿上外校,你一定要在录取通知发放前,把那个大学生档案接下来。

院长看过大学生的档案就去找蒋总,大学生的爸爸不是校长,是教务主任,学的专业也不是建筑设计,是监理,学监理到我们院有什么用?你不管了,先把他弄进去,等我女儿进了外校再说,不行就把他弄到你们设计院下属的监理公司,下到工地一线锻炼锻炼,这对他是有好处的。

大学生的工地在郊区,夏天戴着头盔在露天监理,干了两天就受不了。老巩找到蒋总说,他爸爸想叫他在设计院学电脑CAD绘图,不想下工地干监理,小孩嫌苦吃不消,你跟院长说说,把他调回去坐设计室。

绣枝听说不肯了,怕下工地当初就不要学监理,设计院又不是学校,工作就是你劳动人家付报酬,人家付报酬给你学习,这等好事哪里找,现在找个工作多难,我们不过是上三年初中,就这样折腾人,要是真的进了外校,动不动就找你换工作,否则拿你女儿做抵押,这么看来,我还不想进外校呢,给他拿捏得像小二子似的。

蒋总心里也不舒服,本来就没有找工作这档子事,突然在这节骨眼上冒出来,还挑三拣四的,不行就找小邵,看他说的是真话还是假话。

几天后,老巩又来到蒋总办公室,看来你女儿的事有点麻烦,你是不是找局里的书记跟校长打个招呼,我这两天都急死了,到处找人。

我是找你还是找书记,这个问题要搞清楚,哪个帮忙我承哪个人情,你要帮不上就说,不要为难,我找别人。蒋总的语气很呛,夹着火药味,他有一种被下属戏弄的感觉。

我没想到上外校这么难,我又找了一个朋友,他已答应帮忙,我真的急死了。老巩耷拉着脑袋，一副苦不堪言的样子。蒋总无奈地说，算了，上个外校就急死人，犯得着吗？不就读三年书吗，我找别人，你就不要为难了。要找就找市长，你跟市长打个招呼，找什么人都没得用的。

蒋总心想，这种事也要找市长，难道市长是我家后院大妈，真是搞笑，没有水平的人就是不晓得轻重。老巩掏出香烟弹出两支，递给蒋总一支，又给他点上火，轻轻问你找哪个？和你一样，拍着胸脯给我打保票的人。蒋总眯着眼，打开电脑，朝显示器的背景美女图上，喷去一圈一圈的烟雾。

豆豆一早起来赶完作业就看小布老虎丛书，不会的题目也不想，等着晚上问老爸。绣枝中午给她买了汉堡包回来吃，豆豆明澈的眼睛看着妈妈说，你下次每天中午都给我买汉堡包吃，我不喜欢吃饭。想吃汉堡包还不容易，美国人不吃饭，一天三顿就拿汉堡包当饭。那我就到美国去。学习不好的孩子美国不要，你天天看闲书，学习怕苦，美国人不要懒鬼。那我好好学就是了。要给假期订个计划，付诸行动，日子一天天就过去了，别人假期结束收获果实，你收获虚度，你拿个瓶子看看光阴能不能装进去，虚度还有重量。豆豆笑了，怎么可能呢，妈你真逗。

绣枝去冰箱拿出一桶酸奶，倒了满满一杯给豆豆，不要噎着，喝口奶再吃。我喝不了这么多。剩下我喝，绣枝说，从前啊，有个老头在海边捕鱼，捕了好多鱼还不收网，又累又辛苦，一个年轻人躺在沙滩上晒太阳，老人说，年轻人啊，你怎么不去捕鱼呢，年轻的时候多捕一点鱼，老了的时候就可以不下海，在这里晒太阳了。年轻人说，我现在不就在这里晒太阳吗，为什么要到老了才晒太阳。你说哪个对？

豆豆最喜欢脑筋急转弯了，当然是年轻人对了，这么简单的题目，傻子都知道。其实豆豆心里非常清楚妈妈讲这个题的用意，她知道妈妈要表达的意思，她故意装憨，她不想像别的孩子活得那么累，那么累的生活有什么意思，像一个做题的工具。

小郜主动来找蒋总，他拍着胸脯说，哪怕都开学了，我都能把你女儿搞到外校，不信你看，你不用操心了，这事就看我办了。正说着老巩来电话，外校分部民办初中扩招，你赶快去报名，上了以后我再带你转学，转到本部。蒋总说开什么玩笑，民办部还没得我们直升的中学好，再说交那么多钱，到时退不退？能不能转？都是问题，我花这么大的代价读三年书，到美国上中学都够了，这事我不会考虑的。

中午局长打电话来，老蒋啊，三缺一，你快来，就等你了。蒋总就开了车去，两圈八十分下来，蒋总跳三级，局长抖了抖烟灰笑言，老蒋啊，你这阵子是赌场得意学场失意，要不要我跟外校的校长打个招呼，校长跟我有过交易，我说肯定行。蒋总又摸了一把主，全是小主，他却把分都绝在底牌中，他想搏一把，他说这事确实比较难办，我尽量自己办，不给局长添麻烦，实在办不好再麻烦局长。

小郜打电话来，蒋总，我最近在外地出差，下个礼拜回来给你办小升初的事，我老婆这几天可能有点事麻烦蒋总，请你多多关照，我一回来就去外校办入学手续。

绣枝今天心情好，陪豆豆一起看动画片，有妈妈陪看，豆豆话特多，她看完一个频道立刻换另一个频道，这期间绣枝就问豆豆想不想择校，豆豆说了句无所谓，眼睛始终盯着电视上不断变化的画面，眉飞色舞，连看了三场动画片不看了。绣枝说，还有频道放动画片，你怎么不看了？都是国产片，不好玩，画得也不好，色彩音乐都不好，美国的动画片最棒，幽默酷，日本的制作精良，国产片糊鬼，一点都不好玩，给弱智儿童看。

正说着，对门电话来了，豆豆妈，我女儿没考上，差一分，我打算交钱上，要是我们差一分的都不行，我就把外校闹个底朝天，看看究竟是哪些有权有势的人占了我们的名额，我这次是豁出去了，你家豆豆怎么讲？还没定，我个人是不主张上外校，我不想和学校有什么交易，我想小孩跟学校没有关系才好，不要因为大人的关系而影响她，她学习好，老师自然待她好。我烦不了，我们大人小孩打拼这么多年，不就是为了上外校吗，我们这么多年的学费补习费，这么多心血付出，我们是非外校不上。女行长有一个事没跟绣枝说，那是她的杀手锏，她决定给外校的民办分校贷款建校舍，她要亲自去和校长谈，谈不妥，再闹，鱼死网破也要上。

女儿的事没定，蒋总的心情糟透了，底下的人都躲着他，唯恐他把茶杯砸到哪个身上。绣枝也感觉到他的定力不够，哪句话不对他的胃口就翻脸，像吃了枪子儿，她想现在该是我表明态度的时候了，她边切菜边随意地说，其实我一直不主张上外校，不敢说，怕你翻脸，一个男人一心要做的事，女人帮不上忙，还反对，你一定会恼火，所以我一直没说，我同事都说豆豆应该上美术班，我也这样想，美术班是她直升校的快班，她画得好，为什么非去挤数理化这一条大道呢，不是所有的孩子都有这样的艺术天赋。那她数学好，去学艺术不是亏了吗，不到万不得已，我是不会给她学艺术的，艺术值几个钱，都是假口子，好端端的孩子都糟蹋了，你叫那些画家来做做她的奥数题，要能做出一题，我就到群艺广场爬一圈。蒋总一脸的不屑，厨房里布满了硝烟的味道。

绣枝不语，她不想引火烧身，她想，没有来自家庭内部要上外校对他的压力，他可往后退一步，退一步海阔天空，他就可冷静地想一想，到底自己在这件事情中哪里失算，他就不会被一些知道他急于择校的心理的人所利用，进而牵制他。

小郜的老婆来找过蒋总，她开了一家机电公司，想代理一款新车型的销售。没问题，绝对没问题，蒋总眯着眼睛，看着女人一脸的媚态，语气肯定地说。

星期天上午，绣枝一家出门度假，刚把在超市买的一箱矿泉水搬进后备箱，手机就响了，是个女人嗲声嗲气的声音，蒋总啊，猜猜我是谁，想不起来了，才见面就把我忘了，你还在床上啊？我请你喝茶。蒋总说，我在车上，我们一家出去玩两天就回来，回来再跟你说。出去玩不要忘了我啊，蒋总不等她说完就赶快关了手机。

迎面过来一辆红色的跑车，爸爸快看快看，真酷呆了。你要是考上清华，爸爸就送你一辆这样的跑车。爸爸你这辆车的内置就像拖拉机，你先换辆新款奥的A6再送我也不迟，你开这么落伍的车也不嫌丑。爸爸是准备换了，就等局长换了我再换，我总不能比局长开的车好吧。你看那个自行车道上骑三轮车的人。豆豆说，就是那个骑三轮车的老头？是呀，他小时候是爸爸的同学，他上学的时候可快活了，从来不做作业，都是等爸爸做好了他拿去抄，从小学一直抄到中学，快活吧。爸爸要是有一个题做不出来，觉都睡不着，后来，爸爸在清华上了四年学，他在石库门玩了四年鸟，你说哪个辛苦？当然爸爸比他辛苦，做作业多苦啊，养鸟多好玩，爸爸你也给我买只鸟还行啊？行啊，再给你买辆三轮车。

设计院院长打电话给蒋总，问那个大学生调动的事。蒋总脸一拉说，他妈的涮了老子一把，还想调工作，调死呀，专业也不对口，还怕吃苦。正说着，门开了，是人大的秘书长，蒋总赶紧换了笑脸招呼她，她说小蒋啊，我干女儿择校，也不跟我说一声，这就是你的不对了，你拿老大姐当外人是不是？蒋总说，哪里的话，都是一家人，低头看了下手腕，都中午了，对面新开的大酒店，鱼翅羹做的不错，我叫办公室订个包间，一会儿去尝尝。

原发2004.1期《四川文学》

友贵是上海人

友贵是个了不起的人,他的了不起就在于,他曾经为了某个大人物的孙子,将一大笔资金转移到境外。事发后,他一个人顶了下来,为此,他坐了牢,并且断了一条腿,至今走起路来一拐一拐的。对于如此仗义的臣子,主子也不会亏待他。现在,他在深圳和上海都开了自己的公司,生意做得红红火火。

晓绢的老板听到此,便联想起上海一家出租公司欠自己的一笔款子以及要在浦东组建的新公司正需要友贵这样的既懂经济又仗义的人,就特意把友贵从上海请到古城,好酒好饭,游山玩水。感情联络好了,再委以重任,日后,还怕友贵胳膊往外拐?这是晓绢老板的如意算盘。

友贵就是友贵,天南海北,妙语连珠。引得老板的屋子里传来阵阵笑声,连走廊的空气里,都弥漫了轻松的气息。

老板把友贵安排在古城,一座古色古香的五星级酒店里,调了专车和司机陪同。一天下午,司机把友贵送回酒店,回来后,到晓绢的办公室报销汽油费和餐费。他一边粘发票一边和晓绢的同事津津乐道,友贵的身上一共有多少条鳄鱼,那条是正宗的,那条是仿冒的,从领带一直数到钥匙链。

晓绢忙着调集资金，准备去浦东投资新公司要带的现汇以及去出租公司讨债要带的文件资料。听到他们议论友贵身上的那些小鳄鱼，心想摆谱罢了，要是真有钱，未必会这样。

想当年和老板在香港，那港佬请老板吃饭，简简单单的工作餐。老板觉得受了冷遇，又不好发作，晓绢看出门道，就嚷吃不惯。老板借口换了饭店，恶狠狠地点了一大桌，豪请了港佬一顿。没想到，那港佬就跟了老板来到古城。穿了解放军的马夹，黑着脸，一副退休公安的模样，参观了开发区，金秋恳谈会上签好了合同，花花地就汇来几个亿。

所以，当晓绢在火车上，意外地看到友贵他们在不远处夸夸其谈时，她像什么也没有看见似的，把视线扫到窗外。

晓绢出了火车站，打算去浦东开发区老板指定的银行。上了一辆等候在那里的出租车，晓绢随手关上右边的车门，左边的车门却被打开了，晓绢赶紧去关左边的车门，右边的车门又被打开了。晓绢惊奇的看过去，这才发现，平地里冒出了一群小乞丐。司机不耐烦地操着上海方言骂他们，他们脏兮兮的小手从窗玻璃外伸进来，向晓绢讨钱。

友贵出现了，他吼起来，骂声像石子砸在地上，小乞丐们四散开去，司机油门一轰，车子扬长而去。

晓绢从后视镜里看到有一辆车正紧跟着她，她回过头去，扫了一眼车牌号。车过浦东大桥的时候，晓绢再次回头数车牌号，确认还是刚才那辆车。晓绢紧张起来。到了浦东开发区的那家银行，晓绢一头冲进去。回头看时，跟踪的车正停在银行门口，车窗里伸出一只带了大方金戒的手，手指正抖烟灰。方戒叫晓绢认出是友贵的手，她的心方才落地。

晓绢进了银行，往信贷科走。她说明来意后，信贷科的陈科长热情地接待了她。她提出，她把大笔资金放在这家银行的要求和条件，陈科长一一答应了她的要求和条件。她掏出她带来的大额现汇，陈科长眼睛一亮，立刻给了她一个新的账号，然后带她去接柜进账，现汇进了刚才开的新账号。他们互换了名片，晓绢又要了接柜的电话，陈科长和晓绢在银行门口握手道别。一切都显得那么顺利。使晓绢觉得浦东改革开放的步子比古城要大得多，环境也宽松得多。

出了银行的门，晓绢像卸了一个大包袱，顿觉轻松了许多。她抬眼看见友贵坐在车里冲她笑，就上了友贵的车。友贵早已在古城打电话帮晓绢定好了酒店，他们就直奔坐落在徐家汇的那家酒店。车驶进徐家汇的时候，晓绢都认不出了。原先窄小的徐家汇，现在变成了一个宽阔的广场花园，花园的东面有一座长长的人行天桥，天桥上有两个民工，坐在台阶上打瞌睡。出租车平稳地停在酒店门口，晓绢付了车费，拿了发票，友贵帮她提着行李，两人进了酒店。

晚上，友贵要尽地主之谊，请晓绢吃晚饭。晓绢很累，那儿也不想去，只想趴在窗口看看太平洋百货的夜景。友贵坚持要带她去美食一条街尝鲜，盛情难却，晓绢只好跟了去。下车的时候，友贵没有零钱，晓绢说我有，从后面递给司机。

晓绢想进一家小的饭店，友贵嫌太寒碜，要找一家最豪华的饭店。走完一条美食街，友贵都不满意，又上了另一条美食街。友贵选了半天，总算找到了一家最好的。晓绢想少点几个菜。友贵说："不行，请你这样漂亮又能干的小姐，菜点少了，很丢份的。"小绢不喝酒，友贵就要了一瓶上千元的低度洋酒。

菜一道道上来，浅浅的小盘子，盘子中间浅浅的一点菜。和北方饭店里的大盘菜简直不能比。尽管如此，还是有的菜没碰就端下去了，好给新上的菜腾出位子。小姐穿梭不停地跑出跑进，好像有上不完的菜。

酒过三巡，友贵醉眼蒙眬，讲得话像上的菜一样多。大概意思是，他新近娶了一个电影明星做太太，刚生了儿子，并把照片拿出来给晓绢看。晓绢问他："你是上海人，为什么讲香港话，我听不太懂。""我就是讲这种话了，我在深圳干过，就这么简单了。"友贵的手在空中旋了一圈，叭地朝小姐一个脆生生的响指，服务小姐走过来。"买单。"友贵说，并递给她卡。小姐接过卡看了一眼说："对不起，先生，我们不用这种卡。"小姐把卡还给他。"这怎么行了，这样大的酒店，这种卡都不用。"友贵在包间嚷起来，晓绢赶紧掏了钱付账。

友贵去洗手间，晓绢也想去，又不想让友贵知道，远远地跟在友贵后面走。拐角处，看见友贵和酒店的经理模样的人握手耳语，晓绢调头往回走。正巧小姐来送发票，一会儿，友贵也回来了。晓绢去洗手间，小姐给她指路，和友贵刚才走的方向相反。然后他们一起离开了酒店。

街口的风迎面吹来，飘过晓绢的长裙，掀起裙摆，吹在她的腿上，有点凉。一辆辆闪着空车亮灯的夏利出租车，从她面前驶过，她伸手去拦车，友贵阻止道："我从来不坐这种车，要打就打桑塔纳。"他们就立在风口等桑塔纳，夏利一辆辆过去了。晓绢想，要是刚才上夏利，这会儿都到外滩了，冷死了。

终于等来了桑塔纳。车到南京路的时候，晓绢喊冷，要去一百买外套。友贵付车钱的时候，司机说，没钱找，晓绢只好付了零钱下车。进了一百，友贵说："我在门口等你，你快去快来。"晓绢绕到毛衫柜台，拿了一件麻的镂空的外套，比了一阵子，售货员帮她穿在身上，正合心意，付了款。还想看看别的衣服，怕友贵等急，往门口一路小跑。友贵看到她的新衣服，摸了摸，问她多少钱，然后说："买这么贵的衣服，也不喊我还价，你不会讲上海话，她们肯定宰你。"晓绢不知道，这么大的国营一百店，还可以还价。

他们到外滩的时候，早已是华灯绽放。外滩修了一级一级的阶梯，阶梯上是宽阔的人行道。友贵告诉晓绢，修外滩的时候，江边填了土，人行道才放宽。他们伏在扶栏上，遥望江对面的电视塔，电视塔通体闪着五彩的灯光，就像高高的夜明珠，耸立在江边，真是美极了。

晓绢感叹不已。转过身看去，广场上的小汽车灯忽明忽暗，像流线穿梭不定。广场对面的欧式建筑，被顶灯和射灯照得神秘而伟岸，显出不同的建筑风格。建筑物里走出一群年轻英俊的小伙子，他们齐高的身材，碧眼金发蓝西服，迈着优雅的步履，昂首跨上台阶。风穿过他们的胴体，带着异香，轻抚在晓绢的脸上。晓绢看着他们，心生喜欢，觉得他们就像天上掉下来的一群尤物，和外滩的夜景，组成了一副壮观的画面，和友贵简直不能比。

第二天一大早，友贵来到晓绢住的酒店，和晓绢一起拿了进账单去会计师事务所验资。事务所看了进账单说不行，要把资金进到事务所的账号上才行。晓绢觉得事务所太不讲道理，我开公司，凭什么要把资金汇到你的账上。无非想占用我的资金，以为我是外行。又不想说穿，怕翻了脸，对方没有台阶下，一时又找不到合适的话讲，脸涨得通红。

友贵过来帮腔："阿福是我的朋友，朋友介绍我来的，我经常在这里做业务，是老客了，你们给个方便，以后还带客过来。"讲完把公司章程和董事会纪要递给他们。个把小时验资报告出来了。友贵对晓绢说："你能不能帮我把新公司的账建好，我没搞过这种账。"晓绢说可以，回去给他建账。友贵拿了验资报告，自己去工商局注册公司。

晓绢一人去商店，买了账本回去建账。晚上早早地睡了。天未亮，电话响了，是老板打来的，问她要债的事，她说今天就去，老板说："叫友贵和你一起去。"

晓绢起来，重新看了一遍合同。当时合同签的是，年收益率按投资总额的百分之二十收取，年底一次付清。出租公司连续两年分文未付，老板一直耿耿于怀。

想着白天要债的事，晓绢睡不着了。干脆起床，等到天亮，晓绢打电话给友贵说："我在上海不认路，司机带我到处兜，耽误时间，你帮我在里弄找两个门面宽的带袖标的退休工人，一天百元帮我带路，马上找了就带过来，顺便把我给你建的账带走，我等你。"

一会儿功夫，友贵到了，后面跟了三个老头老太。友贵对晓绢说："一人五十，三人一百五，还余五十。"晓绢说："五十正好给你，我们马上去出租公司查账要债,老板要你带我去。"友贵说:"我去商务中心复印一下公司章程就来。"

友贵这一去就无影无踪,晓绢只好自己带了三个老头老太往出租公司寻去。不愧是上海人,七嘴八舌,一会儿就找到了出租公司。

公司的总经理王金勇,很客气地接待了晓绢一行。这王总白白的皮肤,瘦长的脸,脖子也是细长的,喉结高高地突出来,从脖颈到眉下,密密麻麻的布满了半分长的黑桩桩,让人想起没有脱毛的麻鸭。晓绢忽然明白过来,和老板讲友贵的故事的就是他。友贵没有去商务中心,而是给这小子报信去了。

王总领了晓绢,上上下下的参观他的公司。走进电脑调度室,王总说:"全电脑控制,减少了人力物力,只要一人值班就行了。"晓绢说:"以王总的出身,上海交通的总调度,调一个小出租公司,岂不小菜一碟,效益一定不错。""效益是不错,就是没有积累,挣点钱,又买了批新车子,上海的出租这两年疯得很。"

"再疯也要交投资收益。每年审计,只见投资,不见回报。天长日久,审计部门以为收益被老板转移了。也要替投资方想一想。""钱肯定是要交,只是会计大肚子了,去医院体检不在。""不管会计在不在,不拿到支票我不走。到了晚上你还不给,我就跟你回家。""欢迎,欢迎,有小姐跟我回家多好啊。""搞清楚,他们三个也和我一起去。"

晓绢这一讲,王总冷了脸。开始接电话,看文件,把晓绢晾在一边。

到了中午,王总的员工开始分盒饭,王总这里放了一份。晓绢闻到菜香味,肚子饿起来,口水流到唇边,赶紧咽下去,唯恐别人看见。跑了一上午,现在肚子说饿就饿得一阵紧似一阵,胃也隐隐作痛,浑身就像散了架,虚得发慌。晓绢眼睛盯着那盒饭,看来是没有自己的份,越发没劲,瘫坐在那里。等了一会儿,不见王总的人拿饭过来,晓绢拿了钱,递给一老太说:"找个商店,买两斤毛线来绕,再买点巧克力来吃。"

王总看着两个老太，在他的办公室绕起毛线来。拿了手机出去打。

晓绢想，有电话不用，躲着我们，我偏要听一听，看你捣什么鬼。站起来，耳朵贴着门缝，仔细听。偏偏手机的声音比电话还清楚，只听王总说："闹得我没法办公，钱肯定会给的，今天会计不在……"手机里传来古城大老板的声音："晓绢太不像话了，一点不懂规矩，叫她听电话，我来好好教训教训她。"晓绢赶紧坐回到位子上。

王总进来把手机递给她，她就往后退，捂着话筒，听见大老板说："丫头盯紧点，不给钱不走人，要到钱回来，我带你到新马泰。"晓绢关了手机递给王总。王总对晓绢说："你看，老板叫你先回去。"晓绢对王总说："老板跟我讲，要不到钱回去炒我鱿鱼。"

僵持到此，已经是下午两点多。

王总说："我们去吃饭吧。"带了晓绢一行，大家一句话也不讲。走了很远很远的路，才到一家饺子馆。王总点了两斤饺子，几个菜。晓绢饿坏了，吃得好快，看到那些老头老太，和盘子里剩余的几只饺子，晓绢想饺子数我吃得最多，他们肯定没吃饱。晓绢对王总说："饺子口味挺好的，再来两斤吧。"

吃完饺子，晓绢他们再次回到王总的办公室。左等右等，不见王总给会计打电话。晓绢有点绝望。却见王总从抽屉里拿出一张空白支票，叫晓绢自己开。晓绢赶紧填好金额，正反两面看看没问题，问王总："你的开户行和账号？"王总想，毛丫头挺厉害的，想蒙她不容易，只好拿出账号章给她盖上。晓绢想，当你绝望的时候，也正是你对手绝望的时候。

出了门，晓绢掏了三百块钱，连同两斤毛线，给了三个老头老太。自己直奔对方的开户行进帐。

晚上，上海新建公司的孙总他们宴请晓绢，作为新公司财务经理的友贵来接她。晓绢因为欠债已要回，正高兴，看到到友贵来，故作生气状问他:"叫你去要债,你跑到哪里去了,这会儿你又冒出来了,我以为你失踪了。"

讲完,晓绢进了洗手间化妆,不理他。

晓绢对着镜子仔细地镘眉毛,越往眉尾镘得越细,好使自己看上去,显得眉清目秀的样子。边镘边想,这么多爷们请我,我若再付钱,岂不掉份。若是友贵再耍花招,我又不好意思装死,干脆不带包,看他怎么办。况且,还有孙总垫底,我若需用什么,孙总也不会不管,毕竟我是大老板派来的钦差大臣。

这样想的时候,晓绢换了一袭白色的纱裙,描了眼睛,洒上香水。怕友贵真的走掉,没人带路。探出脑袋看看他,友贵正专注地看电视,画面上的守门员扑了个空球,摔在地上,友贵叫起来。晓绢回头想,一点都不急,等女人等惯了。遂把粗的细的五颜六色的口红排在台子上,选了一只最短的唇线笔,把自己的下唇画得厚一点,上唇微微地翘起,显得性感的样子,最后摸了嘴唇的温度,定了颜色涂上去。心就飞起来,感觉飘飘然的走出去。

友贵看到她,说:"哇塞,不愧为大老板的重臣,真是才貌双全。"晓绢被他讲得有点不自在,忍不住内心的得意,翻了他一个白眼,两手空空地跟了他下楼。

电梯里,友贵问晓绢:"你的包呢?"晓绢说:"和你这样体面的先生出去,还要带包干嘛。"友贵说:"当然。"吹了声口哨,飞手打了一个很响的响指。

下出租车的时候,友贵付钱,司机找不开,晓绢抢着说:"我什么也没带。"讲得时候心里有一丝快感,总算回了这小子一拳。友贵只好自己下车,去换钱。晓绢看到孙总一行人,站在饭店门口向她招手。晓绢跑过去,孙总迎上两步,风度翩翩地握住她的手,弯下腰,极绅士地说:"Please。"

晚饭后,他们去一家有名的舞厅跳舞。文学院教授出身的孙总风流倜傥,他告诉晓绢,这里曾经是毛主席常来跳舞的地方,然后很绅士地请晓绢跳舞。舞池里传来《鸽子》的音乐,晓绢的每一个细胞活跃起来,她好像看到了哈瓦那海港上空飘着的白云、白云下飞翔的鸽子,她像鸽子缠绕在孙总的臂弯里飞旋。

跳《情人的眼泪》时,她的整个身心都投入到舞曲里了。孙总和她配合的如此协调,身体的姿态和脚的步法,如此完美地把音乐表达出来。好像他们是跳了多少年的对手,舞池里的人都退到外圈,专注地看他俩尽情的表演。

一曲终了,孙总把晓绢送回到座位上。推推眼镜,调侃地对友贵说:"你就歇着吧,你也跳不起来,还不如早点走。"哪知友贵站起来,牙齿咬得咯咯响,眼里闪着凶光,就要打孙总。晓绢把他拽过来,心里却为友贵不平,人家虽然跳不起来,坐一坐的权利还是有的。原来孙总也是假风流。

音乐随着《雪绒花》飘过来,晓绢又兴起来。她讨厌孙总羞辱友贵,飘到友贵跟前说:"我请你。"一副真心的样子。友贵看着她的眼睛,诚惶诚恐,"我不会。""我教你。""我跳不起来。""你可以跳。"晓绢去拉友贵的手,孙总他们起哄道:"跳吧跳吧,小姐请你,还不起来。"

晓绢拉了友贵的手,走到孙总他们看不见的地方,对友贵说:"你不要动,这样站着。你的两只手牵着我的两只手,指尖朝下,掌心朝上,膀子对着膀子。"晓绢感到友贵的手在发抖,身体也在颤抖,那条瘸腿使身体倾斜的厉害,脸色苍白。

她却一脸灿烂,温情脉脉地说:"你放松一点,我们不跳舞,而是在听音乐。你闭上眼睛,能听到花的颜色,水的声音。于是,你看到了风的脚步,云的姿态。你想象我曾经是你喜欢过的女孩,现在和你面对面的,如此亲近的靠在一起。你看见一朵一朵的雪绒花,飘到她的头上,也落在你的脸上,你的心和雪绒花一起飘起来。"

此刻，友贵的手已不在发抖，身体也站直了，眼里恢复了自信。晓绢把下巴轻轻地搭在他的肩上，他把脸埋在晓绢乌黑的头发里，晓绢喃喃细语："我们一起随着音乐晃一晃好吗？"他们就随着音乐晃起来，和着乐拍，那样自然地晃起来……

下一只曲子的时候，晓绢坐在位子上想，这是友贵断腿之后，第一次站在舞池里跳舞。如果以后他没有勇气请别的女孩，或许，这就是他最后一次。对于一个年轻、充满各种欲望的男人来说，这是怎样的悲哀。晓绢想着想着，孙总的女助理凑过来，对晓绢耳语道："友贵去年新开了一家出租公司，王金勇投的钱，借鸡下蛋，孵了小鸡瘦了母鸡。"说完，冲远处走来的友贵点头一笑。

晓绢心里咯噔一跳。

古城不断的来电告急晓绢。晓绢赶紧处理完上海投资的前期工作，移交给友贵和孙总，急急忙忙地往火车站赶。友贵去送她。站台上，友贵第一次用准确的汉语对晓绢说："我的腿是小时候害小儿麻痹症瘸的，我插过队，在里弄糊过纸盒，后来又到街道工厂烧大炉……"

晓绢找到自己的车厢，接过友贵手中的行李，边往上爬边回道："我已经能听懂上海话了，再待几天就会说了，我喜欢这座华美又喧嚣的城市，就是不喜欢这个城市里的男人和水。"

2000年7期《青春》原发
2000年9期《短篇小说选刊》转载

产房里的少妇

黑夜在不觉中把城市包围的时候,法桐树悄悄睁开了眼睛。她的老枝在黑暗中拼命地抽着新芽。露水似雾膜包裹着芽苞,老枝就像是母体的脐带,把自己根部的养分输送进新芽。新芽为了变成叶而不顾一切地生长着。

临产期的五月去三楼灌肠的时候,三楼的一扇门里传来一阵狼嗥声,紧接着又是一阵疯狂又野性的吼叫声,像是动物在厮杀的怒吼,五月不禁打了个寒噤,朝门上望去,门上肃穆地印着"手术室"三个字。五月的心一下子抽紧了。

五号病床的产妇还没睡,今年43岁,是头胎,预产期过了两周,没有一点临产的迹象。医生要求她破腹产,她拒绝医生的警告,每天不停地在走廊和病房来回走。

五月听到五号床又出去走了,她疲惫地闭上了眼睛。深夜里大病房里家属们此起彼落的嘈杂声,在她阵痛的间隙刚要睡着又把她吵醒。

她睁开眼睛,看见窗外的晨曦像淡蓝色的雾,在空中漂浮着,恣意地翻卷着,像烟一样地逃散开去,白天就迫不及待地追进来。

等五月爬起来，产科主任已来查房，她的白大褂飘飘摇摇，后面跟着一群年轻的医生。护士来给五月挂催产素，一瓶一瓶冰凉的液体顺着她的左手背流入体内，五月的阵痛就来得快了。一阵紧似一阵，她忍不住哼起来，虎三的手摁在她的肚子上，叫声就小一点，到后来顶不住了，叫声就狂野起来。虎三治不住她，又不知如何是好，去叫医生，医生说让她去三楼的产房。

三楼的医生在写病案，乜了五月一眼说，把裤子脱掉爬上去。四月初的天是阴冷的，五月穿着棉毛裤和厚毛裤，她忍着痛，抖抖索索地一件一件地脱掉左腿，脱下的裤子挂在右腿上。她艰难地爬上产床，把两条腿翘到产床的腿架上，医生戴着薄薄的橡皮手套，给她检查，又拿了根皮管子导尿，再次局部备皮，看宫口没开到八指，便说："下去躺着。"

五月艰难地爬下来，又爬到旁边的床上躺着。旁边的床上还躺了两个产妇，她们痛得嗷嗷乱叫，叫的间隙告诉五月，她们是开后门来的，一个找的院长，一个找的主任，都打过招呼意思过了，你呢？她们关切地问。我家人说健康女人生小孩是正常的，不用找医生，还说女人生孩子就像老母鸡下个蛋，比屙泡屎还快。听了这话，找主任的产妇说，你家男人简直是个放屁虫，叫他来生——啊嗷——话没说完，女人就嚎起来，我要大便！女人歪过头急切地朝医生呼叫。男医生胡夫走过来，冷冷地说，你大呀！喊什么喊。我不能大在床上。胡夫不理她，女人觉得大便一阵一阵屙到床上，她就睡在屎上，她心里说不出的难受。胡夫却看得真切，女人已开到八指，大便是她的错觉。女人觉得屙完了，又凄厉地嚎起来。

找院长的女人也跟着嚎，她俩此起彼落，一个比一个嚎得尖锐，一个比一个嚎得凶蛮，像两头厮杀的野兽。叫、叫，就知道叫，当初你们快活的时候怎么不叫啊，现在晓得叫了。胡夫嫌烦，忍不住骂了两句。她俩一听愣住了。找主任的女人心想，你怎么知道我不叫啊，我能叫给你听吗？嘴里却喊，我要吐！我要吐啊！胡夫拎个桶扔到女人的床头。

女人翻个身哇地一下子吐起来……

此刻，五月躺在和她们并排的床上，她连叫的力气都没有。婴儿为了出世，在她的子宫里挣扎，像闹天宫一样，婴儿在子宫内使出了浑身的解数，拳打脚踢，翻过来，滚过去。婴儿的打斗震得她心肝五脏轰然而动，她的胃被子宫撞得生疼，心脏压在一角，肺挤扁了无法吸气。她难过，难过的要死，她想爬下床，再爬上窗户，然后从窗台爬下去，这样一切就结束了，疼痛就不再为难她，就像昨夜晕倒在厕所，什么感觉都没有，没有感觉是多好，她的心中"哧溜"一下串出一节蓝色的鬼火，鬼火在向她招手，她试着爬下床，用劲往窗户爬去，鬼火在窗台上闪耀，发着荧光，吸引着她，她光着下身，肚子拖在地上，刚爬几步，就见找主任的女人头吊在床边喊起来，她爬下来了！她爬下来了！

男医生胡夫走过去看她，那眼神就像看一条投生不得投死不能的母狗，他叫起来："你往哪里爬？快上床去！"

这叫声像杯冰水，浇在火焰上，"哧"的一下，把鬼火扑灭了。五月挪动着灼伤的肢体，羞耻像两条滴着水的拖把布挂在脸上，她吃力地爬回床，再也喘不过气来，两颗泪珠顺着眼角滚落。

胡夫看她气若游丝的样子，就拽了根橡皮管插进她的鼻孔里，她喘过气来，一把抓住管子，便急不可待地喊多放一点，多放一点……

医生走过来，伸出两指在她的产道里查了一下，又伸出一指在直肠里查了一下，温和地说："给你打针杜冷丁，你好好睡一觉再生。"

杜冷丁打下去，胎儿在宫腔内的挣扎渐渐平息下来，呼吸也顺畅了，五月又回到五月，她睁着双眼望着天花板，身体有种飘飘欲旋的感觉，她闭上眼睛，看见虎三在唱："小小姑娘，眼睛明又亮，长发披肩上……"回到无锡娘家，地里的西红柿羞着脸藏在叶子后面，她暗自窃笑，小贼般掠了一大箩。母亲说好啊！吃酸的好，酸儿辣女，我算个好日子，代你去南京的栖霞山烧烧香，一直烧到生，你就生男孩。

再后来，她在这家医院建了大卡，每周要去体检一次，每次都是胡夫在检。胡夫戴了副宽边黑眼镜，粗大的指关节，在她高高凸起的肚子上摁来摁去，摁得五月生疼生疼地不敢叫，唯恐他再用力。他却说没见过你肚皮这么硬的，头也摸不到，屁股也摸不到，手在哪块？脚在哪块？叫我怎么摸，说着说着就越发用劲地在她肚子上摁起来。五月疼得腿圈着，身体不自觉地扭着，胡夫说你看你的样子叫我怎么摸，起来吧。五月如同大赦，赶紧去称体重。每次体检，都惶惶恐恐的，就怕碰到胡夫。还有一周就要生了，五月就不用去门诊而去病房了。去你的胡夫吧，今生今世我再也不想看到你。却不知胡夫又转到病区来了，而且就在手术室。瞧他正拿了一个胎心监护器，朝自己走过来，那黑夹子往肚皮上一放，就听到胎心猛烈地跳动，那么有力，坚不可摧，一下接一下跳在五月的心尖上，五月的心尖升腾起一股母爱的彩虹，彩虹吞噬了蓝色的火焰，像暖流包围了她。

　　胎心监护器一拿开，胎儿就在宫腔内把五月的心肝五脏挤到一边，然后依次松动她的骶髂关节后面的韧带、骶棘韧带、骶结节韧带、髂股韧带，最后撞松骨盆。宫口终于张开了八指，一汩一汩的血和血块不停地顺着产道，流进产床下的塑料桶里。胎儿在胎膜的保护下，最后一次后退，然后撞击子宫，借着惯性冲出宫口，子宫的回弹，叫五月一口一口吐出了咖啡色的液体，液体顺着腮流进耳朵和脖子。

　　一个老护士拿了镊子和药棉，擦五月的嘴和腮，脖子里的液渗透到内衣，凉了胸和背一片，而质还残存在那里。老护士开始在五月的腹部推挤。比大便更猛烈的阵子，一波一波地把胎儿冲进产道，胎儿在摸黑前行，乌鸡一样颜色的胎膜，在产道口忽隐忽现，女医生拿针头挑破胎膜，羊水像瀑布，飞流直下。

　　女医生把针筒里的麻药推入五月的会阴，推完一筒又吸一筒推进去，女医生拿起剪刀，像女裁缝剪布一样，"喳"的一声，会阴裂开一道长四公分，厚一公分不到的口子，殷红的血从口子里一汩汩往外冒，女医生不断地拿纱布吸，一块一块的纱布滴着鲜红的血丢进桶里。

胎儿头顶鲜血往外冲，血块和血不住地淌，忽然女医生发现胎位不正，胎儿的脸和母体同向而不是背向，胡夫跑到产房外喊："六床的家属！"

虎三从凳子上跳起来，惊恐万状地跑到胡夫面前："我、我是的。"你签个字，六床难产要动产钳。虎三颤栗地签过字，刚要细问，胡夫已没影了。

五月的血还在流，剪裂的伤口绽开成一朵爆开的米花，无边无序。老护士用力地在推挤，女医生的产钳夹住胎儿的头不放。几个阵子过去，头最终出来了，又是几个阵子，肩出来了，最后一下，屁股带着腿，像个软软的小毛猴，呼啦一下全部出来了，肚脐上拖了一节长长的透明的管子，医生像裁缝剪布头，"咔嚓"就把它断了，胎儿和母体彻底分离。

分离后的胎儿安静地躺在那里。医生把长长的肚脐左一个结，右一个结，又剪掉多余的一节。用药粉和药棉堵住脐口。医生扒开胎儿的嘴，用纱布不断地往外抠，又拽过一节管子，三两下插进胎儿的气管，气管里的水泡泡不断地被抽出，反复几次，胎儿有了动静，断断续续地有了哭声，医生左手固定胎儿的脑门，右手把胎儿眼里、鼻里、耳朵里的液体掏出来，反复几次，胎儿的哭声明朗起来，四肢开始蠕动，一个真正的婴儿诞生了。

医生把婴儿的一条腿倒拎过来，拎到五月面前说："看，女的。"五月看见婴儿的腿细得像一年生的竹节，太瘦了，瘦得五月心痛。那一刻五月忽然觉得自己是多么了不起，竟然生了一个完整的婴孩，她无法想象婴孩是怎么在她肚子里制造的，她觉得自己也像那些会生孩子的女人一样伟大，她不说话，不说话医生就不拎走婴儿，倒拎过来的婴儿叫五月好心疼，赶快说女的，医生才把婴儿拎走。

其实五月早就知道是女的，做B超时，医生在处方上写了一个字，然后搓成团，塞在她的手心，五月出了医院的大门展开，纸上只有一个

"女"字。

　　五月开始买棉花布，红的绿的，一块一块的，摸在手里软的质朴的真实的，看在眼里鲜艳的热闹的欢喜的。夜里躺在虎三的身边，柔声细语，我做B超了，是女的。虎三呼地抬起头，脸对着她的脸，下巴惊得要掉下来，绿豆眼闪着寒光，像两把利剑，直插五月的心尖，你说什么老子敲你，拳头挥起来，一副彼得不认主的样子。跟你开玩笑也当真。五月赶紧转弯。虎三方才换了副嘴脸。

　　五月想要瞒就瞒到底，看他这模样若让婆婆知道，非引产不可，不引产日子就过不下去，等孩子生出来，有罪我一人受吧。她喜欢女孩，这个世界因为有了女孩才这么多彩，女孩是妈妈的贴心棉袄，女孩不打架不惹事，像花开像水流像风吹，女孩多好啊！

　　你再震啊，再震一下。老护士又推压五月的肚子，一个阵子过来，胎盘震出来，血和血块像水往外冲，冲完了医生把手伸进去掏，又掏出很多的血和血块，急流过去，医生拿纱布吸，吸满扔掉又吸，一阵急流冲过来，过去又吸，吸了又扔。最后一块吸满了血的纱布医生不扔了，像拎毛巾一样的拎干，再包一块干的，塞进产道深处，产道口绽开来，会阴的切口肿到四公分厚，女医生用镊子镊了一根银色的半圆形的弓针，弓针引了线在会阴的深处缝合，女医生说不给你打麻药了，免得以后这里神经不灵敏。

　　女医生用镊子捏住针尾，用针头穿过深层的切口，拉住针头拽出针尾，线头绕过去，熟稔地打个结。再缝第二针。每缝一针，像蚂蚁狠狠地咬她一口，这种局部的针尖大的刺痛，和产前的阵痛相比，真是不能叫痛了。

　　五月听到做病案的医生问，出血量？900毫升。你记300毫升，这样不影响我们评级。女医生边讲边缝，每缝一针五月就舒一口气。五月看墙上的钟，缝了有半个小时还没缝好，女医生坐在凳子上，腰酸背痛，生这么点个孩子，伤口撕成这样，别人缝三层，你看你缝多少层。

女医生换了粗线,缝最外一层,打完最后一个结,剪断线头。胡夫帮她把五月弄到手推车上,五月打了个寒战,胡夫随手拽起薄被单,盖到五月的身上。五月冷得发抖,看到头上的空吊瓶,求你了,她对胡夫说,给我灌个热水瓶焐,我冷——我冷——我求你了!五月冷得卷曲成一团,牙齿抖得咯咯响,苍白的大眼睛里,满是乞求地望着胡夫。胡夫没听见似地走开了,小护士推起推车,推出产房,一直把她推到病房。

虎三躺在五月的床上等她,这一晚上的等待就像一个世纪。看到穿白褂子的推着车进来,他跳下床,他看到推车上躺着的正是五月,五月的眼神打飘,眼眶深陷,颧骨更高,两腮白的像纸,就像一个没有血的纸人儿,怎么才一个晚上,五月就变成这样?

要喝水好小便。护士把推车掉个头,说完就走了。

虎三神经质地跳到床头问她:"男孩?女孩?"

"女孩。"五月憋足了劲方吐出这句话就闭上了眼睛。

虎三耷拉了脑袋,蔫不唧的,女孩两个字像建筑工地上飞下的脚手架,砸得他血肉横飞,完了,全完了!他心里说不出的绝望,他挣扎着打开暖瓶,往不锈钢大茶杯倒了满满一杯水,长长地叹了口气,魂飞出窍似地趴在五月的床头睡着了。

五月记着护士讲的话,她不敢睡,她在等水喝,等着等着她也睡着了。

早晨,医生来查房,嘱咐六床多喝水,虎三就把昨夜的那一大杯水,兑了热的全给五月喝了,一会儿五月的膀胱就胀得满满的,却尿不出来,护士来插导尿管,管子一通,黄色的液体就顺着管子流下来,却没有流尽,肚子依然发胀,却比先好了一些,正不知如何是好,就听见走廊里喊打饭了打饭了。

话音未了,五月妈急切切走进来,站在五月床边问:"生个男孩女孩?"五月不语。虎三依旧沉着脸:"女孩。"五月妈立马矮了一节,后退两步说:"你要是生个男孩我就算了,既然生了女孩,我送个金戒指给你补偿补偿。""我不要，你自己留着吧。"五月说。"要的，一定要的，不然你在婆家抬不起头来，小孩满月的时候我送个推车过去，再送个红包，回婆家多喊上人，嘴甜不吃亏，舌头打个滚。"

五月一听这话，心里就烦，她扭过头去，看到小慧妈正喂她黑鱼汤，五月的肚子越发饿起来，心里说不出的酸楚。"我不要戒指，我恨戒指。"她带着哭腔，双手捂住脸，眼泪从指缝里流出来。

"你也不要难过，也不是生不出男的，再生一个肯定是男的，怪就怪不许生二胎。"她母亲无奈地说。

正说着，虎三妈拎了一只保温桶进来，五月妈见了更觉自己矮了一节，像做了什么亏心事一样，弓着腰，头缩在脖子里，讪讪地说："亲家母来了，我票买好了，要回无锡，我先走了。"五月的手从脸上拿下来，她母亲贼快溜出门外，五月没想到母亲这么快就走。

虎三妈没有问，她就知道是女孩。她仿佛病房里什么人都没有，径直朝躺在床上的那个女人走去，那个女人造了孽债，今生今世恐怕也还不清她了！她仰着脸下巴一甩一甩的，背对着那个冤家，把保温桶重重地往床头柜上一搁，拎着虎三袖口往门外拖，"不就生个丫头片子吗？要什么嗲，生都生了，把你耗在这边干什么？你跟我回家睡觉去！"

她有病，我等一下走。虎三嗫嚅。

她有病不是在医院吗？有医生管，要你操心？你跟我回家去！说着把虎三往外拽。虎三挣脱了母亲的手，她不能动，他不知哪里来了勇气，生发了要按自己的意志行事的主见，我走了哪个管她？她怎么不能动了，都生了一天了，我们过去生过小孩就下地了，有的人小孩就生在田里头，脐带一拽，还不照样干活。

母命难违！妈唉，虎三带着内疚说，你先走吧，我昨天夜里忘了给她喝水，她现在尿不出来，肚子胀好高，生个女孩我就够难看的，再弄死个老婆，还晦气呀？

当然晦气了，先是不生，好不容易生了，又生个丫头片子，再把儿子搭进去，我就不止是晦气了！你快跟我回家！

我不走！

你要她还是要我？！我白养你一场，虎三妈又蹦又跳指着虎三鼻子嚷起来，几个病房里的人都跑出去看，虎三的脸红到脖子根，他拉起母亲的手就往外跑，五月隐隐约约听到一点，她拽起被子一角蒙住脸，伤心的眼泪一汩汩流在被子里。

虎三总算回来了，他坐在五月床边，眼神直勾勾地望着窗外，心里想着母亲刚才的话，她厂里有个同事，插队时生个女孩，丢到马桶里算了，进城又生个女孩，睡觉时不小心闷死了，后来又生个男孩好样的。小孩刚生下来，死就死了，也不心疼，再生一个一样的，五月死没出息，你可不要没主张……

五月看他不语，顺着他的视线望出去，此刻的窗外，天染成了灰色，法桐树枝在风中摇曳，一只麻雀落在枝头，双脚跳了一下，叽的一声，又振翅飞走，只落了这么一下，转个弯就飞走了，而自己要落多久？她开始想家，什么时候才能回家呢？

明天会发生什么？有谁来看自己？他会带什么礼物？她最想要一只花，在这个死气沉沉的充满了血腥味的大病房里，花儿象征着美丽，娇艳，生气。那个给她带一只花的人一定是她最好的朋友，那只花就插在窗台的玻璃瓶里，麻雀飞过的时候花儿正散发出香气，麻雀闻到香气，麻雀不走了，麻雀停在窗台外面等她，麻雀走的时候五月就可以走了。

五月忍不住把这想法说出来，虎三说要是一直没有人送你一朵花呢，你蛮可怜的，我找人送你一朵吧。五月说肯定会有人送我的，肯定的。她的心底深处，常有过一种心想事成的体验。她想，只要我一直想，花儿就会来。

她想她长这么大，给她送花最多的要算虎三的同事李析了，李析送她的一束黄玫瑰，开在她的办公桌上，好久好久不凋谢，后来李析寻着机会就给她送花，总是黄玫瑰，看着她不安的神情，李析说："宝剑赠烈士，鲜花送佳人。"然后眼神就痴迷地仿佛梦游一般在她脸上流连，惊觉过来，仓惶逃去。五月的眼里就盛满了李析的黄玫瑰，而她的潜意识里，却在逃避他的神情，下地里她又喜欢那样的神情，那些花，她只看见这些，她不想有别的，喜欢和逃避就冲过来，打过去，像一对难舍难分的兄弟。

现在，五月一想花，竟然想起李析来，想花的感觉那么单纯、干净、强烈，不能自制，想着想着，就看见虎三和五床的男人驾着哭喊的五床，去了手术室，五床终于要生了。

五床一进手术室就鬼哭狼嚎，疼痛加上恐惧，把她的自信和坚强彻底摧垮，因为她是高龄产妇，主任医生都围了过来，预产期过了十七天，产妇血压升高，羊水早已淌完，胎心监护传来的心跳极微弱，胎儿呈现出缺氧状况，产妇拒绝破腹产，自然分娩又出不来。胎儿脑缺氧严重，你还要不要？医生问她，女人一听嚎啕大哭。你不要哭，你自己也有危险，你要配合我们尽快把孩子生下来。女人一听不哭了，冷静下来说胎儿我放弃。

胡夫出去问五床家属，五床难产，你保大人还是保小孩？

我要孩子。

孩子生出来脑不健全。

我要孩子。

脑缺氧的孩子你也要？

我要孩子，我都五十多岁了，还没有孩子……五床的男人捂住脸呜呜地哭起来。

你放弃大人要傻孩子，你想好了签字，胡夫不可思议地说。

真的要签时，五床男人突然跑了。他再来的时候，带了一个长头发长胡子，穿黑布鞋拖白水袖的男人，胡夫一看那满头狂毛的男人，心想糟了打架的来了，腿就软起来。那人朝胡夫径直过来，胡夫小腿有点抖，那人朝胡夫伸出手，胡夫本能地后退一步，那人握住胡夫的手，极果断地说保大人绝不要孩子。胡夫腿不抖了,腰板子直起来,有点感激地朝狂毛点头致意,调头往手术室跑。

几个医生费尽周折才把胎儿弄出来,乌紫的胎儿那么小,脸朝下丢进便盆里。产妇又哭了,女医生说不哭不哭,听我们话,养好了身体再生个健康的,你身体一颤一颤的,伤口缝不好你下次怎么生。女人一听下次还能生,断断续续方止住了哭声。下半夜,女人被拖回来,辛苦一场,什么都没有得到,命运太嘲弄人了。

天亮时分,胡夫戴了口罩给小慧拆伤口,看不清伤口的线,越发近视了看,呼出的气模糊了眼镜片,他去手术室拿了个落地灯来照,继续拆,女医生一会儿就拆了三个,小慧一个还没拆好,胡夫越发着急,大鼻子尖就要碰到小慧的伤口。谢天谢地没摊他拆我。五月看了有一丝侥幸。

拆线的医生走了,五月的肚子更胀更疼了,她说虎三医生不管我,我肚子要撑破了,你去书店买本医书看看,我这种情况怎么办?我难过,我要死了,五月疼得在床上滚,指甲抠到墙缝里,她哭着喊,求你了,求求你,快去叫医生给我打杜冷丁,我受不了我要死!五月忍呀忍,忍到极限忍不住了,绝望了,绝望了,病房里就全是她的哭喊声!

虎三急了,一急就想起同事李析的话:"五月生的时候说一声,我同学是泌尿科的一把刀,给她找个好医生。"虎三往公用电话亭跑,李析不在办公室,倒霉,真倒霉。虎三在医院转,他不知如何是好,他怕见五月的样子。

病房的门小心翼翼地推开了一道缝,五月的眼睛一下子亮起来,她看见了一朵黄玫瑰,多么灵动的一朵玫瑰呀!拿着她的就是李析,李析站在门外,你进来呀,她朝他说。这是女人蹲的地方,他把头伸进来说,身子缩在门外,另一只手捂着鼻子,一股血腥气,我不进来了,我听说虎三打电话找我,就知道你麻烦了,我去找医生。他把玫瑰扔在五月的床上,看了五月一眼,留下一脸怜惜,掉头走了。

他往泌尿科去，怎么也想不通那女人是五月。那个曾经看了一眼，就叫你再也移不开眼光的五月！鲜活水灵得像露泫下的黄玫瑰一样的五月啊！现在就像一片压在玻璃板下的退了色的干花瓣！

　　一把刀来看过五月走了。他给五月开了最好的进口药。

　　虎三把她扶下床，在她的腹部慢慢地揉，五月趴在虎三的肩头，抬头看去，正好看见窗外的天，窗外的天蓝澄澄的，法桐树枝的芽苞已经绽出了叶片，黄玫瑰开在窗台的玻璃杯里，看来看去也看不到一只麻雀，向远处找时，找到了一团黄色的云雾，云雾翻卷、簇拥、序列，列成了一簇一簇的黄玫瑰，玫瑰的云梯向五月飘来，撕裂了远处的大楼顶水箱，水箱爆了，水像瀑布，飞流直下三百尺，大水花夹着小水花，大水流溅出小水流，五月的心就飞过去，和着水流，化成水花，裹着花瓣，和它们一起欢快流淌，激活了的水中的五月呀！流出了生灵！流出了自在！流出了尿……

　　一阵一阵往外流的感觉真好，流得越多五月越舒服，它把五月这几天的疼痛、伤心、绝望，全流掉了，也把死神流得远远的，希望流得满满的。

　　护士把一床的女人推进来，一床的婆婆突然拖长了调子，像纤夫的曲子，大声地啦起来，啦得高亢嘹亮，在病区萦绕：小三子啦，回家报喜去！一床的男人应了，掉头跑出病房，一床的婆婆又追出病房，只听见走道里传来小三子啦，给你带两百块钱走，回家煮红鸡蛋……

　　五月的肚子不胀了，伤口却越来越痛，连挪一下身子都疼得受不了，她洗干净趴在床边，护士看了叫她上三楼去。她一进小手术室，就看见胡夫一人坐在桌边。完了，又栽到他手上了。

　　她一声不敢吭，躺在手术台上想，你为刀俎，我为鱼肉，今天倒霉，任你割了。经历过全身的、翻江倒海的疼痛的女人，局部的人为的刀剪的戳痛，有什么不能忍的。胡夫没有给她打麻药，消过毒，刀子剪子镊子全上了，忙了半天才把长死在肉里，没有拆净的一公分长的黑线头拽出来，用镊子捏住，绕到手术台另一边，在五月的头上晃了两圈说，看见了，不要再疑神疑鬼的了。

小慧出院了，一大家子来接她，眼里扑闪扑闪的，靠在母亲怀里，满是幸福的样子。

五月眼巴巴地看着他们，有一丝羡慕有一丝酸楚。

五床的女人见了，悄悄拿被角遮住脸。中午打饭时分，五床的男人不见了踪影，五月看着五床给虎三撇嘴，虎三就去给五床打饭递尿盆。第二天，天没亮，五床的女人就出了病房，再也没有回来。

后来乡下的一家子也要走了，乡下的产妇虽然一语不发，却像是立了大功的模样，乡下的婆婆问小三子，村里的酒席备好了？再给你钱请个锣鼓队打鼓，我们家之前是上一船来的，上一船来的全是女娃，从我们家开始转运运男娃来了，我家孙子是领船人，有出息，长大做村长。婆婆把婴儿抱在怀里，逢人就扳开婴儿的腿儿给人看。

五月不想看，掀起被角挡着脸，转过头，心里却想，有什么了不起，惹事的日子在后面呢，到时候你就是挑两筐金子来做聘礼，我们也未必嫁。

这些人一走，五月更想家了。查房的医生不同意五月出院。虎三去找一把刀。明天我们出院。虎三回来说。明天我穿我们结婚时穿的西装，再买一束鲜花来接你们，我已经九天没好好睡觉了，我回家去了。

虎三刚走，五月体内的流淌就骚动起来，她来不及下床，赶紧拿床头柜上的盆接。新来的产妇和家属好奇地看，老产妇就告诉新产妇五月的毛病，等新产妇变成老产妇时，又告诉更新的产妇，若是哪个产妇不喝水就想睡觉，家属就指着五月说，你看她，你想像她一样吗？

夜里五月尿了一床的，湿透了内衣，病床像河床，外高内低，低处汪了一汪，始终沉积在那里，内衣湿了贴在五月身上，五月就在被子里脱掉内衣，垫在湿处，睡在高处，不穿衣服五月又冷又睡不着，她就卷在被子里套上毛衣，毛衣的毛戳人痒，总比睡在冰冷的凹陷里好，本以为今夜无事了，哪晓得虎三一走就有事，虎三呀你早点来，早点来！

天刚亮，五月就瞪大眼睛望着门口，每一个进出的人她就幻想是虎三，直到八点，虎三才西装革履走进来，虎三从床头柜里拽出一件内衣，一件被初乳湿透又干硬了的内衣，五月换上它起来了。

李析站在门外，他不进来，他觉得生过孩子的女人有血光，血光对男人是晦气的。十个月前他渴望见到五月，那是一道风景，一幅无法忘却的画。现在五月和这家医院里的，走来走去的其他女人没有什么区别，这种变化叫李析感到惊异，女人的美丽是如此的璀璨，如昙花一现。

法桐树老枝的新芽，只几天功夫，已经长得像初生婴儿的手掌，伸展开来，沐浴着清风和阳光，阳光穿过绿色的小手掌，带着蜜质，在婴儿的脸上欢快跳跃。虎三抱着婴儿来了，婴儿的面孔叫李析更加惊异，一个活脱脱的更娇小的五月，像睡在花蒂中的花蕾，而绽放后的五月连最后一片鲜艳都沉寂了。

原发 2002 年 11 期《清明》

第四者

初三女生苏锦，心里藏着一个秘密，她要把家里的钢琴弹坏，或者把钢琴教师赶走。她不想练琴，虽然母亲答应过她，上高一就可以不要练钢琴了，但是，她必须在初三前考过十级。

母亲的条件，使她的秘密像吹了气的皮球，在膨胀。她现在放学回家看见钢琴，一低头，绕开了走。她恨这个庞然大物，她总是想把钢琴弹坏，钢琴这个老顽固却跟她捣蛋，就是不坏，她往琴键的缝隙中倒过雪碧，雪碧没有颜色，坏了也看不出来是她搞的，但是，雪碧倒过之后，钢琴还是好的，那么倒点毒药进去看看，她开始在网上搜索，能把钢琴搞坏的方法。

顾小珠是苏锦的钢琴教师，苏锦讨厌她胜过讨厌钢琴。近来，顾小珠的影子正一点一滴地侵入这个家庭，无声无息地像个妖怪，蚕食父母对她的专爱。她已经感受到，来自另一个女孩对自己的威胁，她不喜欢她，从内心深处对她充满了抵触，只要她的钢琴考过了十级，顾小珠再来，她就拿书包砸她的头，其实，每次钢琴还课，她都在心里砸过顾小珠，她要真的用书包砸她一次。

苏锦的妈妈叫秦雅勤，她是一家省级医院的心理科主任，也是最具权威的心理学专家。那些忧心忡忡的找到她的病人，经过她的治疗，减轻了症状，基本恢复了原来的生活秩序。苏锦的妈妈给精神病人看多了病，自己的压力也大，当她去剖析病人的时候，把生活揭破了，生活的真相破碎而令人沮丧，她时常要扮演那个伪真相的粉饰者，心里的苦楚，只有自己清楚，她需要找个心理咨询师。但是，她是公众人物，要是有风声传出去，电视上，那个做节目的心理医生，也有精神上的疾病，她的职业生涯就结束了。

往常，苏锦的爸爸是不在家吃晚饭的，他总有忙不完的应酬。应酬不断，是一个男人成功与否的外在表现，下了班急忙往家赶的男人，是没有出息的，一个男人，想要证明自己是否成功，会想方设法地把自己的晚上时间排满。不过，他们究竟排了什么，天知道，到了非搞清楚的地步，这个家庭也快要濒临解体了。有时拯救一个家庭的良药是糊涂，苏锦的妈妈知道糊涂的好处，但是她做不到。

今天，苏锦的爸爸有点奇怪，他早早地下班回家，吃过晚饭，就跟妈妈交头接耳，他们总是像贼一样，避着苏锦悄悄讲话，他们讲话的声音越小，苏锦越想知道他们讲了什么，苏锦是这个家庭里的一员，她有权利知道他们讲了什么，他们不给她听到，肯定是讲对她不利的话，有什么新招对付她。有的时候，她会脱掉拖鞋，悄悄溜到门边偷听，多数时候，父母都没有发现她，也有发现的时候，他们装着不知道，继续讲，但是，讲的内容全是一些没有逻辑的短句，甚至还会故意耍她，装着交头接耳的样子，发出一些嘘声，引她前来偷听，叫她无趣而返，她就假装变脸，扑过去，打妈妈，妈妈不让她打，她就翻脸，生气，骂她是 monkey, oldmonkey.

但是，她多少是知道他们的一些秘密的，有时，她会把这些秘密告诉知己的同学。有时，她会想，这些话是不能告诉别人的，爸爸对她那么好，随便她打，随便她骂，要什么都不会说不，她是爸爸的小棉袄。

妈妈就另当别论了,妈妈上次拿了人家的礼物,她就拿到班上去炫耀,吹牛,引得不少同学羡慕她。

妈妈给顾小珠打电话也是偷偷摸摸,其实,她洗碗的时候,就在想这件事了,几点钟打电话,打通了说什么,直到她考虑成熟了,家务也忙完了,时间还不晚,她才给顾小珠打电话,别以为苏锦不知道,她一拿电话机,苏锦就知道她要找谁。

她在电话里和她约定,他们要去桃花潭,明天早上七点钟见,她抱着话筒,身体倾斜的姿势,就好像抱着一个娇小的孩子,她殷勤地对她说,就这么说定了,我们会一直等你,不见不散。她说话的语气充满了讨好的意味,苏锦就不高兴,她想不通,妈妈为什么要这样讨好顾小珠,爸爸也是,可是他们对自己,却一点都不客气,总是命令她,而不是和她商量。

大凡独生子女都是这副德性。你要学会与人相处,爸爸总是这样教训她。父亲和母亲,为什么要对顾小珠这么好?他们的心里想的是什么?她弄不明白,总之,她不能接受,一个称之为姐姐的人来这个家里,家里的一切都是她的,怎么能由另外一个人来和她瓜分呢?

还有十分钟就到早上七点了,妈妈有点急。可是,苏锦才不急呢,她磨磨蹭蹭地在客厅里绕来绕去,她的潜意识总是在和妈妈捣蛋,比如:她在沙发上看电视,把吃剩的酸奶包装袋和吸管,随手丢在边上,当母亲发现沙发上的袋子,袋子底下的一摊酸奶渍,她委屈的样子,好像她根本就不知道会有这样的结果。咬了几口的巧克力,也会被她坐在屁股底下,化得沙发上一摊一摊的咖啡色浓液,当她从沙发上溜到床上时,又粘了一床的,凡是她屁股到过的地方,到处都会留下巧克力的污迹。

看着母亲跑出跑进地跟在她后面洗刷,她的心里说不出是愧疚还是幸灾乐祸,暗地里,她甚至希望这次出游能发生一些意外,最好母亲和顾小珠受点伤,让顾小珠永远不要到家里来,母亲再也无法批评她,母亲教训她的样子真烦，这个家里的每一个房间，飘散着母亲的声音和她忙碌的影子，谁叫她整天忙个不停，她活该。要是哪一天，像她自己说的，一不小心，忙死了才好呢，如果妈妈也像爸爸一样整天不回家，抑或像自己一样喜欢看电视，她就不会管那些闲事了，自己就会自由多了。

苏锦的爸爸在看地图，去桃花潭的线路图。他一点也不急的样子，只有母亲一个人在发急，这个活动是母亲组织的，谁组织，谁操心。既然她和爸爸是被动的服从者，那么，他们就有权利享受别人的服务。

其实，这张地图在爸爸手里已经看了很久，上个星期决定去桃花潭的时候就在看了，昨天晚上又在书房里看了一个晚上，妈妈进去给他倒茶的时候，他都没有抬头和她说一句话。这么一大早起来，他又跑到阳台上去看他的地图，此刻，他的眼睛直愣愣地盯在地图上面，这张地图到底隐藏了什么秘密？难道有狐狸精在做法，这样吸引他，鬼知道他心里在想什么？

苏锦面临着中考，从开学一直到现在，每天的课间休息，她都要做作业，放学回家还是做作业。考试的压力和班级的排名就像大山，压得她喘不过气来。为了缓解她的压力，父母带了她和顾小珠，去皖南泾县以西的桃花潭。

大人以为苏锦生活在一个幸福的家庭，是个幸福的小孩，其实苏锦认为，自己一点也不幸福，这个世界上，所有上学的小孩都不幸福，只有把学校关了，小孩才会摆脱苦难。苏锦学习辛苦，是为了大人，如果她长大有权利，她要做的第一件事情，就是把学校都关了，让小孩全部放假。

苏锦觉得，爸爸看起来外表儒雅，有文化的样子，其实他什么也不懂，连化学分子式都不会，问他题目，还不如老师讲得清楚，这样的爸爸还在外面当教授，苏锦学的功课越多，越看不起他。

妈妈和爸爸结婚15年了，他们彼此间早就不再存有秘密，只有神秘感，才是召唤男人的动力，唤醒男人对自己的感觉。感觉，是一个不可捉摸的东西，就像一首英文歌曲里唱的："感觉，我只对你有感觉……。"男人会同时对很多女人有感觉，而妈妈只对一个男人有感觉，只对一个男人有感觉能说明什么？一个字，傻。苏锦不像妈妈那样，她喜欢帅气的男生，看腻了再换一个。

苏锦的妈妈在午休的时候，去买了潮流的性感内衣，苏锦一看到这些衣服，就把妈妈嘲笑了一通，苏锦不能接受妈妈穿这样的衣服，妈妈要像个妈妈的样子，如果妈妈整天穿的花里胡哨，她就不是苏锦的妈妈。

这个冬天说是暖冬，却一直那么冷，刮大风的那一天，苏锦对妈妈说："春天什么时候才能来呀？我从来没有像现在这样，渴望过春天。"

妈妈知道这句话意味着什么，这个冬天真的是太长了，四季更替，气候在变暖，可是冬季却越来越长，长得灰头土脸，单调得令人绝望，是大地想要消灭人类，还是人类无法再生存下去？

母女两个已经久违了春天，春天好像已经从地球上消失。如果大地不再有春天；泥土中那些鼓足了劲儿，往外冒出的小草尖尖；枝条上要挣脱束缚，绽开的小嫩芽片，那么，这些在期盼春天来临中长大的少女；走过夏天繁盛的女人；一年年过去，像秋天一样收获果实的男人，就会绝望地窒息。

到哪里去捕捉一丝春天的气息呢？好让生命蓬勃开始，至少她们要出去透透新鲜空气。其实妈妈也渴望春天的来临，这个冬季太压抑了，她不能就这么一直压抑下去，能够容忍的都忍了，她一个人去深圳出差的那夜，华灯初上，霓虹灯闪烁，她忽然觉得自己存在于世界之外。她忍了又忍，还是突然嚎叫起来："啊——啊！"大地在颠覆，如果大地能够颠覆，那么就立刻颠覆吧——

说是一家出游，却是妈妈一个人自作主张。之前，她并没有和爸爸通过气，也没有征求过苏锦的意见。苏锦在这种活动中是没有决定权的，她最多只能表达她自己的意见。

妈妈不和苏锦商量带顾小珠去的事情，她觉得没有这个必要，她一向专制惯了，乱七八糟的事情都是她说了算，她知道爸爸心里想什么，总是讨好他，说虚伪的言不由衷的话，她的这个主张，除了苏锦不喜欢，没有人会说半个不好，甚至心里还求之不得呢，这一点，苏锦的心里是知道的。

苏锦还知道，妈妈会装样骗人，她骗医院里的病人相信她，吃她开的药，她再拿药厂的提成。她那一双敏感的眼睛，偶尔会流露出小孩看大人的眼神，这眼神叫病人着魔，对她产生信任感，把她当作自己的同类，几个回合治疗下来，他们会慢慢地告诉她，自己内心隐秘的通道，渐渐的时间久了，病人就管她叫了秦姐姐。

一般来说叫秦姐的话，多是指年龄比自己大一些，在一起工作，或者是相熟的人之间，关系比较密切的女性；叫秦姐姐，意思就更深了一层，有一种亲人的感觉在里面了，再冠以姓，还多了一层尊敬的意思。可见，秦姐姐在病人心中的地位了，秦姐姐的地位越高，开的处方就越多，拿的回扣也越多。

不仅如此，秦姐姐还在一档电视节目中，给各种各样的心理病人现场答疑。所以说，秦姐姐既是医生，也是一个公众人物，秦姐姐在外面受到社会的尊重，回家，苏锦不买她的账，别看她整天装成老大的样子，苏锦就是要打倒老大。

坊间流传这样的笑谈，中年男人三大喜：升官发财死老婆。苏锦的爸爸最近刚从一所大学的院长升为副校长，工资涨了不算，来送礼的人明显多了，爸爸在家的时间却越来越少了，偶尔回家，一个人睡到楼上去。妈妈的内心有一种隐隐的失落和惆怅，她的眼睛有时会走神，苏锦隐约能感觉到，这些现象的背后隐藏着什么？

上路了，爸爸开车，苏锦坐在爸爸边上，她从小就坐这个位子，没有人能取代她,她理所当然地认为这就是她的专座。如果父母一起去学校接她,而母亲又不小心地坐了她的位子,她就会朝她摆手,鼻腔里发出"嗤"的声音,这时母亲就会乖乖地站起身来,坐到后面的位子上。

但是现在,因为顾小珠晕车,母亲就把她拎到了后边,她的眼睛斜着母亲,身体蜷缩在门边,好像受了天大的委屈,她不服气,为什么要处处让着顾小珠,她算老几?母亲跟顾小珠说话的样子,简直就像一个谗言的小人,像电视剧里的太监和皇上说话,想到这里,她的心里就恨不能用刀劈了母亲。

母亲看到了她眼里的仇恨,母亲好言相劝,爸爸后面的座位,是车里最安全的,顾小珠的座位是最危险的。但是,这句话刚要出口,又怕顾小珠听了多心,就改口说,让你坐在最安全的位子有什么不好呢。母亲的劝说无济于事,正不知如何是好时,爸爸风趣地说话了。

爸爸说,我叫你们猜一个脑筋急转弯,有两只猫,一只黑颜色的,一只白颜色的,一天,白猫掉到河里去了,河水又深又混浊,黑猫跳进水里,奋力地把白猫救上来,白猫对黑猫说了一句话。你们猜,说了一句什么话?

苏锦说:"谢了,哥们!"爸爸摇摇头。顾小珠说:"1,2,3。"也不对。母亲说:"我们都是黑猫了。"还是不对,到底白猫说了什么呢?

母亲想讨好女儿,又怕冷落了顾小珠,母亲始终在摆平衡,她说:"对了,肯定是你不知道,才叫我们讲,顾小珠你说是不是?"

一车人谈笑间,汽车开到了一个加油站,爸爸下去加油。苏锦跟着跳出汽车。顾小珠晕车,她难过的样子,母亲快步跑到前门把她扶出来。这个加油站很脏,厕所里到处是乱飞的大头苍蝇,空气中散发着浓重的汽油味道,顾小珠一出车门,就蹲在地上大口地呕吐起来。母亲厕所也不上了,她拿了一叠纸巾递给顾小珠,她大声地叫爸爸和苏锦赶快上车,自己几乎是把顾小珠架回到车上,汽车就绝尘而去。

他们到了一个空气清新的路边，爸爸的汽车沿着草地停了下来，好给后面的汽车留下通道。母亲给顾小珠打开车门，让她出来透气，顾小珠不想出来，她浑身无力，瘫坐在汽车里不动，看上去，她连站出来的力气都没有了。

苏锦心里面想，装的，跟真的一样，这种小把戏哪个不会玩。我上幼儿园的时候，睡午觉起来，不想吃老师给的鸭肝，就故意把鸭肝丢在桌子底下，不想喝牛奶，就故意把装牛奶的杯子碰翻，还一脸无辜的样子。

既然你会装，我就不理你。她把后备箱里的一大袋食物拿出来吃，她要气气她，你不是晕车吗，晕车的人是不能吃东西的，她想，就故意站在顾小珠的视线内吃东西，她吃果仁和巧克力，旺旺米饼和网络脆，各种包装的果冻，诱惑她，却不给她吃。

苏锦在等着顾小珠开口和她要，她就把最不喜欢的青梅给她，可是顾小珠一直把头埋在手臂里，顾小珠根本就不知道她在吃什么，顾小珠和母亲一样，对她吃的东西一点也不感兴趣，顾小珠是个有点变态的姐姐。

顾小珠把前面的车窗打开，道路两边的灰尘就从窗外飞进来，要是苏锦这么干，母亲早就要骂她了，可是，顾小珠这样，母亲就不说话，爸爸也装死，她在他们家有特殊的地位，这种特殊使苏锦很恼火，她要报复她。

前面就是南陵了，南陵的前面是泾县，泾县以西80里就是桃花潭，妈妈告诉顾小珠。其实，顾小珠的心情很复杂，她既不愿意放弃这次旅行，又不知道自己该怎么办？还有一个从眼睛里就想把自己干掉的苏锦，她不想和她们正面交锋，自从她走进这个家庭做钢琴家教，她就不可抑制地对苏锦爸爸产生了好感，把他当作了自己的亲人，她对苏锦妈妈多年来对自己的关照，说不清是什么感情，这个女人是真傻还是装傻，她再也不能容忍下去了，今天，她要捅破这层窗户纸。

苏锦朝顾小珠狠狠地翻了个白眼，不停地叫道："喵、喵、喵……"

母亲打断她,母亲说你不要闹。她一听见这话就生气,我在说白猫讲的话,你们这些弱智。噢,原来白猫讲的话是"喵"呀,真绝!母亲给自己找台阶。

汽车穿出大山,来到一片开阔地带,依山带水的湖面上架了一座长桥,风景变得像水墨画面,绵延的水面,雾霭渐浓,山的墨水渐行渐近,过了长桥,唯一的交通要道出现了山体塌方,一辆货车在前面翻倒,车头掉在水里,显然,路断了,是回头还是继续前行?

苏锦不想回家,爸爸也不想回家,他们就下车,就地吃野餐。妈妈把装午餐用的草包拎出来,打开给顾小珠选,顾小珠什么都不要,只拿了两片口香糖,就独自走远了。

她站在远处的水边,风掀起她厚厚的裙子,才开始苏醒的柳枝飘舞起来,落在她的头发上,她有点担心她,她的身体状况不好,她是女人,有过这样的经历。

不远处的苏锦在叫:"爸爸,爸爸,快来看,汽车越来越往水里滑,汽车要陷进去了。"

爸爸没有理会她,他朝女儿指的方向看了一眼,就走到顾小珠的身边去了,他和她说话的样子那么关切,叫苏锦看了忌妒又生气。苏锦闭上眼睛心里就想,叫她滑进水里去吧,像那辆汽车一样,越陷越深。

水面的雾越来越浓,快要形成水滴了,看来桃花潭是去不了,那么去哪里呢?苏锦不想回家,已经走了这么远,总之,要带她去一个好玩的地方,玩一玩才行。

顾小珠靠在树身上,手抵着胃,又吐起来,她说她晕车,她平时是不晕车的,她又有了,一定是他的孩子。她的心里有一种说不出的滋味翻涌,这已经不是第一次了,她已经有了承受这种事情的心理准备,但是,一个女人,不论她多么理性,怎么能一点不难过呢。

那是怎样的一种感受,可是,一个像她那样要强的女人,大家都亲昵地称呼她为秦姐姐的女人,她怎么能够像普通女人那样,去处理自己的家庭问题呢,要是让别人知道,秦姐姐自己的家庭问题都处理不好,她还怎么生活在这座城市,怎么去医院上班,怎么去电台做节目,指导别人的婚恋生活,但是,除了承受,难道就没有一点办法吗,退一步,是不是还有天空?

想到这里,她长长地叹了一口气,可是,她才叹到一半又咽了回去,因为她看见了苏锦,她不能让别人看到她叹气,特别是自己的女儿。她拿了两瓶矿泉水出来,女儿在那里玩,塌方会不会继续,她不想让她的孩子有危险,女人的直觉,一种隐隐约约的担心。

她去找顾小珠的时候,顾小珠已经离开树下。顾小珠走到远处的一块石头边,坐在石头上面,低头看着湖面,湖面像一块镜子,好像有张脸,微风刮过来,脸变得模糊,一会儿又清晰起来,是一个男人的脸,在凝视她。

她在心里对男人说,这么多年来,看到别人家的孩子依偎在父亲怀中,我就会想象父亲的样子,你会不会这样待我,有父亲的女孩多好!我是多么渴望父爱!

每当我看到别的女孩在父亲怀中撒娇,我的眼泪就会忍不住地涌上来,默默地走到一边。有一次,我在梦中见到你,我走近你,你伸出手臂,就像那天,我们去桃花潭的路上,在镇上的一个小店里,你搂着苏锦,揽着她的肩膀去买麦氏薯片的样子,那个样子是天底下最幸福的样子,我却从来没有体会过,我醒来的时候,才知道是梦。

我趴在枕头上苦苦地想,为什么梦不是真的?人,为什么要做梦?或许,在另一个时间隧道里,父亲就这样揽过我的肩膀,我也这样依偎过他。谁能确定梦不是真的呢,真的又不是梦。如果梦中比现实更真切,那我宁愿不要醒来,就那样一直在梦中,不管是白天和黑夜,所有的终结,最后不都是感觉两个字吗?只要感觉好就好。

你不要把我当成是一个有恋父情结的小孩。我承认,我在你身上找到了父爱,从你请我吃肯德基的那天起,你看我的目光像父亲。"你点吧,点你喜欢的,拣喜欢的吃,不要委屈自己。"你说的。我没有委屈自己,眼泪却不争气地流了下来,那一刻,我觉得你就是梦中的父亲。

这是我长这么大,第一次去吃肯德基。以前,我总是不自觉地躲在街边的香樟树下,隔着肯德基店的透明玻璃,看着那些坐在父亲身边耍娇,一边吃肯德基,一边吮着手指,仰脸望着父亲的女孩,她们望父亲的眼神就像一把剑,刺得我心流血,可是,我还是一次又一次地、控制不住自己地要去看。

那天,我在苏锦练琴的时候,去洗手间看到你换下来的外套,我闻到了外套上浓郁的香烟味道,那是一种混合着你体味的特有的味道,就是那种味道,促使我拿走了那件外套,我把外套放在自己宿舍的枕头下面,每晚睡前,我捧着外套,嗅着领子上的味道,胸前襟和腋下的味道,那混合着烟味的你身体的味道,每片织物由浅至深,袖口上又多了层办公桌和香脂的味道,香脂是你们家洗手间里的,这些味道令我迷恋。

我把自己迷失在味道的空间里,我在这里融化和流淌,我甚至想人可以通过叠加活着,过去与现在,现实与梦境,层层相叠,我们不只在一个平面上生存与经历,而超越生活矛盾的途径,就是允许矛盾存在于多个层面。

多少个失眠之夜,这些味道让我安静,让我和你在不同的空间里相会。可是现实中,我怎样度过,我找不到未来的通道,河水的深处是不是有我的层面?

顾小珠的身体倾斜,她伸手去翻水面,她想去触摸水面上的脸,她滑了下去,像苏锦期待的那样,越陷越深……

妈妈在找苏锦,她过来了,她看见了水面上的长发,人往水下沉去，她的心紧抽起来：苏锦，你在哪里？她呼喊着，本能地朝水面跑去，她看见了，她的丈夫正往女孩游过去，并奋力地把女孩往岸上拖，女孩在水中挣扎，不肯上岸，女孩在哭：放开我，不应该有我，我是一个没有父亲的野种，我从来没有见过自己的父亲，我刚才看到父亲了，让我去找他。

货车上下来的人跑来围观，帮着往岸边拽女孩，大家七手八脚地把女孩弄上岸，她的心都要跳出来了，她跑到跟前看清了，女孩不是她的孩子，女孩是顾小珠。

她倒抽了一口凉气，幸亏不是她的孩子。但是顾小珠，她也不愿意，生命只有一次，她是那样的年轻，她不想让她在自己的手上有个三长两短，好像她预谋杀人一样，那样她的良心不得安宁，愧疚是折磨人的，她以一个医生的本能，对她做了及时有效的抢救，她开始有了自主呼吸，心跳正常，她把她抱到车后座，苏锦终于坐到了自己原来的位置，爸爸发动了汽车。

顾小珠的脸色苍白，浑身冰凉，她退下她身上潮湿的衣服，她在车里给她擦脸，看见她浑身光滑的皮肤，清瘦的肢体，不由地想起自己的少女时代，这是一个叫男人怜爱的女孩，她的纠缠在一起的头发，像苏锦小时候一样。她喜欢过她，憎恨过她，熟悉过，又陌生过，如果她不在自己的生活中出现，那么她还可以继续心安理得地做她的秦姐姐，但是，如果没有顾小珠，就会有李小珠和张小珠，她们一样迫不及待地把她的丈夫抢走，她们会比顾小珠更肆无忌惮，厚颜无耻。这些年来，她一直在和青春战斗，但是，她知道青春无敌，没有男人躲得过去。

她把她的手放在自己的手心里，看着她的脸，她不说话，有泪水从眼角溢出，她拿纸巾给她试去，并给她换上干净的衣服，她只是呛了几口水，并无大碍。可是苏锦却在心里希望她死了才好，看见她换上了自己的干净衣服，她心里很生气，但是，她也被这样的场面吓着了，一个人从死，回到生，是她以前没有经历过的，现在，顾小珠经历了，顾小珠的身上就多了层神秘的色彩，这样的色彩拉远了她和她的距离，多少使她感到了一丝恐惧，她没有发作，她很努力地掩饰了自己的恐惧和不安。

按照苏锦的想法，这个世界上有人想死，就应该让他们去死，为什么要违背个人的意志，阻止别人去死呢，死也是人的一种权利，不让别人死，就是侵犯人权。有不少人要是死了，世界就安宁了：比如飞车抢夺的强盗，他们抢了人家的包，还把受害人弄伤；偷同学自行车的小偷，害得同学上学迟到；大脑有问题的神经病，拿刀冲到幼儿园砍孩子。母亲天天给神经病看病，母亲也有神经病，母亲应该把神经病治死才对，好多活人要是都死光了，世界才会回归宁静。

桃花潭水深千尺，去桃花潭的路塌方了，他们就掉头去了太平湖，这一次，他们很顺利地到了太平湖，并在湖边找了一家不错的宾馆，住了下来。苏锦和顾小珠被爸爸安排在一个房间，他们明明知道她不喜欢她，还是这样安排，他们真是够损的。

因为厌学钢琴，苏锦希望顾小珠淹死，可是父母为什么要救她，不救她，自己就可以不用练琴了，苏锦郁闷。她老往父母这边跑，爸爸嫌烦，就去照顾顾小珠。晚上，她在妈妈的床头耍赖，一会儿就睡着了，爸爸一直没有回来。

太平湖的湖水，从黄山上流下来，汇聚到湖中，又流到新安江，湖水碧绿，深不见底。早上，吃过早饭，爸爸才回到妈妈这边来，脸上的气候像太平湖，一脸的雾气，看不清轮廓。

苏锦问他，拽着他的膀子摇晃："爸爸，爸爸，你怎么不说话？你生气了？你昨晚去哪里睡觉了？"爸爸却不搭理，像一头关在笼子里的困兽，蹙着眉，在房间里绕来绕去，这是过去没有过的，苏锦意识到，大人间的气候不对，脚底打滑，她才不跟他们烦呢，她下楼坐划艇玩去了。

顾小珠因为身体不适,先走了。在他去餐厅吃早餐的时候,独自一人走了。她预先没有说要去哪里,始终不肯告诉他,她为什么要自杀。其实,她说与不说,他心里是明白的。她本来是不想走这条路的,但是,她忽然改变了主意,好像有什么力量在召唤她,她被那无形的力量所吸引。

他的态度明确,他不可能放弃他的家庭,也不可能和她有他们的孩子,看着他们一家人在一起的亲热样子,她很难过,特别是苏锦,她和父亲缠绵的姿态,那么做作,她竟然当着她的面,把舌头伸到他的面前说,爸爸我舌头冷,就一头钻到他怀里坏笑不止,简直是挑逗,是在向她宣战。

一想到她的青春年华将在别人的夹缝中殆尽,就使她万剑穿心。她要回去,一会儿都不能等待地回去,去哪里呢?她自己也茫然,她要离开他们的念头早就有了,尽快地摆脱这一家人,她不想看到他们,当她在水中越陷越深的时候,她有一种说不出的快感,她想,结束就是一个新的起点,结束吧,一切都使她无比难过,结束,是最好的开始。

妈妈估计爸爸再过一会儿,就熬不住了,就要发作了,在他发作之前,要有所表示才对,她把一封信递给他,信是顾小珠写给她的,她已经看过了,当然,必须给他看,爸爸妈妈一直是一个整体,妈妈对爸爸没有任何隐瞒,她自然地把信递给他,就像平时给他递茶一样。她不敢看他的脸,转身走进浴室,打开喷淋。

这一次,她估计到他在外面读信,不会有人进来看到她,她才肆无忌惮地叹了一口气,又叹了一口气,这一口,就有了解脱的轻松。

喷淋的水已经从头上浇下来,她随手关上冲淋间的移门,面壁墙里,水点很大,很密,也很暖和,打在她的脸上,顺着肩膀滑下来,像一只温柔的手,触摸着她的身体,一点点地温暖着她,她的心开始融化和放松，有了春的意思，水流到乳头上，触电般的快感，有点儿禁不住的样子，泪水，却潸然而下……

他打开妻子递给他的信，一行熟悉的笔迹跃然纸上。
亲爱的秦姐姐：
小母亲？情敌？该怎样称呼你？才能表达我此刻的心情，小时候听说书《三国演义》，有这样一句话：既生喻，何生亮。

现在，我想，上帝为什么造了你，又造我？为什么要让我们相遇、相识、相知，又爱上同一个人？你总是在不经意间，揽着我的腰说，宝贝，看到你就像看到我自己年轻时候的样子。那时，你的眼神呀，坦荡得叫我无地自容。

我爱一个人，全心全意，你有过吗？那是一种怎样的情怀。

这会儿，我心里很难受，想吐，却什么都吐不出来，胃在习惯性地痉挛，除了黑布林的味道，闻到什么都要吐。你知道吗？我的腹部又怀了他的孩子，医生说，再流的话，以后就不容易怀上了。

上一次，我怀了他的孩子以后，你没有问我是谁的，但我知道你明白，你比谁都明白，你给我找了你们医院妇产科最好的医生，给我做的手术，没有说一句责怪我的话，对我呵护有加。不公平的是，你怀了他的孩子可以生下来，我怀了他的孩子，就要被你找的医生打死。

你不是人，也不是神，你是魔鬼。如果你是一个爱自己丈夫的女人，你会骂我婊子、贱人、破鞋、骚货……我已经做好了承受一切浊语的准备，谁叫我爱上了你的丈夫呢？我咎由自取。

可是，你的剑呢？朝着我的脑袋刺来吧，让我流血，把你仇恨的剑抽出来吧，朝着我的胸口刺来，把我刺得鲜血淋淋，那样的话，血液会抚平我的愧疚，我们就公平了。可是，你没有这样。相反，你叫我见了你就心软如水，你总有办法叫我变软，好几次，我都想把你捅死算了，可是，我下不了手。

爱有先来后到吗？爱要排队吗？如果我早生十年，先你识他，他就是我的丈夫，就轮不到你做他的妻子。神造人的时候，把我排在了后面，把你排在了前面，可是，这个次序并不能阻止我爱他，这个次序是人类莫名其妙的咒语，

为了所谓的社会秩序，人类给自己制造了枷锁：一夫一妻制。

你不要爱情，只要一个行尸走肉的男人睡在你的床上？他说过，碰到你的手，就像左手碰右手，连碰都不想碰你的男人，你还赖在他的床上，你在由内而外地在坍塌，却要他来承受，你够残忍。

我下了多少次的决心，我拿真理和谬论把自己武装的坚不可摧，可是，只要我一走到你面前，触到你的目光，我的心就化了，就像个柔软的小丑。

还要说的是，我不想重蹈母亲的宿命，让我的孩子成为一个没有父亲的野种。两个灵魂激情碰撞下产生的火花叫做"私生子"，而昏睡状态下的排泄物却成了"爱情的结晶"，这是人类多么荒唐的谬论。把生孩子说成是女人的义务和责任，真是骗人的鬼话。

我一点都不感激母亲把我带到世间。她口口声声地说是为了我，她吃尽了人间的千辛万苦，她怎么不说说她当年为了自己的一时之欢，使一个没有父爱的女孩，承担了怎样的可怜和自卑，因为我，使她增加了活下去的信心，对未来的希望，我使她摆脱了生的孤独和寂寞，她怎么从来不提？如果生命能够选择不要出世的形式，我宁愿选择不要来到人间。

这两年来，你瞒着我们，每个月给我母亲寄的生活费，不要以为我不知道，请你不要再假充好人了，我母亲缺钱，但不缺你那两个臭钱。

我把手机扔进太平湖，它和我的爱情葬在一起。请你不要以小母亲的姿态，到处找我，施爱与我。你知道的，这不是爱，而是折磨！可是你为什么要做得像真爱一样呢？有时候，即使在我清醒的时候，我都看

不出来了,我都觉得,你把我当你的女儿一样爱了。你在你丈夫和你女儿面前,这样"无私"地爱自己的情敌,你不觉得自己太阴险吗?

爱情是不容他人涉足的,你却容得下我的涉足,你是不是以为有了我的存在,他就不会去找别的女人,你需要一个能拴住他,又对你俯首帖耳的女人,来维护你家庭的稳定。

这是你心里永远也无法摆脱的黑洞,你这虚伪的女人,见鬼去吧。

顾小珠 2010. 3. 29.
原发 2011 年 5 期《雨花》

缓慢的激情

一

天空下起了小雨，雨水在地面和灰尘混合后，形成了薄薄的一层泥浆，使得 312 国道就像泼了一层糨糊，特别的滑腻。美术老师小水流在这里，她乘坐的汽车拐弯下坡的时候，由于速度太快，汽车突然间失控，迎头撞上了对面的一辆大货车，汽车在地面的行驶线路呈现出连续几个大 S 状态之后，撞断了一根电线杆，眼看就要翻倒在路边的田野里，翻车之前，小水流屏住呼吸，她使出超常的力气，她想用自己的意念，来阻止眼前的这场车祸发生。

意识不只是被动地接受未来的信息，还有可能塑造未来，吸引一些事情发生的同时，也阻止一些事情的发生。小水流深信这点，她在心里努力回避这个就要来临的灾难时，长长地憋了一口气，她把面孔扭向汽车里边，防止翻车时，砸碎的窗玻璃划破自己的脸。出于女人的本能，保护自己的脸超越了生命的重要，这就是男人和女人质的区别。小水流在憋气的同时，努力使自己呈现出一种从未有过的浮悬状态，并发出一种超然的力量，她要以个人的超自然的神力来改变，这种改变的力量足以抵挡汽车的颠覆。

遗憾的是小水流的意念并没有成功地阻止汽车的颠覆，她的神力没有发生作用，却让自己在短时间内失去了记忆。在这场车毁人亡的事故中，小水流侥幸脱离。据说，她在营救人员的引导下，把一个压在她身上的孩子推了出去，然后，又顺着营救人员的指挥，光着脚，自己爬过去。当她看见面前的菜地上，全是粉碎的车窗玻璃时，她爬不动了，她怕那些碎玻璃划破她的手和脸，救她的村民说你再不出来，汽车就要爆炸，她又继续踩在玻璃上爬了出去。营救人员是如何把她送到当地的医院，又转到南京的医院，这些，小水流都不记得了。

小水流在医院醒来的时候，她躺在病床上，身上的好多地方裹着纱布，她不明白自己是怎么躺到医院里的。"我怎么会在这里？"她问丈夫。丈夫一一告诉她，却向她隐瞒了一个事实，她的好友托尼娅在这场车祸中丧生，她救出的孩子是托尼娅的女儿。

一直以来，内心期待着会发生点什么的小水流这才发现，自己的生活一如既往，没有任何的改变。她在车祸中发生的短时间的失忆现象，现在要靠回忆和别人的重述来恢复。有些东西很快就想起来，有些东西要永远丢失了。比如她常去购物的某一家超市，现在，怎么也想不起来叫什么名字，在哪里？她在美术专业知识上的一些记忆，比如某一幅画，到底是出自哪一个年代，哪一个画家。过去，她就像一部会说话的活字典，世间的名画和史前的艺术像一根根小竹子，都长在她脑子里，她常常在内心感慨自己是一个胸有成竹的人，有着金子般的记忆力。现在，给学生上课时，她讲了一半会突然打愣，有时甚至会想不起来自己要说的是什么，而重新找到自己要讲的内容后，她会有一种似曾相识的感觉，却总觉得隔了点什么，一场车祸竟然使她恍若隔世。

这是上天对她的报复，还是有心让她忘掉一些记忆，比如对岳川班长的怀想？人类忘掉一些记忆是有利的，而叫小水流忘掉岳川班长是不可能的，就像画画是长在她心里的竹子，车祸的打击会使她心里的小竹子折断或者连根拔掉。而岳川班长就是她在车祸发生后见过的银杏树叶的化石，每一缕纹路都镶在她的生活里了。

小水流时常怀有一颗感恩的心，想起丈夫给予她的生活空间和思想的空间，这些空间维系了夫妻两个近10年来平静的生活，这是小水流母亲所期望的。小水流就是在这样的空间里一直做着少女怀春的美梦，没有人能进入她心里的这块布满了细密雷达的领空，包括对她了如指掌的母亲。而能够进入这个领空的、并起到颠覆和彻底破坏的人，绝不是一个一般的人，小水流很快就面临着这样的颠覆。

小水流出院的时候，才把自己出车祸的事情告诉母亲。母亲吓坏了，她躲在家拼命地打扫卫生，擦窗户玻璃。她爬到高高的窗台上，她的手指在玻璃上划来划去，脑子里一团空白，她要惩罚自己，持续不断地惩罚自己，以此减轻小水流的灾祸，命运这样对待她的小水流，真是对她的晚年生活的莫大嘲弄。如果小水流有个三长两短，她活在世界上还有什么意义？想到此，她的心都要碎了，没有了小水流，她这把老骨头也失去了生命的光泽，生和死，只是一会儿的事情，她不想活了。

她抬起眼睛，看到院子里的樱桃树已经结满了果实，果子已经泛出淡淡的红色，要不了多久，就会全部变红，为了防止小鸟啄食，她撒了一层黑色的纱网覆盖在上面，等果子红透的时候，小水流就会来摘，如果小水流有个三长两短，还要这些果子干什么呢？她爬下窗台，用力地去拽那纱网，她想把网从树枝上扯下来，她对空中的鸟雀说，吃吧，吃吧，吃了你们就称心了。她颓然地一屁股坐在地上，像孩子一样哭起来，她在心里演绎了一遍小水流离开她的情景，以此来刺痛自己的心，抵达痛苦的深渊，这种痛苦是她这把年纪所不能承受的。过了好久，她才意识到，现实不是这样，她的女儿还活着，刚才打电话来的就是她，是小水流的声音，她的小水流还在，她到底跌成什么模样，胳膊腿还在不在身上？她要尽快知道，于是，她扶着墙，慢慢地爬起来，她走到卫生间去洗脸，把头发梳整齐，她不想小水流看到她这副落魄的样子，她是她的母亲，母亲是能够保护女儿的，她跌跌撞撞地赶到小水流的家，站在门外，定了一会儿心，才从容地开门进去。

这时的小水流在丈夫的搀扶下，已经能下地走路了。母亲坐在她对面的椅子上，眼神直勾勾地看着她，半天说不出话来，那神情就像是看自己丢失已久又被警察送回家的孩子。

小水流在叙述车祸发生时的专注样子，就像给学生讲课，她的母亲就像她的学生，一副认真倾听的神情，却什么都没有听见，好一段时间，她才在惊恐中渐渐恢复过来，她站起身来，弓腰走到床边，像女儿小时候一样，去掀她的被子，摸她的手和脚。她的苍老的手指，在她光滑的腿上一遍又一遍的摸来摸去，感慨万千："我一生中没有做过坏事，老天怎么会让我的女儿受这样的报应，现在，老天又把你完整的还给我，感谢上苍！感谢神！"

小水流恢复得很快，她总在一个人的时候，躺在床上，偷偷回想和岳川班长的那一段，那一段甜蜜又真切，就像一个偷吃了花蜜的孩子，要躲在角落细细品尝，舔干净手指，才肯露出脸面；那一段就像流星划过天空，虽然陨落，却在她的心里留下了燃烧的痕迹。

出车祸以后，小水流的丈夫每天都提前下班，陪她去城墙转悠，爬坡锻炼，她还没有全好，就闹着要上班了。丈夫知道她的脾性，她又不是孩子，平时，你越是反对的，她越是要做，她总是和常人背道而驰，没有人能阻止她，做她想做的事情，她天生是一个幻想家，一个不切实际的空想主义者，她生活在云端，却总是标榜自己热爱土地。她的内心不是冷若冰霜，就是狂野奔放，她总是处在两个极端，没有恒温的时候，高温时，热血沸腾，低温时，像一片了无生息的落叶。

她不知道温柔为何物，也从未有过温柔的时候，她为什么不能像一个普通的女人那样，像一个一般的小女人那样？那样的女人是简单的女人，容易驾驭的女人，一眼就可以看见底的女人。而自己的女人，千头万绪，总让他摸不着头脑。刚才她还是满面春风，常人都未觉察的波动，暴风骤雨在顷刻间就会降临。每一次，她张牙舞爪地冲进画室，癫狂得好像全世界都在和她对抗，她要用非凡的力量把世界摧毁。

那样的时候，你不要去打扰她，也不要去追究她，时间久了，她会出来的，出来的时候，就像一尾沉在水底的安静的鱼。面对这样的妻子，小水流的丈夫自有一套对付她的法宝，这法宝就是随她去。

小水流出车祸以后不久，她的生活表面上恢复了往日的正常和平静。而私低下，暗流更加汹涌。她上班后的第一节课就见到那个学生，这样，就仿佛见到了岳川班长，她的想象力就像脱缰的野马，每一天都要脱离了母体，越过千山万水去和岳川相会。任何一点细枝末节的牵扯，都能勾起她绵延不绝的怀想，她对岳川班长的无尽思恋在这个男生身上尽情演绎，就像七月里的巧云，乱花渐欲迷人眼。

二

小水流上班后的第二周，她已经完全好了。她给这个班的一些学生义务补课，成立了年级美术兴趣小组。这样，她就有更多的课外时间和这个男生在一起，她带学生们去郊外写生，对他的天赋充满信心，劲头十足。

一个星期天的下午，她带学生在明城墙下写生，却把男生一个人单独领到环湖的内城墙角下，她给他选好了画面的角度，坐在草地上，摊开颜料和画笔，男生期待地看着她，她语重心长地说："你要画出湖水中的墙，墙体中的水，你看见了他们相辅相依，你中有我，我中有你。"在男生投入地作画的时候，她就趴在城墙的雉堞上朝下看着她的学生，看他，看着、看着就觉得他变成岳川了，不经意间一串哈拉子流下来，挂在下颌上，贪婪的眼神，流到城墙下。她看他快要画好的时候，用袖口擦擦嘴角，从城墙上面走下来，她走到他的身后，爱怜地说："画得真好,画面富有灵气和大气,坚硬的墙体中有阴柔之美,柔软的湖面上,有不经意间的骨风,你领会了我心中的美,我要把你送到北京,我要让你上中国最好的美术学院。"她在他背后一口气说完,乳尖似蜻蜓点水般触到了他的发丝,忽然间,两颗心好像有电流在传导,她的心奔跑跳跃,他的脸鲜亮如珠,褐色的眼睛停在她的脸上,那么传神专注,信任无语,好像岳川就在她面前。

小水流的心就乱了,乱麻一团。男生的眼睛还停在她的脸上,那么干净又明白无误,就像岳川。小水流碎了,散了,化了,柔得像湖面的风,无处躲藏。这时,起浪了,推来一阵阵草叶的素香,小水流裹着香气,落荒而逃。

三

晚上,小水流钻进画室,把藏在油画后面的日记本拿出来写道:你是我亲爱的、至爱的、最爱的人——岳川班长。

小水流换一行继续写道:你是我回忆录里最亲密的爱人,也是我一生中唯一的情人。我将以做你的情人为荣耀,看见吗,当托尼娅不小心把啤酒泼翻,淌在你裤子上,我立刻停止了和周老师的谈话,我用纸巾帮你拭去酒液,在那敏感的地方,在托尼娅眼皮底下,我的手伸了过去,自然得就像对自己一样。虽然我和大家是第一次见面。明白了,都明白了,你和我,还有托尼娅和大家。爱你呀,这就是语言,是心迹的流淌。

吃中饭时,那人又来了,他在说话,我听着,听着,筷子不动了,装着不经意间抬头看他,不是你的脸,不是的,就低下头。声音又传来,还是你的声音,又抬头看去,依然不是,便离开餐桌,给你打电话,你挂了,又打手机,这回真的是你了,是真的,我是多么高兴!你的声音,但我依然看不见你的脸,你说:"来吧,小乖乖,真疼人。"我的心就柔化了，绵软如水，流过去，流回去。

我已经融化。你却在疑惑，不能确认这种感情，于是你在短信中问我："难道我有这么大的魅力？"

我正在给学生上素描课，在你过去上学的台城中学，高一（9）班，同一个班级，在你从前坐过的位子上，有一个和你过去一样英俊清朗的少年。他看着我的眼睛听我讲课，我看着他的脸，看着他画画，他画得真好，看着看着，就觉得位子上坐的是你了。

时光倒流，我成了母亲，他成了你，我又见到了你。我站在讲台上，边讲边走过其他同学的座位，走到他的身边，站住了，我拿过他的铅笔，故意在他的画稿上涂了一些线条，其实是给自己找一个接近他的机会。这期间，我的左臂碰着他的肩，心里咯噔跳了一下，他没有让开，短短的头发戳到我的脸面。那是你的发丝吗？是你的左手臂吗？这样想的时候，电流就击倒了我。

我不能平静，心跳加速，逃也似的离开教室，躲在操场边的香樟树林里，左右看看没人，老师和学生们都在上课，我掏出手机，给你回复短信时，我的心跳得更快了，想说的话一句也找不到，只打出这两句："你是她的初恋，是她的梦中情人！"就手忙脚乱地发了过去。这样明确的回复，你一定了我心迹了，我不后悔，一点都不后悔，我终于在慌乱中，最直截了当地表白了自己的感情。再也不要拐弯抹角，再也不要把机会错过，我已经错失了19年。现在，审判就要来临，等待吧，盼望吧，爱神之箭就在你手上。我向天祈祷：求你了，求你助我，让他的箭射在我心上，哪怕是一只毒箭，射中我吧，让我去死，死过去，再生，一次又一次。

好几天，你都没有回复短信，我还在等待，判决总要来临的。

又上美术课了，今天教学生雕塑。一走进教室，我就本能的朝那个位子看，我希望他不要缺我的课。我已经把他想象成你，我时常在他的身上捕捉到你的信息，如果他在听课，他的眼睛看着我，那就说明你的箭还在弦上,你在等待,等待一个最恰当的时机射向我。现在,那个学生正看着我的眼睛,我不能自禁的想到了你,你的眼睛,你那双传神的大眼睛,正看着我。19年了,为什么你的影子总是挥之不去,在这间教室里,在足球场上,你飞跑的身影总是混在那些同学中。我在学生中追逐你的影子,你矫健的身影总是不断地摆脱我的视线,只要没有我的课,我就会在球场上看你踢球。

我的很多画稿,画得都是你在踢球,看着那些在空中飞来飞去的足球,我就想,做一只你脚上的足球,也很好呀。于是,所有的足球,都有了我的影子,都变得绵软无力,歪了,扁了,流着伤感的颜色,在你的脚尖颤抖。

这两天休息,暂时见不到那个男生了。我躲在自己的画室里雕塑,是你,我想象中你的样子。特别是你那双传神的亮眼睛,那么专注,那么温存地看着我,我也那么看着你,看着你,像真的一样,你的眼神就飞了,飞出来,灵感就来了。可是,有些地方叫我如何想象呢,那肯定是与众不同的。于是,我再看你的眼睛。夜里,一切都安静得死寂一般,你的眼睛就对我说话了,你的眼睛告诉了我。这时,窗外下雨了,一大滴一大滴的雨点,击打在窗户的玻璃上,我突然间就一下子明白了。雕好的时候,雨停了,远处传来公鸡打鸣的叫声,好像你,雄赳赳,气昂昂的站在我面前引颈放歌,狂放不羁。我的心里热流滚动,我想我要,我离不开你了,我拉上窗帘,仰脸看着你,久久的凝视着你的眼睛,你说来吧,向我伸出双臂,我不能自禁,心潮澎湃,终于和你在一起。

还在等你的短信,始终没有回复。我想,你的箭呢,还在弦上?都市人,可以随心所欲的搞个一夜情,找几个小姐,却扛不动一丝真感情。多少年来,爱的定义在变,随着时代的推进在演变,在我心里,却是一成不变的,就像你一样。

小时候,我问母亲,爱是什么?母亲说:"像普希金的诗歌里说的,让我的爱像阳光一样包围着你，而又给你光辉灿烂的自由。是给予，是希望和帮助对方幸福，而不是占有和攫取。"

母亲是这么说的，她的一生都是这么做的。我相信，她在课堂上也会这样对学生讲，因为，在你的作文里，就引用过普希金的爱情诗歌，你针对的对象又是谁呢？我经常幻想，是我多好，会不会是我呢？

即使你的爱神之箭早就射出，中箭的人不是我，那也没有关系。这些年间，我为人妻，为人母，我已经在想象中平静的度过了19年。

当我闭上眼睛的时候，总会把那个匍匐在我肢体上的男人想象成你，那样，才能完成一个做妻子的责任。而当幻想达到极致的时候，就会进入巅峰状态。

我想到做我母亲的不易，我能够平安的走到今天，她操了多少心血。我不是一个安分的孩子，我的脑子里总是装满奇思异想，我是属于那种一生都处在幻想中、不能落在实处、过安定生活的人。而我的母亲一生中都在努力做的事情就是让我过一个正常人的安定生活。

我不再等你的短信，我猜想你在回避一个尖锐的话题，它牵扯到你的名利。我不会纠缠不休，我给你发了这样的短信，以此表明我的态度，我说："你是她一生的失恋，是她内心那酝酿了19年的相思之酒。不公的是，当事人全然不知，不能承受。人间一切均天意，感谢神让我遇见你，这就够了，现在说来，全当笑话。"

几天过去了，你还是没有回复我，但是，你在电话里分明是让我去的，我已经买好机票，如果你以回避的姿态出现，我去干什么？

早晨醒来，我想，你可能在回老家的路上，你总爱飙车，排量3.0的跑车，你总要超过同行的人，我为你担心，为你祷告："求天晴，求平安！"现在是下午两点，你该到了，我不安的心便释然了。

周四，我给你办公室打电话，你竟然不在办公室，但你的手机接通了，我听到你正在收费站交费，你说："我正从老家往北京赶，你快来吧。"

四

下了飞机，从正门出去，他会等她吗？在接机的人流中，她不敢正视那一刻，她在潜意识里绕着边门走。

他看见了她，他说："你从边门出来？我怎么没有看到你，还是小时候的样子，一点没有变。"她把箱子递给他，走在他的身边，靠近了他走，两个人的胳膊时不时的会碰上。她是故意的，她在用身体的忽即忽离，对他诉说着自己的快乐和悸动。他受到她的感染，心领神会，却不说话。在地下停车场，空气中没有一丝风，天气显得格外闷热，她说："真热，我要脱衣服。"

她脱了自己的外套，叫他也脱了，小汽车在移动，他不脱，她就伸出左手，轻抚他的脑门，有细微的汗水沁出，她笑了说："你也出汗了。"

他不说话，回家的路上，他给她看她发的短信。你为什么不把我的短信删掉，她的左手轻抚他放在变速器上的右手，车速很快，像他此刻的心情，他说："我要等你来了以后再删，让你看着确定了再删，你想赖也赖不掉了。"她低头，一时间，无语凝噎。他又得意地说："我要在你赖账的时候，让你自己看看你发给我的短信，面对这样的话，你还赖不赖？"

"看了烦吗？"这是她关注的问题，她想知道他的反响，来把握自己的尺度。他说："有时我就看，看好几遍，然后就想，人生有时很玄妙，我怎么会有这样的福音，这么可心的人儿在等我，就像做梦一样。"

"那时，你还是个黄毛丫头呢，我一点不知道，不知道你这个丫头有满腹的心思。你是我老师的女儿，扎两只小辫子，系了根红蝴蝶结，穿了蓝布花衣裳,站在台城边上等妈妈下班,眯眯眼看人的时候,满目的忧郁,真想不到,一晃这么多年过去了,我们又见面了,你还是老样子,一点没变,老师好吗?"

汽车上了三环,又出了四环,五环以外一条僻静的小路后面,山包里,隐隐约约的别墅出现在她的视线里,车轮无声地碾过起伏的柏油马路,大门口的警卫收起栏杆,朝他敬礼,拐了两个弯,汽车就停在一栋瓦灰色的仿民国时期的建筑面前。

花园里的垂丝海棠,热烈地簇拥在一起,欣喜地看着她,她也看着她们,彼此的眼神,像是一棵树上的姐妹。他打开门的时候,回头招呼她,她像蜜蜂一样跟在他后面,飞进他的家里。

穿过一楼的大厅,二楼是他的私人博物馆,他领她参观他的收藏,古化石和字画。她不懂化石,在一片银杏树叶的化石面前,她的手指触摸着像扇子一样造型的树叶纹路,像他呢,像他的手指纹路,千年不变,她暗想。到了右边的字画室,有一幅贺成的《秋思图》,画面上的女孩旧时的装扮,现时的表情,不安分的模样,他说:"像你。"看到她的眼睛盯着一幅李可染的《秋牧图》,他问:"喜欢吗?""当然,叫我想起你放学后不回家,和几个男生在城墙下面逮蟋蟀的情景。""回头送你。"他打开柜子里的一幅又一幅字画,他帮她挑了她喜欢的,他看她挑选画画的劲头,他很满足,两个人看着墙壁四周的挂画和壁画,她一番感慨:"想不到,你也喜欢这些。"

他笑而不答,脚步跟着她的身影转,一步也不离开她。近了,近在咫尺,他多想就这样抱住她。可是她却不理会,样子似摆脱他,竭力地和他反方向走。他想,就这样咫尺天涯?她躲开他的脸,心中有渴望,借着暂时的躲避,积蓄了自己的勇气。两个人的视线渐渐分离,身体成丁字状,她好像不经意间靠近了他,这给了她一个契机,一个钉子钉在木头上的契机。机会来了,两个人都同时转过了身,彼此看了对方一眼,眼神里有同样的渴望,四只胳膊就紧紧地缠在了一起,像钉子钉在木头上。

她的脸紧紧地贴在他的脸上摩挲，颈项里，完了又换到另一边。失而复得的爱人呀！终于落到了彼此的怀抱中。他的嘴唇找到她的嘴唇，她轻柔的不经意间甩开了头，像做梦一样，还没有开始呢，她要慢慢的享用这样的序曲呀。他等不及了，舌尖像紧悬在弓上的箭，瞄准了，射出去。她就像一片含羞草叶，被点开了，弹起来，伸出花蕊，顶出去，吻住了他。这时，他看见她的眼睛闭月羞花般地合上了，长长的睫毛成了一道流动的虚线，娇喘的声息飞进他耳膜，地毯上的玫瑰花就开了一片。他抱她坐下，坐在花瓣上，她像只躁动不安的小鹿，拱进他怀里，吻他的喉结。

他觉得是时候了，是果子成熟就要落地的那一刻，霎时，他毫不犹豫地扑倒她，她迎着他的脸，声音柔润如丝："你知道吗？那个声音像你的人，他只是勾起了我对你的热望，是一种心灵的，叫人揉断肠的思念。而你中午给我打电话时，我正在收拾文件，坐在画室的沙发上整理画稿，理着理着就觉得下面湿了，一点成片的湿了。其实，我并没有想到这些事情，心思都在画画里，身体不做主。为什么你的声音、真的轮到你的声音过来时，会有这样奇妙的作用？"他的目光咬住她的脸说："情到深处吧。"

她的一番表白给了他无比的自信力，他想可以吃了，果子熟了，成熟的果子吊在他头顶的天空，映红了一片的风，她嘴里吐出的丝帛一样的声音，就像一架云梯，他的手就踩着云梯，那么一节一节的伸进去，像要验证她的话，他说："让我看看现在还湿了，没有呢，云穿的衣裳。"

她的脸就红了，想为自己辩解，就说："我太紧张了。飞机进入北京上空的时候，我的心都要跳出来了，咚咚咚地、猛烈地撞击胸口，好像生了拳头，不再属于我，不再安分地躺在原来的地方，一定要从胸口撞击出来。我竭力掩饰自己，脸上的烙烧泄露了我心底的秘密，邻座的女人看出来了，她打开了话头。

"我一路上都在想象和你见面时的情景，我的思绪在机窗外飞扬，和白云一起翱翔，我讨厌她乌鸦一样的声音。可是，此刻，我看着她肥厚异常的下嘴唇，舌头卷起来，仿佛金鱼吐水泡一样，一圈圈废话吐出来，我甚至都有点喜欢她的废话了，她去后边的行李架拿包裹时，不断的跟其他人吐泡泡，我怕她不回到自己的坐位上来，我需要她的泡泡，来纷扰我狂跳不安的心，我要把一颗完整的心奉献给你。"

她吻他，巅峰时刻，咬他，用她的一排牙齿咬他，直到他的胳膊出现一颗颗红色的齿印，再用手指轻抚，用唇去吻，她就是这样反反复复，用舌尖和手指在帮助自己记忆。她像在自己的画室里雕塑，弓着身体，一刀一刀的、一小块一小块的雕琢，记忆的手指在他的身体上深一道浅一道的刻画，在心底深处探留，定格自己的爱人。

"不疼，一点不疼，用劲咬。"他鼓励她说。她却不动了，她说："怎忍心？怎忍心咬你？"她的话就像石子，投在水面上，掀起了他心的涟漪。

"来，坐下。"她柔声地说。牵着他的手，把他引领到凳子上，让我给你洗吧，她把两手按在他的肩上，指尖轻抚过他的肩膀，他觉得自己的肩松了下来，渐渐变软，成了琴上的弦，随着她的指尖，忽而是泉声，忽而是花开，落叶时分，泪水涌出了眼眶，她说："过去，我一直憎恨母亲把我带到这个世界，我感受不到幸福和快乐，世间的一切都令我悲悯，伤悲仿佛定植在我的血管里，辐射出隐隐的痛。现在，我感受到了幸福，幸福的不能承受之重，并满怀感恩之心，感谢神赋予我生命和爱，否则，我都不知道我为什么要来到这个世界，我的生命因了你的存在而有了快乐和色彩。我要记住你身上的每一根线条，每一缕皱纹，当你的肉身毁灭之后，你的灵魂会和我永存，你雕塑的身体将和地球同在。"

她想起她画室里他的全身雕像，怎么就和他一样呢，真的，一样呢。他是多么慷慨，第一次，就给了她那么多，那么多呀！紧张的，仓促的，没有准备的，即兴的，却是那么多！好几天，身体里都是他的味道。

已经有两周没有见到他了，她给他发短信："我不要吃大餐，只要吃你的琼浆玉液；我不要一群人，只要和你独处。"

"亲爱的至爱，我在等你做爱。你和小姐周旋的时候，那是游戏。和相爱的人做爱，那才是生命的欢乐。我要你改变，变被动为主动，主动的爱女人，和女人创造爱的艺术，从今后，年轮不再在你脸上划下痕迹，别人有过的，我们要有，别人没有过的，我们要创造。"

"没有一种艺术比两个人相爱的艺术更奇妙，让我多爱你一点，多爱你一点呀。当我重返故乡之后的某一日，小雨落在你窗前的垂丝海棠花上，满枝头的花瓣纷纷飘落，那时，你会想起吗，想起我抱了一大包衣物站在树下等你。"

"只想和你独处，两个人静静地坐在一起，像那天下午一样，你说来，坐在我身边。你拉着我的手坐在你身边，在你的花园里，头顶上，是粉红色的垂丝海棠，一阵轻风跑来，摘下一片花瓣，递给你，你就把她含在嘴里，吃了，然后看着我说，吃你。狡黠的笑了。"

"这一天，我想了多久，当它终于来临时，楼上的空气是多么清新，壁画上的人物静静地看着我们，地毯上的玫瑰花屏住了呼吸，而我却不能安静，不能够安静啊。而你呢，你是否安静？你指着我们面前的壁画说，这幅画的意思是一个男的，手捧一束玫瑰花向她求爱，他代表了我的心情，我把他送给你。"

"我不要，我只要你，我很好色，却是非你莫属。我像一头疾跑中的小鹿，被蒙住了眼睛，一头钻进你怀里，你就一下子抱紧了迷途中的我。"

他们见面的那天，他把她抱到床上，她的整个人儿迎合上去，一下子就包裹了他。他不动，所有的神情都集中在眼眶周围，线条聚集在眼角，一道一道的，像雕塑出来的样子，褐色的眼睛专注地看着她，她的眼睛伸出双手，捧住他的脸，把自己的眼光递过去。第一道眼光说的是终于在一起了，他的眼睛回答她知道；第二道眼光说的是想你的心情不能言说，他的眼睛告诉她明白；第三道眼神说的是让我好好爱你，他接住了她的这道眼神。她的嘴就像盛开的玫瑰花朵，舌尖像花蕊绽放出来。他觉得自己被她顶到浪尖上，又一下子掉进花蕊里。

在坡地的停车场，他们走到一片平坦的草地，阳光明媚，空气像被纱网净化过，澄澈又明亮，两个人躺在草地上。风披了一层绿色的蓑衣，像个小妖，跑过来说着温暖的情话，风说："看，一层一层，一瓣一瓣，多像玫瑰花瓣，你若是喜欢花，你必喜欢我。"

怎么回到车厢里记不清了，他的力气真大，耐力和持久力旷古未有，汽车被他们弄翻了，两个人都落进水里。岳川班长把她拖出水面的时候，用那幅求爱的画盖在了她裸体的身上，引来了好多的看客。她觉得自己就是那画上的玫瑰花，看吧，看吧，在岳川班长的空间里做一朵玫瑰花是多么开心，空中的玫瑰花静静绽放，就让她恣肆开放吧。

"只想和你独处，说两个人的悄悄话。"她不见他的时候，继续给他发短信。

"19年了，有多少知心的话儿要告诉你，把手放在你手心里，被你握住，听你倾诉，对你诉说相思之苦，你知道吗？有时，相思也是欢乐的呀，欢乐的思恋充盈了我心间，充盈的感觉是多么美好！"

"你知道吗？再过一万年，也不会出现一个比我更爱你的人，我的爱就像你窗外的垂丝海棠，积蕴了一个冬季的温暖，在春天，在风的手里，开在你窗外的每一个角落。我生命里唯一的爱人是你，我愿意为了你，死去，活来，再死去，和你一起。今生做你的情人，来世做你的女儿，被你疼爱，永不离手。"

"可是，你怎么忽然间就无影无踪呢？刚才给你发短信，相思，就像一张愈收愈紧的网，把我罩在里面，不能自拔。你会想到我吗？"

"你是多么慷慨！晚上，和托尼娅在长虹桥边的大董烤鸭店，吃着吃着，腿间发热，一阵一阵的热流涌出。味道飘上来，全是你的，你的味道，溢满空间，好几天，余味缭绕。"

"进来一对恋人，坐在我们临桌，我看着这一对人儿，情意绵绵地给对方斟酒，我的眼睛就走神了，就发愣了。嘴里没有了味道，没有了知觉，只有你，只想你，你为什么不来呢？这会儿，你在做什么？和谁一起吃晚饭？"

"去超市买水果的那天，产自你故乡的红苹果，那么红，那么艳，鲜灵欲滴，每一只的颜色和线条都风情显露。这是绽放的渲染，生命的美丽，我被感动了，扑在那小山一样的苹果堆中，我的脸贴着苹果的脸。你把我从苹果堆里抱起来，眼睛闪烁发光，你动情地对我说，你的生命也是这样的美丽！那一刻，我一下子明白了我这么多年都想不明白的一个问题：我为什么要到这个世界上来，我最终要到哪里去，纠缠我的孤独靠什么来挣脱。"

"小红米粥里，飘浮着一颗颗淡绿色的葡萄干，冷不丁一咬，那么真实的卡在牙齿间，甜一点，酸一点，韧一点，就把它又想做了你。因为，在一碗米粥中，唯有葡萄干是真实的，就像我现在，正感受到你的阳光雨露。当托尼娅告诉我你不来时，我就想走，回去，一个人往回走，蒙住头，使劲想你，我几乎是带着哭腔对她说，我不想吃大餐，我要回去。我不怨你不来，我知你，知你。"

"小红米粥中的葡萄还悬浮在粥液里，粥在嘴里滑下去，留下了葡萄干，一咬，就知你，知你呀！我亲爱的、最爱的、至爱的人，我常常在海棠树下等你。风吹过来，花瓣飘零，被雨和泥埋在地下。来年我也会化作花瓣，开在你窗前的枝头，开在你眼角触及的每一个角落。"

"怎么回去的，记不清了，只记得托尼娅把我抱上车。清晨醒来，又迷糊睡去。黄昏时，起风了，在雨中，我听见汽车的轮胎从地面碾过来，这种声音刺激着我，我从床上弹起来，竖起耳朵，掀起白色的纱幔，像一个饥饿的猎人，守在林子后头，等待那一只脱兔。"

时间一天天滑过去,他没有来,没有来找她。

都说女人一恋爱就会犯傻,这么多年来,我一直傻在心里,傻在颠覆的状态里。现在,让我忘掉自己,忘掉世俗凡间的傻一回吧,谁叫我身不由己爱上你。紧缩的抽搐的疼,正在心尖上舞蹈,发着瓷碎的破裂声,你听见吗?

五

小水流的母亲过七十大寿的时候,她过去的一些学生从全国各地来到南京。这次以老师过生日为名的同学聚会,仿佛冥冥之中安排好的,岳川班长和小水流分别19年之后,终于真的要见面了。

现在,岳川班长在东京讲学,下一站是法国,两个国家的间隙是春假,刚好回家探视父母,并看看中学时代对自己影响较深的班主任老师。

小水流日思夜想的梦中情人终于要出现了,任何一丝风吹草动都会掀起她心的狂澜。她的美术兴趣小组活动暂停一周,在这一周里,她尽量待在母亲家里帮母亲打扫卫生,整理家什。

她把自己画室里一幅岳川和同学踢足球的油画挂到了母亲的客厅。冰箱里放满了新鲜水果和饮料,江宁茶场的碧螺春茶叶,烟草专卖店购买的紫南京香烟。总之,她以一个女人的细心和情人的热心,在母亲这里准备着一场隆重的见面仪式。

一阵轻风吹过,窗外的樱桃星星点点的红了,母亲在樱桃树上蒙的一层纱网,依然挡不住蓝尾巴的小鸟停在上面,叽叽喳喳啄食。小水流弓着腰钻进树枝,踮着脚尖,剪了一箩筐的樱桃。她把洗净的樱桃放在桌子上,挂满水珠的樱桃红得像火,亮得像光,玲珑剔透,一只只小红果,都生了媚眼儿,翘开了嘴巴儿,欲说还休。

青花瓷瓶里的插花依然是母亲最爱的马蹄莲，肃静的要把世间所有的喧嚣掩没。而现在，小水流似乎听到了她绽放的声音，欢呼的喘息，她由白变绿变黄变蓝变紫的发出了缤纷的色彩，白的热烈、奔放、浓烈的把她的心都要溶化了。

这里的一切是那样的熟悉，而随着岳川到来的临近，又渐渐变得陌生起来。无论是茶几上的水杯，桌上铺的蓝印花台布，还是藤椅式的沙发和布套，都散发着她从未注视过的光泽。这间古铜色调的客厅里，埋藏了她少女时代无尽的忧郁，这种忧郁又伴随着她所有的记忆，而此刻，都变得熠熠生辉起来。

岳川班长的汽车如约而至。和她在迷梦中见到的跑车一致，这使她产生莫名的惶恐和不安。

出现在小水流面前的岳川，更叫她惊异不止。这哪里是岳川？找不到过去的一丝痕迹，好像19年前那个俊朗的少年和他从来就没有关联过。他原先高耸的鼻梁上堆砌了一层肥厚的脂肪，天穹深处的沟壑落到他的眼角，像纵横的铁轨，从车站伸向不同的远方，才40出头的年纪，就已经头发花白，最叫人不能承受的是原先那个清癯的英俊少年，现在已经变成了一个大腹便便，肠肥脑满的臃肿男人。

小水流看见他的第一眼，内心深处就突然涌出一股痉挛，她忍不住想吐。但是，当她确认面前的这个男人就是自己朝思暮想的梦中情人之后，她很快就调节了由于视觉效果带来的心里落差，她在很短的时间之内，确切地说是在几秒钟之内，强迫自己做出一个大胆的决定，克制自己新生的情感，一如既往的爱他。

如果岳川班长的相貌没有太大的变化，退一步说，即使有变化也不至于变成现在这个样子，如果是这样的话，可能小水流就不能够这样坦然地面对他，把自己过去19年的相思之苦全部倾泻出来。时间的秒针把岳川班长外表的割裂，恰恰重新缝合了小水流过去没有过的自信心。每一次，母亲把作业本带回家批改的时候，小水流都会乘机把岳川班长的作业本找出来，偷偷地拿出去复印。小水流总是在没有人的时候，把岳川班长的作文看了又看，想方设法找到一点和自己有关联的东西。她渴望在岳川班长的作文里找到有关自己的信息，哪怕是一丝丝也好，只要有一丝，就表明爱的苗头有了迹象，她总是寻找一切机会引起岳川班长的注意，连母亲都注意到她的刻意表现了，为什么岳川班长一点痕迹都不流露呢？

  岳川班长的作文写得真好呀，字里行间都是行云流水一样的文字，到现在，小水流都能记得其中的一段：我要像班主任老师那样，不管遇到什么挫折，都要做一个热爱生活的人。作为一个新时代的新青年，不管他面对怎样的逆境，都不能放弃对生活和革命的热爱，永远都要做一个忠诚的共产主义战士……小水流是爱母亲的，岳川班长也一定和她一样，既然他们都爱着同一个人，那么，他们有什么理由不相爱呢？

  小水流把自己保存的岳川班长的入团申请书找出来给他看，邹巴巴的一小张日记本的纸头，押平了，蓝颜色的钢笔字映入眼帘：

申请书

  在学习无产阶级专政理论的革命热潮中，我已经是一名高中班的学生了。对于一些加入红卫兵组织的人，我是十分佩服的。因为他们都有明确的政治目的，有为共产主义事业奋斗的远大理想。他们能处处以身做责，吃苦在前，得利在后。把一切满意留给同学，把一切困难留给自己。我是一名新中国的青少年，要树立为共产主义事业奋斗的崇高理想，热爱祖国，热爱人民，把一切困难当作被克服的对象，红心永远向着党。

今天我怀着迫切的心情，向校革委会提出加入红卫兵组织的愿望，但我还存在不少缺点，望老师多多的帮助我，教育我，使我不断的进步，尽快的成为一名有社会主义觉悟有文化的劳动者。

如果没有批准的话，我决不灰心丧气，我要虚心向孔宪凤优秀红卫兵学习，热爱劳动，加强组织纪律性，密切联系群众，经常开展批评与自我批评，做一颗永不生锈的螺丝钉。

岳川
高一（9）班
1975.8.31

在岳川班长高中毕业的最后一学期里，小水流担心再也见不到他了，她苦思冥想，最终决定跟他约会，把自己的心思说出来。她花了几个晚上的时间给岳川班长写了封信，信的内容是一般小女儿的伎俩，说的是：她就要离开这座城市了，永别了，今生今世也许再也不能相见，既然如此，她很想最后见他一面，她将在晚上七点钟的时候，在学校门口等他，希望他不要失约。

时间就像一根魔鬼的棍棒，时常把人的记忆抽打得脆弱不堪。岳川班长有没有收到小水流的这封信？他去了没去，连他自己都记不清了。小水流记得最清楚，她自己在校门口，惶恐不安地等了半天，也不见一个人影出来，最后她悄悄地落了泪。这期间她有一段路是往鸡鸣寺车站走的，在那里，有31路公共汽车通往江边，站在长江的大坝上，她流了很多伤心的眼泪，她想就此跳下去，那样的话，他就相信她说的话了，他就会后悔没来见她了。她要叫他后悔，一生都在忏悔中度过，谁叫他不理自己，谁叫他不呼应自己这分至纯至烈的情感。一阵江风刮过来，冷得她瑟瑟发抖，风里的江水就更冷了，这会儿，冰凉的江水正朝自己伸出嘲笑的魔爪,她的脚尖已经被抓住,想到此,她后怕了,不敢往下跳了,本能地往后退去,几乎是逃一样的离开了江边的魔爪。

后来,小水流看见岳川班长戴了副宽边的白玻璃眼镜,她觉得戴眼镜的岳川班长更俊逸了。小水流为此想入非非,她总在想,在盼望,要是自己哪一天也能戴上一副眼镜就好了。有一天下午放学后,轮到小水流做值日生,她低头在桌子下面扫地,扫着扫着就觉得眼前一黑,她就什么也看不见了,真的什么也看不见,小水流就吓哭了,她跌了好几个跟头,才被同学送到老师的办公室,她失明了。

母亲带她看了好多医院的眼科医生,通过各种医学测试证明,小水流的眼睛功能在正常范围之内,科学仪器的检测是不容置疑的,但是小水流就是什么也看不见。

母亲绝望了,后来就带她去看心理医生,她对心理医生十分抵触,无法交流,磨合了好几天才接受治疗。心理医生通过催眠术对她进行了一周的治疗,她的眼睛才对光的刺激有了反应,但是最终也没能恢复到原来的状态。

小水流如愿的跟母亲去了眼镜店,配了副眼镜,白玻璃框的,一定要和岳川班长一模一样,她嘴里不说,心里就这样想。

小水流的生命迹象里有一种多舛之势,这种势力不可阻挡,并以此来和母亲对抗,对抗又使她显得格外的与众不同,这种与生俱来的不同,伴随着她的成长,一点都没有消失,越发彰显,只是更深的被她掩藏起来。

在岳川班长结婚的那天晚上,小水流家的电话响了,对方不说话,打了两次,好像在确认她在不在就挂了。她多么希望是他打来的,看看钟,是八点半,正是婚礼进行到可以逃跑的时候,若是他收到她的纸条,他会来吗?这时,她听到窗外汽车轮胎碾过路面的声音,汽车停在楼下,车门关上了。她冲到窗前,掀开白色纱幔,窗外停的不是他的汽车。又一辆汽车过来了,轮胎碾过地面的声音刺激着她的听觉,或许,不会这么快,她又想。来吧,爱的人!她在心里祈祷:"从婚礼上逃脱吧,我想你的心情像一团火焰!亲爱的至爱的最爱的,来吧,我在等你呢,生理和心理都做好了准备,快来吧,我要献给你,在你婚礼的这一天,不管你是谁的新郎,我都是你真正的新娘!"

但是,九点还不来,他就不会来了,婚礼上的新郎官不会逃过来和她约会了,婚礼上的新郎官压根就不知道她的爱情!

小水流的胸口一阵痉挛,她的上身几乎要扑出去,哇的一口,喷出了一大口鲜血,殷红的血一口口的吐出来时,眼泪也跟着出来,她害怕起来,害怕使她心里好受多了。母亲听到动静跑过来,眼前的情景,母亲吓坏了,她缩手站在一边,不知如何是好。是父亲把她抱起来,父亲把她送到医院,父亲领她在消化科做了胃镜检查,内科做了胸透,全身CT扫描……和上次突然失明一样,好几家医院都检查不出小水流吐血的真正原因,她的身体没有任何器质性的病变,没有原由的吐血,静养和观察是医生开给小水流父亲的唯一的处方。

岳川班长的蜜月期间,小水流的病时好时坏。直到岳川班长携新娘调到北京工作后,小水流的病才渐渐自愈。

小水流一口气说到这里,她抬起了头,看了看岳川班长。一来她想看看岳川的反应,想在他那里得到自己过去全身心投入的爱情的一点印证,借以证明自己的心迹。二来说了那么多话,有点口渴,想给自己和岳川的茶杯里倒一点开水。可是岳川并没有看她,他的脸上既没有同感,也没有吃惊的样子,好像小水流说的一切和他无关,他呈现在小水流面前的,除了一架臃肿的身体,其他的荡然无存。

随着小水流叙述的停止,空气变得日趋沉闷。两个人都不说话,沉默就像冷冻液,挥发到空中,变成了雾态的冷凝气。这时,岳川抬头看了她一眼,目光是一个男人偷窥一个女人的眼神:投机,生疏,分离。有一股忽隐忽现的腐殖质味道。这使小水流窘迫起来,她忽然感到,他们两个人的生活将是两条永远也没有交点的平行线,这个发现使她的心里说不出的惆怅，绝望就扶着伤感倏然而至。

岳川一点都没有感到小水流心里的落差，他不说话，冷静得像一架机器。他的内心在想什么，抑或什么也没想，小水流无法猜测。只见他迈着沉稳的八字步，走到窗前，伸出肥厚的手掌，拉上了窗帘，房间里的光线立刻暗淡下来，像一张无形的网，压迫得小水流窒息。在她还没有做出决断之前，紧接着，他又飞快地松开了自己的皮带。

窗帘的呼啦声击打得小水流心里咯噔一跳，这个动作使她惊醒过来，她本能地拉开窗帘，眼睛看着窗外枝头上跳动不安的麻雀说："现在不是这样了，不是！现在我们都是大人了，彼一时很重要的东西，到了此时，轻轻淡淡地说出来，全当笑话讲了。"

六

对于女人来说，在通向终极欢乐的每一个音阶上都充满了情感的符号。岳川班长刚才的动作忽略了一个过程，这是雌性动物的一个审美的过程，细节不可缺少，就像舞台上的一个序幕。小水流和岳川班长想要的结果是一致的，节骨眼上，小水流本能的逃脱了，以一个正常女人的本能逃之夭夭。

岳川班长在南京的行期只有两天，日程排得很满。不过，即便他安排得不满，有很多的空闲时间来听小水流诉说，小水流也什么都不想说了，小水流甚至都不想再见到他，小水流要的只是一个符号，是他的过去代表的一个化身，她自身的感觉。

小水流在丈夫出门的时候，把自己画室里所有的有关岳川班长的绘画和雕塑全毁了，毁得不留一点痕迹。眼泪像七月份的雨水，把她冲洗的没有一片干净的地方，小水流躺在自己的破坏上面，双手像孩子一样揉着自己红肿的眼睛，她不知道要怎样面对未来的生活。

未来对小水流关上了梦想的窗户，并露出一面狰狞的鬼脸。如果小水流还有梦,她就有未来。难道是岳川班长的一个动作?毁了小水流19年的梦想,为什么?为什么会是这样?她想不明白。

对于小水流来说,在车祸发生后的迷幻中所浮现出的一切是多么美好!真切的叫人流泪,好像那才是小水流在人间想要的生活。如果生活本来就是那样,如果人可以在梦中不要醒来,小水流宁愿自己不要醒来,真的,一直就在梦中,梦中的情景恐怕是她一生都不会再有的了,不管是现实还是梦境,给予我们的都是感觉,感觉好就好。生活中不再有梦,不在有希冀,重要的是没有了激情和爱,小水流面前的天空一片灰暗。

小水流一个人坐在台城脚下,明城墙边有一排高大的杨柳,柳叶儿翠绿,柳枝儿弯弯,弯弯的枝叶在风中飘舞,有点轻佻的味道,好像在戏弄皇家这道修筑了六百多年的古城墙。

小水流爬到城墙上。小时候,她总在这儿看岳川班长放学,看他在墙根的草丛里逮蟋蟀,同时等母亲下班。她扎着两根小辫,穿着蓝印花布薄袄,在城墙上跑来跑去,城墙边的柳树和她一起长大。城墙上凹陷的雉堞,是古人过去射箭用的。小水流总是趴在这些雉堞上看玄武湖的湖水,看野鸭从这一片湖面飞起,在天空盘旋,那时,她就猜想那些野鸭过一会儿要落到哪里呢?直到野鸭落在另一片铺满霞光的水面上,她又想,鸭子要飞到哪里呢?

现在,她把自己的下颌靠在雉堞上,眼前依然是烟波浩渺的水面,有一股盛唐的风从湖底吹上来,和古城砖一起贴在她脸上,带着湖底的水质,有种温厚的触摸感。

她的心里说不出的孤独和绝望,两手抱在胸口,喃喃自语:"我以为可以忘了你的,但是,我忘不了;我以为可以没有你的,但是做不到。我以为的,现在,都没有了,什么都没有了。"

这时,她抬头看了看,城墙上没有一个人,风走了,只剩下天上的几片云朵在追逐,就哭出声来,哭到伤心处,脸皮有点磨破了,有血渗出来，溢在古城砖上。心里的隐痛渐渐转移到脸上，她抱住了城墙，云朵越聚越多，遮住了月亮。夜色渐浓，夜幕下的古城墙上，伤心的小水流双肩抽搐：怎样才能忘了你，怎样才能把你忘掉哦，不是我不想，是想的太心痛，不是我不要，是我要不到。想的心太深，就像在油锅里煎熬。

她想起和岳川班长的一幕幕，那么真切，真切的叫你无从迷惑。或许真的有过，在另一个时间隧道里，只是让她窥视了一斑，就不见了。小水流陷入沉思：怎样才能进入那一个通道？

露水渐浓，雾湿了她青色的发丝，披散在一半的城砖上，像是城砖的筋脉，有了隐隐的涌动；另一半城砖上的血色被鸡鸣寺的古塔倒映出了红光，月亮惊异地从云层里钻出来，天上的云就亮了一半，瞬间，云层出现叠嶂，奇妙莫测。

鸡鸣寺的古塔中有条云梯穿过来，有个人影走到城墙上，这影子总是在这样的时刻来这里。别人看不见，但是，小水流能看见。

月光如水，轻风抚面，影子穿越时空，来到小水流身边。

影子在城墙上浮动。

小水流脚下的砖缝里有青草，冒出来的草叶在夜风中伸展，婆娑连片，传递着心中的哀怨。忧郁像风，一阵阵从背后刮过来，小水流顺着城墙，向忧郁深处走近的时候，隐约中云梯升了过来，小水流看见了光，光亮中的影子，影子走向古塔，小水流眼睛发亮，她跟了过去。

原发2010年4期《大家》

2010年9期《中华文学选刊》转载

不想分手

一

南京的夏天热,是那种湿热,像油腻腻的热抹布,贴在你身上,把你裹着,走到哪里都甩不掉。而不像北京,有一丝丝风,就带走了。所以,我的夏天是不分白天黑夜都要待在有空调的电脑边上的。一来可以凉快,二来可以在网上跟女人QQ。

不少网友知道我的年龄只有26岁的时候,就不愿意再搭理我了。我知道,女人不喜欢这个年龄的男人,这个年龄的男人没有权,更谈不上钱,钱这个东西对于女人来说是衡量一个男人成功与否的重要砝码。明白这一点后,我就调整了自己的年龄和身份,我最近在网上登记的年龄是38岁,职业是旅游专家。没想到这么一改,我在网上就交了桃花运,那些新认识的女人纷纷过来和我聊天,聊得差不多,就视频,有个女人和我聊过几次,她的名字叫忧伤玫瑰,比较投缘。视频以后,她对我的相貌还是比较满意的,觉得我长相年轻,不像一个38岁的成功男人那样发福,她约我见面,地点定在火车站。新修的南京站很大,我对那里不是很熟悉，去了会不会有什么危险呢？一个男人去和陌生女人约会，充满了不确定性，有的时候是一场艳遇，有的时候就是一场陷阱。

可是，她的模样对我还是挺有吸引力的，她长得有点像我的师妹小雪。小雪是个好姑娘，可惜她给清华的一个小子捷足先登了，他是她的老乡，中学同学，都是北京人，我还有什么竞争力呢。况且小雪这个看似温顺的女生，骨子里还是有点拗的，她的眼里只有她的男朋友，她死心塌地的要嫁给他，在她眼里，好像全世界的男人都不存在，只有她男朋友才是男人。

一天下午，我在南大前面的广州路上没有目标的瞎逛，刚好遇到小雪，我们不约而同地走进了先锋书店，才上二楼，她的手机响了，是她男朋友打来的，她男朋友知道她和我在先锋书店，就要求她立即回宿舍，八分钟后他打电话到她宿舍，可怜的小雪来不及和我打个招呼，调头就跑，几乎是连滚带爬地冲下楼梯，往宿舍跑去。广州路上的先锋书店离研究生宿舍楼还有段距离，况且她们女生住在六楼，看着小雪慌张的样子，我心里有一种说不出的沮丧和忌妒，我没有翅膀，我要有翅膀，她那么可怜，我还是会借给她的。一个女人对男人痴情到这种地步，我们这些历史系的男生只有把眼睛捋到别处。

我决定和忧伤玫瑰见面，时间定在晚上七点，刚好吃过晚饭，就省了我一顿饭钱，天也不是很黑，好让我看清她的模样和年龄。在现实中，她到底有几分像小雪，更重要的是定在这个时间，要是情况不对，我好随机应变。就像上次，我去火车站接一个网友，视频还不错的一个女孩，到了出站口，她刚走到我面前，一股人腥味扑面而来，吓得我往后噌——噌——噌，连退三步，掉头就跑。

要是女人的身体还没有走近，就散发出这样浓烈的人腥味，一定是个有病的女人，至少她是不干净的。我喜欢干净的女人，甚至是干净得有点轻微古怪的女人，这样的女人身上总会散发出草茉莉的幽香，一缕一缕，似有似无的香味儿，叫人难以捉摸，青幽幽的，像是半夜草坪上的雾霭，柔的人心都要化了。小雪就是这样的女孩。就在我准备出门的时候，手机响了，难道是忧伤玫瑰已经到了吗？我看了一下来电显示的号码，竟然是小雪的。

　　小雪从来不主动给我打电话的，而且是在天黑以后。我按了一下手机的接听键，我说："小雪，你在哪里？"她一听到我的声音就破口大哭，哭声像收拢了很久的水闸，突然间打开，奔腾咆哮，再也收不拢。小雪从来没有在学校哭过，我被她的哭声搞懵了，不知道发生了什么事情，使小雪这样伤心，这不是小雪的样子，她一向是个内敛又懂事的女孩，能做的事情都尽量自己去做，从不轻易麻烦别人，特别是男同学。可是现在，她的哭声，就像天塌下来一样。

　　我急忙对她说："别哭别哭，你在哪里？"小雪重重的抽泣了一下，止住了哭声说："我在玄武湖公园里。"我一听到她在玄武湖公园，我的头就炸开了，心里陡然生出一种不祥的预兆，天这么晚了，还下着雨，她一个人在公园里，哭得像个散了架的泥人，一定是被人欺负了，是哪个混账把她伤成这样，我握紧了拳头，我他妈的要把那家伙揍扁。

　　我家住在鼓楼北隧道口的付厚岗小区，这里离玄武湖公园很近，我到阳台上拿了一把伞就往外跑，跑到路口时，小雪的身影就像一道月白的光从黑暗中闪出来，她穿了一身乳白色的淑女套裙，看到我的时候，摇摇摆摆的样子，就像一只受了重伤的小羊，穿过黑暗中的雨雾，穿过大学四年的同学时间，朝我跑过来。

　　我伸出长长的右手臂，我顾不了这么多了，我早就想能像她的男朋友一样，把手臂揽在她的肩上走路，在校园里，在黑暗中，特别是在雨夜里，我和她两个人打一把伞，那是多么浪漫的幸福时光。我在大学期间没有即时表白我对她的感情，好在我没有表白，即使我表白了也没有用，她的心里早就装满了她现在的男朋友，她对他的感情就像一只忘记关水龙头的水桶，流的满地都是水一样，没有一个男生不知道。我在这样的情况下去表白，她不把我当成流氓，至少也不是个好东西。在一个自己喜欢的女生面前，做流氓和坏东西，不如老老实实做个普通同学，做普通同学兴许还有机会，做流氓就一辈子也别想了。

现在，上苍把她送到我面前，我是既兴奋又为她担心。皇天有眼，不负苦心人。我伸出右手，揽住她肩头的那一刻，她就放声大哭起来。我看她的脸，脸上是哭得变形的一团面糊，低头看她的腿和胳膊，一只也不少，裙子是干净的，没有泥巴和血迹，我悬着的心落了下来。

马路对面有一个人走过来，我不想小雪失控的样子被人注意，我说："小雪，别哭，到底发生了什么？你说呀，谁欺负你了？你快说，我去揍他。"小雪什么也不说，只是一个劲的哭，她绝望的哭声就像一座马上要坍塌的桥梁。雨下大了，我撑开雨伞，水就从伞面上倾泻下来，一个闪电之后，紧接着炸雷就在头顶惊响，惊雷中，我听见小雪爆破的声音从喉管喷出："我男朋友和我分手了！"

我一听这话，所有的担心都云消雾散，一股压自心底的高兴，就像一个成功的小贼，看着失主朝我呼救，这一刻，我真是体会到什么叫幸灾乐祸了。她和她青梅竹马的男朋友结束了，她哭着走在我的身边，我按捺住心头的窃喜，轻轻地拍打着她的后背（以其说是拍打不如说是抚摸），我说："不哭、不哭、乖……"心里却想，哭吧，哭吧，把你所有的伤心全哭出来，此时，此刻，在雨中，我多么愿意，她是我臂弯里哭泣的小羊，快到我家的时候，我才发现我走的时候太急，钥匙被我反锁在房间里了。

我给我姐打电话，让她快点给我把钥匙送过来，我姐来开门的时候，小雪不哭了，她大概是哭累了，一点声音都没有，她身上穿的很有质感的衣裙在雨夜中就像小羊的绒毛，她的一双眼睛就像小羊的双角，犀利的竖在遮雨篷下面，她站在我身边，安静得就像一只在睡梦中突然被惊醒的小羊。

二

我领小雪去洗手间洗手,她的手臂上有伤痕,渗出的血混着泥灰,我带她去医院包扎,她在路上哭,当着医生的面也哭,像个哭傻的孩子,张着大嘴,好像世界不存在了,好像她除了会哭,什么都不会。女医生轻手轻脚地在她的伤口上清创,涂药水,她就不停地诉说,诉说男朋友对她的霸道。她总是问我,为什么?为什么?她想不通,为什么男朋友要对她动粗,为什么男朋友要把她推下汽车,在大庭广众的眼皮子底下,叫她丢尽了脸,她的手臂上缠了一层又一层的纱布,眼泪鼻涕在脸上像暴雨下个不停,我掏出纸巾,轻轻地拭去她脸上的泪水,除了伤心,她好像什么感觉都没有了。

忧伤玫瑰的电话来了,她说:"你怎么这么不守信用,我在火车站已经等了你一个多小时,你怎么还不来,你总是不接我的电话,你在干什么?""我在干什么?"我反问她,我他妈干什么要她管,我最讨厌的女人就是跟她还没有什么关系的时候,她就打算控制你了,和这样的女人打交道,简直就是把枷锁往自己的头上套。我什么也不说,"啪"的一下把手机关了。

小雪的父母是南大毕业的,深圳热的时候双双从北京去了深圳发展。小雪18岁那年考上南大历史系,从那时起,我们就成了同班同学。后来,我考取了本系张宪文教授的研究生,小雪英语差几分没考上,第二年又考,终于考到了张教授的门下。我们算是不折不扣的师兄妹,小雪是个干净又安静的女孩,家境较好,男同学都很喜欢她,虽然知道她有男朋友,而且还和我们刻意保持了一定的距离,大家对她还是有想法的,她一天不结婚,我们就一天不会死心。

从医院回家的路上,小雪哭得浑身发抖,她不断地重复男朋友推她的动作,把我推来搡去,力气大得要死。人的心灵受到了伤害,却以另外一种方式把这种伤害反复重演，才能平复。

回到家的时候，我在沙发上坐下来，小雪在对面说："我今晚没有地方去了，宿舍去不了，同学们看见我这样子，越解释越说不清，我怎么办啊？"我说："今晚你就住在我这里，我到我姐家去睡。"说完，我给我姐打了电话，叫她不要把门锁死，我下半夜要去睡觉。

小雪有了落脚的地方，心里踏实多了，她问我："我对他那么好，他为什么要这样对我？"我说："到底发生了什么？你不要哭，慢慢说来。"

小雪边哭边说："我前几天在宿舍赶论文，梅雨天，空气湿热的厉害，计算机老坏，我又发烧，他给我打电话的时候，我就忍不住哭诉，他说你别哭了，你哭得我心里真难受，我来南京帮你修电脑算了，然后和你一起回深圳。他从北京到南大以后，我让他住男生宿舍，他不肯和男生住一起，就找了学校的招待所住下来。可是，他修电脑时却把我快写好的论文全弄丢了，我就急了，就抱怨他，本来论文写好就可以双双回家的，现在又要重写，又要耽误几天，我很生气，然后他就拉我出去散心，我们就去了玄武湖公园，我没有心思逛公园，想回学校修电脑，写论文，天黑的时候，我们离开了公园，上了公交车，我要回学校，他要去饭店吃饭，车到鼓楼的时候，他非要下车，我不肯，他就把我推了下去，我的手臂就是在公交车站跌的。"

我告诉她："男人都是有脾气的，男人要是没有脾气，男人就不是男人了，一定是你平时对他言听计从惯了，现在你突然不听他的，他就会没有面子，自信心受到挫败，关键时刻，他为了自己的面子，就顾不上你的面子了。"

这期间，小雪好几次打开挎包的拉链，拿手机出来看，她在等待什么人的电话或是短信吧。她低头的时候，我看到她领口下面的乳沟，深陷在白皙的皮肤下面，有个吸盘，把我的眼睛给吸住了，怎么也移不开，她抬头看我的时候，我有点发慌，好不容易，才把眼睛转开。但是，她还是感觉到了，她本能地把领子往上拎了拎，迟疑地问我："那他还会理我吗？"

我说："当然，等他在街上吃了晚饭，消了火气，就会来找你。"

小雪说："可是他不知道我在你这里呀，他找不到我怎么办？"

"你真是多虑了，他不会给你打手机吗。"

"要是他手机没有电怎么办？"

"满大街的公用电话和磁卡电话，他可以用啊。"

"要是他掉了怎么办？他从来没有一个人在南京上过街，都是我陪他一起走的。"

"一个堂堂的研究生，要是他在南京的街头走掉了，你趁早不要跟他好了，这样的人能和你过一生吗？这样的人能照顾你一辈子吗？智商这么高的人，回南大的路都找不到，情商太低了吧？"

"他和周围人的关系很好的，他不是那种人际关系紧张的人。"

"至少他没有照顾好你，你是女生，天这么晚了，又没带伞，还下雨，他也不给你打个电话，他不担心你，你却担心他？"

小雪瞪着一双疑惑的眼睛问我："那你说他会主动找我吗？"

"如果他不主动找你，他就不是男人，俗话说，好了伤疤忘了痛，你可不要伤疤还没有好，就主动去找他，那样的话，你就太没有血性了。"小雪在确认他会回头找她以后，长长地叹了口气，紧皱的眉头渐渐放开，回忆起她和他在一起的情形，回忆使她轻松和沉醉，却使我莫名的恼火。

她自顾自地说："我去他家的时候，他妈妈都把他照顾的好好的。有一次，他有点不舒服，他妈就煲了一锅鸡汤给他喝，他不想吃，他妈又煲了一锅鱼汤，他还是不想吃，他妈就去菜场，再去买其他的煲汤的菜了。他妈走之前，把我领到厨房，打开冰箱的门，告诉我各类吃的东西都放在哪里，她说她买菜的时候，要我照顾好他，等他妈一走，他就从床上跳起来了，他根本就没有什么大毛病。"

我挖苦道:"一个大老爷们,躺在床上,当着女朋友的面和老妈耍嗲,真是不嫌丑,你不是女朋友,而是他的小妈。"小雪像没有听见我的话,继续说:"是呀,他看到我来,也不起床,躺在床上喊我小姐姐,叫我倒水给他喝,倒了白开水不喝,要喝果汁,果汁没喝完,又要吃酸奶,他妈买的酸奶不吃,非要叫我亲自去超市买,他只吃我买的酸奶。"

"他以为他是贾宝玉呀?你不要把自己当丫鬟供人使唤,女生不自爱,就别指望男生会爱你。"

"那他知道我爱他吗?他会来找我吗?"她最关心的是他会不会来找她,她根本就忽略我的感受,或者是说她就没拿我当个男人。但我忍住了内心的不满,爱情是个魔鬼:她爱的男人,他不爱她,爱她的男人,她爱不起来。我勉强打起精神说:"他还会不知道?他不是傻子就是自私,他只考虑他的感受,从来不顾及你的感受,他最爱的是他自己而不是你。"

"男生都这样吗?"

我想了一会儿,我不想说假话,一句假话一出口,就要找更多的假话来圆满这句假话,假到最后,自己都扯不圆了,我为什么要说谎,为什么要把这个世界描绘的这么温暖,于是我报复性地说:"都这样。"

"你也会这样对你女朋友吗?"

"我没有女朋友。"

"如果有呢?"

"如果我妈这样惯我,我女朋友这样宠我,她事事能干的根本不需要我帮她,我肯定也会这样对她。说穿了,他给你捂馊了。一个男人轻易的得到的东西,就不会去珍惜,费尽千辛万苦得到的,就会当个宝,在男人这里,东西本身的价值并不重要,重要的是得到的过程,过程才是男人认知价值的砝码。"

"可是,杨振宁和李政道的老师就是个矢志不渝的人,他的妻子患有肺结核病,不能生小孩,他的父母坚决反对这场婚事,他还是坚持娶了她,并终身没有再娶,夫妻感情非常好。我男朋友看了这个电视后对我说,他也会这样对我的,他会吗?"

"会不会,不是说着玩的,是要用一生的行动来兑现的,好听的话哪个不会说,这次,就是看他行动的时候,他要是心中真的有你,不管那个错,他都会来找你的。"我不想小雪去找他,我要阻止小雪去找他。

"那你说,我有错吗?"

"你没有错,真的没有,你要晾晾他,如果你控制不住自己的情感,想马上同他和好,你的伤就白受了,你不是输这一次,而是要输一生了,你愿意他脾气上来就对你使用暴力吗?每个人都要为自己的一时冲动付出代价,你愿意再挨暴力?"我激将她,不让她去找他。

"我长这么大,我爸爸都没有对我动过一个手指头,即使全部是我的错,只要我爸爸看到我手上有一点伤,他就会马上怪自己,不停地哄我,要是我爸爸看到我膀子上缠了那么多纱布,他一定气死了。"

"你想要像袭人一样去照顾贾宝玉,还是想叫他像你爸爸一样疼爱你,全在于你怎么做,你重新调整好自己的感情,去审视你的这段爱情:自从有了他,就不把我们当男生了。其实,以后走到社会上,我们对你还是会有一点用的,你干吗躲我们?"我酸酸地把话题引到正道上,探探她的心机。

"我手机上的所有号码他都要检查,查清楚是谁打来的,如果手机响了,他刚好在,看号码是男生打的,他就说不接,我就不敢接了。短信,他也要查,是男是女是什么关系都要讲清楚,有一次,我们班的几个同学聚会,我给一个男生夹了一筷子菜,他当时什么也没有说,回到家,把我骂了好久,说我行为不检点,我下次就注意了,再也不敢跟男同学来往了。他说他喜欢淑女,电视上和学校里的那些破烂货,他才看不上呢,人尽可夫的女孩是不配进入他的视线的,他经常拿电视里的人教育我,他最在意女人是不是淑女了,所以,我只在淑女服饰商店买衣服。"

这个自私的打着爱情谎言的骗子,我想,他妈的,原来他就是用这种偏执的洗脑的办法，把小雪完全控制了。我郁闷，想去揍他一顿，剥下他的画皮。我挖苦她说："一个独立的女性，没有一个异性朋友，你不觉得自己有点怪吗？我们这一辈子的人，大多数都是独生子女，没有兄弟姐妹，多少年后，等我们的父辈离开了我们，到时，你除了丈夫，一个亲人也没有，要是你丈夫再有个三长两短，或是背叛了你，你去找谁哭诉？我们才是你最靠得住的人。"

小雪却辩解："可是，我是有男朋友的人，怎么能再跟别的男生交往，那样的话，我男朋友肯定要说我是烂货了。"

小雪这番荒谬的话，令我啼笑皆非，我忍不住把手放在胸口，不停地画着十字，脚在客厅来来回回地踱着方步，装成《红字》里的神父的样子，吓唬她："在这场爱情的游戏中，你注定要死了。他是孤立你，叫你离不开他，他就成了你的精神教父。上帝派我来拯救你，主啊，阿门，拯救你善良的臣子吧，她已坠落，无处可逃。"

小雪噗嗤一声笑了，她终于说了段反省的话："我是不是在爱情的洪水中掩没了自己？我像一个盲人被他牵着手导行，我迷失了自己？网络上有一首不太流行的歌叫《稻草人》，歌词大意是：我是你的稻草人，我没有自己的灵魂，我只想听你的摆布，那样也觉得是幸福的。"

我笑着调侃她："多么幸福的女人，一个迷失了自己的人，还有什么魅力？"她却问我："你觉得我有没有魅力？我要怎样才能有魅力？"

这话从她嘴里吐出来，轻浮了。但她是认真的，就由不得我信马由缰，前面一句话我不想现在回答，说了，伤她自尊。后面一句话我告诉她："女人要像一个千面女郎，不断展示她光彩的一面，开拓创新，有着神奇的新鲜感叫男人着魔，无法摆脱。"

"那杨振宁的老师的妻子是不是一个这样的女性，她一定有自己的独特魅力，叫对方不能放手。"

"应该是的。"

"可是我和男同学来往，要是他们以为我对他们有意思，想追求我，那怎么办？那不是很糟糕的事吗，我是有男朋友的人。"

小雪这样的问话，就像个弱智，女人一恋爱跟白痴差不多，我压住心头的不耐烦说："你讲清楚你的处境就行了，你有交往异性的权利，你放弃了，还被套上精神枷锁，一个南大的女生走到今天这步，你不觉得自己落伍吗，你被爱情往回拖了一个世纪，该睡醒了。亏你还是学历史的，历史就是叫你倒退吗？"

"其实我们班的女生都很羡慕我的，男朋友又高又帅，又在清华这样的一流学府，专业又好。"

"听了这样的恭维话，你的虚荣心得到了极大的满足。其实鞋子穿得是否合脚只有自己才知道。"

我一口气对小雪说完这些话，就背过脸去，打了个长长的呵欠。她的问话，真叫人心烦，说了那么多，我很累，总算把她说得不再流泪，露出了从脑门开始传导到下巴的稍纵即逝的笑脸。我说："天不早了，你洗个澡先睡吧，我到我姐家去睡觉。"

没想到小雪却说："我还是回学校算了，我爸爸经常会打电话来，看我是不是回去得太晚，他严禁我在外面过夜。"

我只好送她回学校，付厚岗离南大只有两站路，所谓两站，还不到北京的半站，鼓楼大转盘南边一站，北边一站，走回学校也不算太远，小雪坚持要自己回去。我说："天这么晚了，要是有坏人跟踪你怎么办？还是我送你吧，送到学校门口我就走。"

小雪接受了我的建议，她坐在我的自行车后座上。雨停了，下坡的时候，她的身体往前冲，温软的前胸抵着我的后背，我心里的小鹿窜出来，不想现在就分手，我一只手托了车把，另一只手忍不住想牵她的手，我看不见她的脸，我的手往车后拍了拍她的膀子说："下坡了，你抓紧我。"她的手抓紧了我背后的单衣，我猜她是怕在我这里过夜，明天回去和男朋友交不了差。她心里太在意他的感受，说到底还是他比我重。

自行车骑到鼓楼转盘，小雪就问我："他房间的钥匙在我包里，要不要先去他住的地方送去？"我说："不要，他没有钥匙可以叫服务员开门，或者在你宿舍等，到现在都快12点了，他也不打个电话，不管你的死活，你还担心他没有地方睡觉，真是太下作了。"后面这句话，我想说，吐口痰，硬是咽回去了。

小雪说："万一服务员没有钥匙的话，他不是进不去了，还是先去招待所，把钥匙交给服务员。"

我越是不想她去找他，她越是想去，她不记仇，更确切地说，她看似平静的表面下，爱情的浪涛依旧疯狂。我劝她："要是服务员拿了钥匙，就躲到什么地方睡觉去了。而他正在你宿舍等你，岂不是被动了，他又要怪你了，变来变去不如一成不变。"

小雪只好无奈地说："也是，那我就先回自己的宿舍，宿舍12点关大门就进不去了。"

我和小雪都不再说话，骑到珠江路口的时候，小雪要下车，她要走回去，我猜她是怕男朋友在学校大门口等她，看见我送她。

果然她说："他看到我现在回校，会说你倒满快活的，一个人出去玩了。"所以她执意要一个人走这段路。

我压根就不相信那小子会在大门口等她，小雪下车后，我没有掉头，而是骑到学校门口前方停下来，回头看去，小雪还没有过来，校门口有几个卖烧烤的新疆人，在吆喝羊肉串，三三两两的学生站在摊点附近，有几个男生，我不认识。我的视线就顺着小雪来的线路看去，一会儿功夫，我看到小雪像一只小羊，摇摇摆摆的走过来了，她走进校门口的时候，没有停留，也没有男生和她打招呼，她径直走了进去。

三

学校已经放假，多数同学都走了。我每天都赖在家里睡懒觉，醒来后我就想小雪的事，看得出来，她是个用情很深的女孩，一夜过去，她会不会经不住男朋友诱惑，重新投入他的怀抱？我要在她起床之前给她发个短信，阻止她去会他，我在手机上输入这样的话给她发去："你生来是被人怜爱的，怎能如此受伤害，不要轻言原谅，那会把自己一生输掉，用理性和智慧解读男人，而非一腔痴情。"小雪一定会收到我的短信，她急不可待的等待她男朋友给她发短信，关心也好，道歉也好，只要他搭理她，她的心里就会有一种失而复得的欣慰。可以想象这个夜晚她是怎么熬过来的，她一定躲在蚊帐里，独自咀嚼男朋友伤她的一幕幕，她默默地流泪，用口水舔舐自己的伤口，同时热切的期望着男朋友道歉的短信或是来电，可以想象，她什么也不会等到，除了我的短信。

我去街上买了豆浆和油条回来，才吃到一半，电话就响了，同学都回老家去了，没有人会找我，除了小雪，果然是她，小雪在电话里说："我昨天晚上回去的时候，我的同学告诉我11点多钟，他打电话来找过我，我就给他住的地方回了一个电话，他在看电视呢，叫我过去。我说12点宿舍就关大门，我出去就回不来了。他说你到我这边来，不要回去了。我说我累了，我要睡了。他就把电话挂了。今天中午，我去给他送钥匙，顺便把放在他那里的书拿过来，走的时候，他把一张火车票塞到我手里，我不要，他非要给我，拉拉扯扯的，让同学看到多不好，我只好拿着，是明天晚上的票，我的论文肯定写不好，我走不了的，我怎么办呀？"

我的努力没有白费，她总算听了我的，没有过去找他，我说："你今天什么也别想，安心写论文，也许明天会有进展，明天上午我给你打电话，看看你写的情况，不行我帮你写算了。车票的事也放到明天再说，你最好还是和他一起回去，那么远的路，两个人一起走有个照顾。"我心里是希望小雪留下来，不要和他一起走，但是，我如果这么说了，岂不是司马昭之心，路人皆知。好像是我从他手中把小雪抢走似的，小雪也会看不起我，我必须摆出一种姿态，一种把小雪当作妹妹的姿态，让她越来越依赖我，越来越相信我，她喜欢谁是她内心深处的东西，不能强求。况且，以我对小雪的了解，论文不写好，她是不会走的。

小雪说："我爸爸打电话来问了，他说要我以学业为重，他要我写好论文再走，不要做学习上的逃兵，我爸爸说，人是要有精神的，特别是锲而不舍的精神，不管是生活上还是学习上。"

我说："你爸爸说得对，就听你爸爸的，明天我帮你退票，明天你情绪稳定下来，也许能决定买哪一天的票走了，退票的同时就把新票也买了。"

小雪说"还是你考虑的周到。我昨天晚上两点多钟还没睡，一直在想过去他追我时的情景，那时，他对我是多好呀，为什么现在要这样对我，我脑子里面老是回想我们过去的时光，现在，我们还没有结婚，就变成这样，我是不是做人很失败？"

我说："你是个好姑娘，百里挑一的好姑娘，你没有错，你太单纯了，还不懂男人，男人不会因为你一味的对他好，他就会对你好，有时，男人自己也不知道自己要什么，你还小，你不懂，你以后会懂的，男人不是好东西，男人他妈的真不是好东西。"

小雪听了我的话笑起来说："你呢？你是什么东西？"

我感觉到小雪不想挂电话，她愿意和我多说一点，以前，她的眼里和心里都装满了她的男朋友，好像全世界的男人都不是男人，全世界的男人都死光了，她和我们礼节性的保持了不可逾越的距离，现在，这种距离突然间拉近了，我应该把握住这种距离，让它行之有效的缩短，又不至于生拉硬拽。

下午4点，小雪即使午睡，也该起来了，离学校食堂开饭还有一个小时，我往她宿舍打电话，接电话的女生说她不在，可是那个女生的声音怎么和她一样呢？她总不会说自己不在吧，她即使不想接我的电话，也不要这样戏弄我，小雪不是这样的，一定是我听错了，一个宿舍的女生说话声音像，也不奇怪。

既然小雪不在宿舍，一定是到她男朋友那里去了。我不必傻等，准备出门去我姐家吃晚饭,顺便看看小侄子的功课,我姐说:"要是我能把小侄子的功课辅导好,考上重点中学,她就奖励我2万元,比择校费还多五千块钱。"有了这两万块钱,我可以很潇洒的谈对象,带女朋友出入一些体面的场合了,可是,我们历史系的男生,在找女朋友的问题上,比外文系和中文系的要差多了,我到现在还光棍一个,要是能找一个小雪一样的姑娘就好了,要是她能像小雪对她男朋友一样对我,我这一生也值了。只道是:命里有时终须有,命中无时莫强求。

  我跨上自行车往我姐家的方向骑去,上了鸡鸣寺,小雪的电话就来了,小雪说:"你还有空啊?你能到学校来一趟吗?我想跟你说点事情。"我一只脚踩在安全岛上,两只手捏紧手刹说:"好呀,我在学校门口的新杂志咖啡馆等你。"

  我的线路图改变了方向,先是由付厚岗往东边的我姐家骑,现在又调头往西边的南大骑,只要是小雪的召唤,我每天把这座城市骑一遍都无所谓。

  我在新杂志咖啡馆的一楼找了个隐蔽点的位子坐了下来,男服务生过来问我要点什么,我说:"暂时不要,等一个人,来了再点。"

  服务生走了。我在想我和小雪的事情,没有一点进展,问题是他们两个黏得太紧,剥离是痛的,连着皮和肉,有一个过程,我要理解小雪,要有耐心,才能有结果。这么想着,就看见小雪过来了,她站在门口,四处张望,我朝她挥手,她看见我了,朝我走来,我看到她的精神比昨天好多了,安静地坐在我对面,眼泪被她在夜里流干了,白天的脸上就显得干净的样子,原先水汪汪的眼睛好像被抽湿机抽过,水分缩了不少,有点干涩。刚才的服务生又捧着菜单过来,我殷勤地看着她的脸色:"来点什么?先吃饭还是先喝点饮料?"小雪说:"这几天,我的胃罢工了,什么也吃不下,先喝点水吧。"我说:"咖啡还是果汁?绿茶还是红茶?"小雪说:"我妈妈说咖啡连续喝几次就会上瘾,还是喝绿茶吧。"

  茶水还没送来,小雪就急切地说:"我刚才去他住的地方拿我的U

盘，走的时候，和他打招呼。我以为他会请我和他一起吃晚饭，可是他什么也没说，眼睛盯着电视机画面，看都不看我一眼，我按照你教我的办法对他，既不冷淡也不热情，像对普通朋友一样，我心里在等他对我说道歉的话，他一点道歉的意思都没有，我只好讪讪的走了，走到拐弯的地方，他喊我小雪，你过来。我就走回去，我想他终于要给我道歉了，我等待着那一刻的到来，他张了半天口才说，这是我喝的咖啡，我不要了，送给你。我以为他是要对我说对不起的，他根本就不想说，我就拿着他的咖啡走了，走到拐弯的地方，他又喊我小雪，你过来。我又走回去，他说这是我的摩丝，我不要了，给你。我就拿在手上走了。我现在觉得，我就像他养的一条狗，呼之即来，挥之即去，我什么都不是，我只是一条狗，一条可怜的要他施舍爱情的狗。"

　　小雪说完，眼泪又涌了出来，像个木头人一样，直挺挺的竖在桌边。我拿纸巾，轻轻地给她拭去泪水，小雪的内心一定难过极了，看得出来，这个女孩子被爱情摧毁了，我实在不忍心看到这个乖乖女为情煎熬，可是我能有什么办法去拯救她呢？我要怎样做，才能让她开心，才能重新获得她想要的爱情。我最想做的事情就是把我的爱情像球一样，完整干净地踢给她，可是，她就像一个尽职的守门员，除了那家伙的球，谁也别想进去。

　　我把小雪面前有点凉的茶水倒掉，给她倒上热的，递给她喝，她就接过杯子一口气喝完了。叫我想起大一时的一次同学聚会，女同学都不好意思吃菜，只有小雪一个人，像在家里一样，大大方方地吃菜，结果剩了好多菜。听说晚上回去以后，除了小雪，女同学都加餐了。又有一次，小雪在我家门口的淑女屋专卖店买了一件格子短袖衫，很贵的那种时尚名牌，农村来的女同学看见小雪穿她们在乡下穿的衣服，就一下子拉近了和小雪的距离，小雪也很高兴，她特别在意自己不要搞特殊化，生活上和其他同学打成一片，她身上有一种和她年龄不相称的低调，是我们历史系比较传统的女生，这样的女生不会是个好情人，但绝对是个好妻子。

我和小雪大学四年的同学中，基本上没有看到过她有什么出格之举，她温和地对待同学，大部分时间泡在图书馆里，偶尔会和几个女同学去新街口逛逛商场。学校就是她的家，她平静的毕业了，又平静的考进来。在她的意识形态里，多少对外部世界保留了一点不同方式的"对抗"，保留了属于自己内心的一份温和的坚守。这种坚守使她在为人处事极端认真的同时，也表现出了执著背后的愚钝。从她全身心投入的这场爱情中，我看到了她为此付出的代价，她一个人躲在角落里咀嚼挫折的滋味，还给我抛一根骨头过来，让我也品尝一下。叫一个爱她的男人，尝尝她爱别的男人的滋味，够残忍的，我心里的感受她不知道？如果她知道我对她的感情，她一定离我远远的，她闹不好就会把我当"坏人"。

我不想平白无故的当一场"坏人"，我怕小雪伤心，我说："小雪，他其实不是把你当狗唤，他是拿不下架子。你男朋友是你心中的神，你把爱情提拔到了一个别人无法企及的高度，而自己却不顾一切的维持这个高度，你把他长期持久的供奉在这个制高点上，他在不知不觉中成了你的精神领袖，现在，精神领袖触犯了你不可羞辱的人格，你希望他知错就改，向你低头道歉，这怎么可能呢？换个角度思考，其实是你有错在先。"

小雪不服气地说："我错在哪里？我对他千依百顺，一切都以他的宗旨为方向。去火车站送他，都是我拎重的包裹；每次去北京看他，我都买好多好吃的带去，自己从来舍不得吃一口；外婆把我从小带大，我去北京都抽不出时间去看她，我所有的时间都泡在清华陪伴他了，一想到我这么多年来对他的满腔痴情，换来的却是这样的结果，我就伤心。夜里，我躺在床上睡不着，脑子里全是我们过去上中学时的情景，大三的时候，我们班的中学同学聚会，好几个男生向我表达做男朋友的意思，我没有决定，那一段时间我一直在想，在比较，我到底选择谁？他身高1.8米，人长得帅，在清华大学电子工程系读研究生，英语又好，最重要的是那段时间,在我没有决定谁做我男朋友的时候,他对我多好呀,我每天都被他的耐心细致和关爱包围着,一想到他那时对我的好,我就忍不住要哭……"

说到这里,小雪的眼泪又接连滚落下来,我说:"不哭,别人看见你哭不好,我知道你为什么要这样对他,他为什么会这样对你,追根溯源,又回到人性这个话题上。"

"有个2岁的小女孩,她家里人带她去夫子庙的花鸟市场看金鱼,大人抱着她,站在一家店铺里看了一会,就打算到下一家金鱼店,小女孩大哭,坚决不肯走,在大人怀里挣扎,鞋子都踢掉了,好不容易换了一家,她破涕为笑,看了一会儿,大人再去下一家金鱼铺子的时候,她又大哭。从这件小事情上就能看出一个问题,就是雌性动物的专一性问题,其实,换一家金鱼店,会有更好看的等着你,找男朋友也是的,换一个,或许更适合你。"

小雪说:"我们班的女同学都羡慕我,我不能放弃。"

我说:"你也有虚荣心。其实,能使一个女人幸福的关键是男人的品质和性格,女作家池莉说得好:'即便没有了爱情,好品质的男人离婚都会离得文明一些。'"

小雪自嘲的笑了,她承认自己的虚荣心,但是,他们能有丝丝入扣的感情交流,彼此是相爱的,这才是最重要的前提。

如果爱情没有了,怎么办?是痛悔一生?还是放手往前走?

小雪说:"应该往前走,但是很难,因为以前没有经历过。"

四

小雪的情绪基本稳定以后,我和她一起去火车站退票。她男朋友给她买的是成人票,而不是学生票,退票要收百分之二十的退票费。我打算把她的票退给买票的人,少损失一点。

我拿着票，顺着排队的人流吆喝过去，每一个售票窗口都站满了购票的人，大家只是冷冷地看着我，无动于衷地看着我，好像我的吆喝跟他们无关。我长这么大，从来没有当这么多人面公然大声地吆喝过，满大厅的人，黑压压的人头，我心里非常紧张，唯恐遇见熟人，又想在小雪面前争个面子，脸皮子的事就顾不上了。我的吆喝声引来了几个黄牛的围观，他们讨价还价和我争论不休，像强盗一样想从我手中把票抢走。我一手捏紧车票，一手牵着小雪，钻出黄牛的包围圈，我们逃一样的挤出售票大厅。有个黄牛又跟过来了，他不跟我谈价格，要我把火车票给他看看真假，我说："我又不是黄牛，车票怎么会有假，你先给钱，我才给你票。"他说："给你钱，给你数，我比他们出价都高。"这个黄牛就一张一张的给我钱，比其他黄牛多给 20 元后，我就把火车票给他，他转身就跑了，剩下的 10 块钱也不给了，我追上他要钱，他说："不行把你的票还给你，我不买了。"我怎么敢要经过他手的票，万一是假票呢，少给 10 块钱就算了。

就在我转身要走的时候，手机响了，接着有个女人拍了一下我的肩膀，她说："终于等到你了，你就是史太郎，想不到我们会在这里见面，你到车站来干什么？"我猛然一惊，随后才想起来，这个女人就是忧伤玫瑰，我万万没想到会是这样的见面场景，心里一急，就口吃起来，我说："我、我来买、买车票的，我不是史太郎，你认错人了。"小雪奇怪地一会儿看着我，一会儿看着她，我拉着小雪的手就朝售票大厅走，边走边回头看那个女人有没有追过来，这时我看到刚才买我车票的黄牛推了一把忧伤玫瑰，撒腿就跑，忧伤玫瑰紧跟在他后面跑，他们两个以及刚才围着我们的一大堆黄牛，都发现了便衣警察的出现，不约而同地朝环湖公路方向四散开去，我紧悬的一颗心总算松了下来。

我们拿着退票的钱，去售票窗口排队买大后天的票。小雪问我："你认识她？"

我说："鬼话，黄牛的嘴里没有一句话是真的，她诈我，故意套近呼,好让我买她手上的票。"

小雪就说:"难怪呢,那么熟,原来是装的,都把我骗了,还是你有眼力。"

我不想在这个问题上让小雪对我有想法,就赶紧把话题岔开。我说:"你妈妈知道你要回家,一定给你煲了好吃的汤了,你最喜欢喝什么汤?"

小雪一听煲汤就来劲了,她说:"燕窝、红参和各种野山菌煲的汤。"说到妈妈的汤,小雪的脸就像倒挂的凌霄花,有一丝调皮不经意间闪过。在排队买票的时候,我一边和小雪说一些轻松的话题,一边注意观察忧伤玫瑰不要从哪个角落再冒出来,我还担心刚才黄牛给的钱是假的,又不好说出口,怕小雪难过,如果是假钱,我身上有钱,我不会让她为难的,终于轮到小雪买票了,她明明有零钱,却偏偏给窗口递去100元的整钱,买好票她说:"我担心是假钱,所以想验证一下,幸亏是真的。"

回学校的路上,我们算了一下,黄牛按票面价付给我们百分之九十的钱款,比退给公家少损失百分之十,去掉新买的学生火车票,还赚几十块钱,小雪说:"他就是不拿父母的钱当回事,明明用学生证买票可以省钱,他偏要买成人票,有一次在他家玩,他临时决定推迟一天走,他妈妈只好去给他退票,买第二天的票,他妈妈退了一个上午才回来,退的是全额票款,现在想来,费了多大事呀,这么多人,挤来挤去就够受的。"

五

我把小雪送到南大门口,看着她往女生宿舍走去才回头。离吃晚饭的时间还早,我打算去湖南路上的韩复兴老牌鸭子店,买几包鸭四件和鸭肫干之类,等小雪走的时候,给她带走。顺便看看石头记专卖店的史评，张教授的新书有没有上架，买几本送给她。我的心情出奇的好，就给我姐打了电话，告诉她我晚上要去她家吃饭，顺便看看小侄子的功课。

最近，我已经好久没有上网了，我要上网收一下邮件。这样想着不觉间已经走到军人俱乐部门口，门口里面的五星电器在搞促销活动，临时搭起的舞台上，歌女们敞胸露背地在劲舞，扩音器传来她们声嘶力竭的吆喝声。

过了马路，来到和平影城，有三三两两的姑娘结伴而行，电影院台阶上，她们拾级而上，穿得时尚又大胆，有的牵了男朋友的手，这些来看电影的姑娘很漂亮。

《无极》的大幅宣传海报挂在墙上，我抬头看到海报上的女演员陈红，她美得如此惊艳，只能挂在墙上被人欣赏。我在心里暗自着想，这些演戏的和看戏的虽然漂亮，可是和我有什么关系呢，她们只不过是南京这座古城的一道风景，只有小雪才是我真正要的女人。

我在韩复兴鸭子店买完东西出来，横过来的一只胳膊挡住了我的去路，我把他推开往前走，那家伙二话不说，上来就给我一拳，猝不及防，我摔倒在台阶上，那家伙又一脚踢到我胸口，我双手撑在阶梯上想爬起来，紧接着另一个家伙掏出了锋利的刀子，他们出手之快，叫我无力招架。事情发生的太突然了，我还没反应过来，一泪咸咸的液体从喉管冒上来，我的眼前一片模糊，脑门上的液体流到眼睛里，我明白，他们是想致我于死地，我想我不能白白死在这些人手上，我挣扎起来，我用袖子擦擦眼睛上流下来的血，一头栽倒在地上，但是我依然强撑开眼睛，看见了他们逃跑的背影。

六

我在医院醒来的时候，我姐坐在床边。她说："你总算醒了，我都担心死了，你知道是什么人干的吗？下手也太狠了。"我说："我不认识，有两三个，我看见他们跑了，有没有抓到？"我姐说："抓了一个同伙，其他的跑掉了，我去派出所报案时，警察还在审问，估计迟早要破案的，你有什么线索吗？你要是能提供一些就好了。妈昨天问我你家怎么总是没人接电话，我说你到外地实习去了，要是他们打你手机，你不要说破，免得他们担心，他们知道了也帮不上忙，还添乱。你现在感觉怎么样，想吃点什么？"

我没有什么线索，那些打我的人，我从来就没见过，我和他们无冤无仇，他们为什么要打我，还下手那么狠？我姐坐在床边的凳子上，一副伤心的样子，她为我难过，眉头皱着，竭力在思索什么，焦急的两只手搓来搓去。我却在想，到底是谁干的？医生来查过房，我姐就走了，她回家帮我拿点衣服，顺便把我身上换下来的血衣带走，她说："这是罪证，要保留好，你的血不能白流。这几天，我都请了假，六点多以后，我再来给你送点鸽子汤，你流了那么多血，我赶到医院的时候，小雪也在，现在总算度过了难关，你放心吧，回头我还来，这两天都是你姐夫在守夜，今天我来换他。"

五点多钟，病房的门开了，小雪闪身走了进来。她怎么知道我在这里？我最不愿意的事情就是她看到我这个死形样，太没面子了，可是，我却无法逃避，只能眼睁睁地看她走过来，我说："真是不好意思，不能去车站送你，是今天晚上的票吧？回头叫我姐去送你。"

小雪不说话，低头在哭。这一次，她不是号啕大哭，而是低声啜泣。她说："你醒了，你那天流了那么多血，我以为你要死了，我很怕你死，你以后不会死了吧？"

我知道她说的是我近期不会死了，但还是忍不住笑起来，人总有一死的，只不过有的人死得早，有的人死得晚罢了，我怎么会不死呢？就在我笑的时候，脸上缝的针线一下子撕裂般的疼起来。小雪说："你脸上缝了针，不能笑，还疼不疼了？"

我故意做出轻松的样子说："好多了，你一来，我就想笑，一开心就不疼了。你怎么会知道我在这里？"小雪说："我打你手机的，是医生接的，医生说手机的主人受伤了，要我赶快到医院，医生以为我是你的女朋友呢。"一丝羞怯从她的脸上飞快掠过，躲到我心里，把我全身的伤痛抚慰了一遍。她不哭了，站起来拎了床头柜上的两个水瓶出去，给我去水房打开水，我看见她穿了件鸡心领的花边背心，浑圆的肩膀裸露在外面，呈小麦色，我才发现，她是如此的丰盈健康，我躺在病床上等她回来的时间真是难熬，等了好久好久她才回来，她回来后的表情就像夏天的天气，说变就变了。

小雪坐在床边的凳子上，十指纠缠在一起，垂头丧气，嘴里喃喃自语，"不是他干的，肯定不是他干的，警察会调查清楚，还他一个清白……"小雪的样子和她的表白，叫我一下子就想到打我的凶手，除了她男朋友，我没有得罪过谁？！谁会这么恨我？当然是她还没有分手的男朋友。

想到这个问题，我头疼得厉害。小雪继续说："我求你了，求你给他证明，不是他干的，你看见的，那些打你的人他根本就不认识，他在南京连路都不认识，怎么可能是他干的呢？现在他被牵连进来了，在派出所受询问，要是24小时还出不来，就要送到拘留所，要是他有拘留的记录，他的前途就被毁了，我很内疚，我对不起他，让他受牵连，是我把他推下油锅，我求你了，求你帮我作证，证明他的清白，这不是他干的，真的不是他干的。"

小雪的脸埋在胳膊里，身体随着抽泣而抖动。她伤心的样子叫人同情，可是，她不是为我伤心，而是为了她的男朋友伤心。护士来给我换吊滴，还有几颗晚上吃的药放在床头柜上，我身上的伤口痛得厉害，当着小雪的面，又不好意思讲。我姐来了，她看到我的样子，二话不说，就去值班室找来了医生，医生看了看伤口和用药就走了，我姐坚持要医生给我打止痛针，护士打完针后，我姐就出去了。

小雪看我的样子好了些，就止住了抽泣，她说："只有你能证明这事和他无关。"我姐进来听到了，她说："我刚从派出所过来，怎么可能无关？凶手都交代了，他自己也承认了，是他花钱指使他们干的，我们要起诉他的刑事责任和附带民事赔偿。"

果真如我所料，是那个家伙干的，真是个小人。我费力地扭过脸对小雪说："这种有暴力倾向的男人是最不可靠的，你看过电视剧《不要和陌生人说话》吗？那个男主角是多么优秀的外科医生，可是，他打妻子的时候，下手够狠的，道歉的时候又是多么虔诚，你不要被爱情迷住双眼，等你后悔的时候，没有人能帮你。"

小雪生气地说："请你不要把他和安嘉和混为一谈，他不是那种人，有一次我们在街上，雨后的积水覆盖了人行道，我就从花坛的石头边上走，有几个男的和我迎面走过来，他们不让我，我也不让他们，他们为首的一个就把我推了下去，我男朋友过来一把就把推我的那个人摔倒在花坛上……可见，他是多么爱我，没有人能超越他对我的爱，也没有人能像他那样，和我达到深层次的情感交流。"

我无言以对，我姐对她说："你讲这话不觉得自己很虚伪吗？你男朋友对你那么好，你还要来找我弟弟干什么？要不是因为你，他会伤得这样。"

小雪站起来，冲动地大声说："不是他干的，这么卑鄙的事情，怎么会跟他有关，一定是你误会他了。"她的两手抱住脑袋，十根手指陷进头发中，脸部肌肉痉挛，转身跑出了病房。

我姐气呼呼地说："走就走，吓那个，我最恨这种脚踏两只船的人，狐狸精，要不是她，你也不会伤成这样，还有脸来求情。"我说："你不要冤枉她，她只是我的师妹，我们没有什么关系。"我姐说："没有关系，那天晚上我去送钥匙后，你给我打电话，说到我家睡的，怎么没来，天那么黑，她一定睡在你那里了，现在的女孩我真是搞不懂。你也不小了，妈就只望你抱孙子了，等这件事情结束以后，我们好好给你找个对象，女孩子的外表不重要，看得顺眼、勤快点、心眼好、能过日子就行了。"

我姐把鸽子汤倒进小碗里，护士推门进来跟我说："刚才，看见你女朋友站在窗口哭，伤心的样子，我劝她两句，她就坐电梯下楼了。她情绪好像有点不对头，那天你刚送来的时候，流了那么多血，她给你输血都没哭，今天，你好多了，她却哭成那样，一个女孩，要不是伤透了心，怎么会那样哭，你们要关心她。"

护士说完就走了，要不是护士进来讲，我还不知道是小雪给我输的血，我姐为什么不跟我说，是她讨厌她？讨厌归讨厌，这节骨眼上，她也怕节外生枝，再弄出点什么事情来，我的手上挂了吊滴，我姐拨通小雪的电话，就把手机递到我耳朵边，我说："小雪，你在哪里？外面热，到处是蚊子，你回来帮我打饭，我有话跟你讲。"

小雪哭着说："再过两个小时，火车就要开了，我今晚回不了家了，我很想妈妈，想妈妈煲的汤，很想回家，为什么他们要把我男朋友抓起来，为什么你要睡在医院，我想不通，我很内疚，很难过，我不知道我做错了什么？我不知道我要怎么办？我想妈妈，想妈妈。"

我说："你过来，我姐走了，没人给我打饭呢，再迟就没饭了，我饿了，你来帮我打饭。我们见面再说好吗。"

小雪说："我到现在都没有见到我男朋友，他怎么样，我也不知道，我要去找他，看看他现在到底关在哪里？"

我说："他在派出所，你去了，警察也不会给你见面的。"

小雪说："为什么不给我见？"

我说："这是他们的惯例，防止串供。"

小雪急切地说："那我怎么办呀？他会不会被拘留？会不会判刑？只有你能够救他，求你了。"

我说："你回来吧，我们好好商量，商量你男朋友的事情，有什么好法子。"我说这话的时候，我姐坐在床边用眼睛瞪着我，电话一挂她就说："她是真傻还是装傻？凶手自己都承认了，她还在诡辩，你不要一看她哭就心软,否则,你的医药费哪个出?现在,还不知道会不会留下后遗症,你是我们家的独子,要是有个三长两短,你叫妈怎么活?他不是杀你一个人,是要杀我们全家,我不会饶恕他的!做人要有原则,要爱憎分明,有所为和有所不为,怎么能为所欲为呢?不要老叫我们操心,我回家去一趟,她走了我再来,你自己把握分寸。"

我姐出了门又回头叮嘱:"做人是要有原则的,你就是心太软,该扛的要扛住,你懂我的意思吧。"我点点头。她终于出去了。

"唉。"我长长地出了口气,我姐总算走了,用不着再听她韶叨了。小雪什么时候能来呢?她是个守信的女孩,她答应我来就不会不来,我要等她来了一起吃我姐送来的晚饭。

七

一直等到床头柜上的饭菜凉透了,小雪也没来。护士来量了一次体温,原先的高烧还没有退尽,不过比早上好多了,她给我喂了先前送来的药,她说:"你还没吃晚饭,要加强营养才能恢复得快,我把你的饭菜拿去微波炉波一下。"我说:"我不想吃。"护士关心地说:"不吃怎么行。"

后来我才知道,小雪还是去了派出所,当然,她不可能见到他,却和我姐在所里不期而遇。我姐为了我要求严惩凶手,绝不放过他。小雪为了自己的爱情,不惜一切要证明他无罪。我感到一场旷日持久的两个女人的战争就要开始,而我却夹在她们中间无能为力。

如果没有姐姐,我会怎样?我脑子里在想这个问题,我会听小雪的话吗?去给她男朋友作证,证明那个幕后凶手不是他。我想,我不会给他作证的,小雪为了她的爱情,可以不惜一切,并且,小雪是真的相信他不会雇人报复我,我不想把她心里最美好的东西摧毁,我可以为了小雪去宽恕一个我不想宽恕的人,却不会去作伪证,这是我的底线。

麻醉针渐渐失效,伤口隐隐作痛,我一个人躺在床上,默默地承受我不想要的一切，这一切有的发生了，有的正要发生，如果能够尽快结束，我宁愿为了小雪原谅那个伤我的家伙，可是，世间的事情往往就不以个人的意志为转移，想到此，我感到无能为力。

病房里开着空调还算凉快，外面的天气仿佛烧红的炭火，我姐到处奔波，她每次进来，脸上的皮就像烤过一样，为了筹措下一期手术的医药费。那几个打我的凶手，他们是街上的混混，根本就拿不出钱来，小雪的男朋友也没有收入。为了能正常治疗，又不给我父母知道，我姐把给小侄子准备上学的择校费交到了医院。她的心里很压抑，我知道，可是我不能帮她，还要在孩子升学这个节骨眼上给她添麻烦，为此，我感到内疚，可是不这样，我的医药费又从哪里来？我不想在医院等死，我想尽快治好后出院。

手术费交过两天以后，护士就来通知，叫我准备好做二期手术。小雪来看我，看上去，她的情绪稳定多了，她给我鼓劲，她说："我相信你是一个勇敢的人，你会渡过难关的，明天早上八点，我送你去手术室，然后在外面等你，如果需要，我给你输血。"

我的身体里已经流着她的血，她的话再一次叫我的心感到温暖，她说："这个暑假我不回深圳了，我会一直在你身边守着你的。"我说："为什么？"她说："我父母都到北京去了，外婆病了，熬不过这两天了。"说着话，她的眼泪就流了下来。我说："你为什么不去北京？"她说："我不放心你和我男朋友，我想念外婆，我小时候，她很娇惯我的，妈妈叫我回北京见她最后一面，我不知道，还能不能见到，一想到外婆这两天要走，我心里难过极了，我很想她，真的，很想她，要是能有天堂就好了，我就会有机会到天堂和她相见。"

小雪抽了一张纸巾，拭去脸上的泪水又说："春秋时期，齐国有两个人是好朋友，他们叫管仲和鲍叔牙，这两个人分别做了齐襄公的公子纠和小白的老师，齐襄公荒淫残暴，他们就带了各自的公子外出避祸。后来，齐国发生了暴乱，有人杀了齐襄公，抢夺王位，不到一个月，抢夺王位的人又被大臣杀了。这时两个公子分别赶回齐国争夺王位。管仲为了自己的主子登上王位，射了公子小白一箭，小白咬破舌头，口吐鲜血诈死留下一命，小白做了齐桓公后，纠被杀，管仲被鲁庄公装在麻袋里交给齐桓公，齐桓公欲杀之，鲍叔牙对他说，我只能帮你治理国家，要想成为霸主，只有重用管仲才行。齐桓公接受了鲍叔牙的建议，在管仲的辅佐下，最终成了春秋时期的五霸之首。"

　　小雪说完期待地看着我，我能说什么呢，明天就要上手术台了，每一场手术都有风险，能不能平安出来还是问题，我只好调侃地说："你的意思是不是说做人要有量，才能成就大事？"

　　小雪伤感地说："就是这个意思，你答应我，原谅他好吗？我求你了，我会感激你一辈子。妈妈刚才来电话说外婆昏迷中一直在叨念我的乳名，她想见我最后一面，在这个世界，我可能见不到她了。人都会死的，还有什么不能原谅？"

　　我咬了咬牙对小雪说："你答应我一件事，我就原谅他。"

　　小雪瞪大眼睛，吃惊地问："什么事？快告诉我。"

　　我说："我不知道有没有天堂，你现在就走，去火车站，回北京。"

原发 2007 年 6 期《当代》

红披风

一

小姐把螃蟹端上桌的时候,用了一个大木盘,一共 12 只,刚好一人一只。我皱着眉头,把我面前的一只推到小蝌蚪面前,我对他说:"我恨螃蟹,你是上海人,你喜欢吃就你吃吧。"小蝌蚪是上海人,长期住在南京写小说,螃蟹是他的美食,他笑开了心说:"我喜欢吃,但我不是上海人。"我说:"你父母都在上海,就你那小白脸还不是上海人,骗谁呀。"小蝌蚪的眼睛瞪圆了,盯着我,一句话也不说。但我看到他的眼睛分明在说:"你再说我是上海人,我就跟你急。"哈哈,一个女人和小蝌蚪这样的男人较真有什么意思呢,我转过脸,切换了话题。

先锋诗人大虫把目光从螃蟹身上移开一秒,眼睛从镜片后面露出来,他好奇地问我:"你恨螃蟹干吗?"我告诉他:"别看它这会儿乖乖的样子,平时可霸道了,桑拿蒸得背都红了,装可怜,其实它并不甘心你吃它啊!"大虫说:"那你也犯不着恨它呀,这样的美食,不吃多可惜。"

是啊，现在的天气已经很凉了，大家都穿着羽绒服，二九的第六天，螃蟹正是肥得流油淌膏的时候，大家都吃就你一个人不吃，显得有点不合群。不过没关系，作家这个圈子里的人，都是有头有角身上长刺的人，对于这样的一个群体，有这么一点儿怪僻，也不是什么奇怪的事情。大虫嘴上的蟹黄顺着下巴滑下来，味道一定是好极了。他咂了咂拇指上的蟹油问我："你还没说呢，你为什么恨它？"

我为什么恨它？真是一言难尽，大家都不说话，都在专心致志地撕咬手上的螃蟹，这个时候，是酒席上最安静的时候，也是一个人忘掉装模作样最不设防的时候，没有人能一边吃螃蟹一边很绅士地朝比自己地位高一点的人敬酒。所以我有足够的时间和机会观察别人的表情和吃相，也是我在众人面前发表演说和表现自己的最佳机会。我抓住这个机会，表面上是对大虫实际上是对所有的人说："去年秋天，我在固城河的养殖场吃螃蟹，我对面的男孩一口气吃了六只，我不甘心输给他，就吃了八只。第二天早上起床刷牙的时候，嘴咧开来，唇门关不上，我对着镜子看见我的上牙床肿了，模样儿可怕，去医院打了抗生素，疼了一个星期才好一点，后来牙齿就有点神经兮兮的，整天逗乐子，像几个流浪的艺人，再也不肯回家了。"

自从我的牙齿变成艺人之后，我就不敢咧嘴大笑了，特别是在男人面前，有魔力的男人。我以前的情况是遇到没有感觉的男人，想笑就笑，龇牙咧嘴，肆无忌惮。而遇到有感觉的男人，就会变得哑口无言。如果对方主动和我说话，我的脸会"唰"地一下变红。更多的情形是在对方还没有发现我时，我就设法奔掉，像兔子一样敏捷，主要原因是我不会掩饰自己，我不想在脸红的时候，不知道把手脚放在哪里，心儿噗咚噗咚狂跳的时候，头低落到了膝盖的高度。谁叫我是一个离了婚的女人呢，而且，还是一个多愁善感又无比好色的女人。

二

我去一家刊物投稿的时候,坐在编辑老鳖面前,我敢坐在他面前,就说明他是属于那种不会让我感到脸红的人。我们以前通过电话,这次是初次见面,他的两只眼睛像电筒,发出两束近距离的光,这两束光,盯着我的脸,在我的脸上像扫描仪一样,一丝不漏地从前额往下扫过去,扫到下巴,脖子和呈现在办公桌上部的腰身,又回到牙齿,两束光亮收拢了,凝视了几秒钟之后,浓缩成一个焦点,老鳖像发现一个新大陆似的,他用手指着焦点尖声叫道:"牙齿有道缝!"

老鳖的这句话,对一个爱美和一向自以为很美的女人来说,无疑是一颗炸弹投到心脏上,我的血往脸上奔涌,一张嘴巴说话就本能地把手放到牙缝的部位,好挡住那条黑缝,不让别人看见。我变得自卑起来,以前,我就不知道自卑为何物,而现在,老鳖用铁锹,把埋在我心底深处的自卑一锹一锹地挖出来了。

是螃蟹在我咬它腿的时候,不经意间硌了我的牙齿一下,我那天一顿就咬了 $8 \times 8 = 64$ 条小腿,$2 \times 8 = 16$ 条大腿,总计是 80 条腿。你说这 80 条腿,一条腿硌我一下,硌 80 下,再坚固的老虎牙也要得神经病。

我恨螃蟹,它们把我一向规矩的牙齿逼疯了,像武疯子一样,正经人不做,偏要去做艺妓,还不是真正的艺妓,是仿冒的,它们使我饱尝过它们的美味之后,更多的不是回味,而是独自咀嚼自卑的酸味。于是,再有螃蟹之后,我把它们拎回家,找我的后备军老爸老妈消灭他们。

三

我一进家门,老妈正在包饺子,是我爱吃的那种,白菜肉馅的。她放下手中的饺子,把吊在鼻子上的老花眼镜往上推了推说:"你自己的牙齿给他们整得找不到家了,你爸这几颗老牙还是给他留着吧,留着还能喝点稀粥和豆腐乳，要是搞得也像你一样，就难伺候了。"

老妈说归说，她也不忍心把这等美味就这样扔掉。送给邻居吧，有点权势的人家会想，这老婆子是不是有什么事情有求于我们？送给没有权势的人家吧，人家又怕担了一份人情，而送给没权，但是有钱的人家吧，这样的人家是不会住在这里的，这样的人家多数都住在郊区的别墅。左邻右舍碰过几次墙壁以后，老妈也学乖了，不再自讨没趣了，还是自己享用吧，老妈把碗橱里的叉子刀子小勺子拿出来，把它们分别派上用场，最绝的是，她一边用切菜刀的刀背挤压螃蟹的腿，把腿上的肉碾出来，一边喋喋不休地唠叨："压死你，压死你，看哪个比哪个狠。"

狠的是哪个？不用老妈说，我也知道她的意思，肯定是她了。螃蟹硌了她女儿的牙，她能等闲视之不报仇吗！老妈把蒲包里的螃蟹通通倒在浴池里，螃蟹虽然极不情愿，却是接二连三地掉在水池里，即使是在空中旋转的霎时，它们也不会抱头缩脚有丝毫的胆怯，它们依然十只爪子铺展开来，一副横行霸道的样子。有一只螃蟹的抓子钳在蒲包上，它的整个身体在空中铺开，张扬极了，像一个特技运动员，死活不肯下来。老妈使劲抖，边抖边和蔼地对它说："下来吧，给你自由，你的时间不多了，自在一会儿是一会儿。"这是一只狡猾的螃蟹，它知道一旦它放弃蒲包，它的小命就难保了。明白这一点之后，它的爪子就钳得更紧了，大有同蒲包同生死共存亡的架势。老妈就来气了，她说："给你脸你不要脸，给你自由你不要自由，你这个狗东西，真是不识抬举的家伙，我就不相信我斗不过你！"

冬天里，老妈手背上的皮和手好像是分开的，是两个部分，皮走皮的路，手过手的桥。所以，当她用她树皮一样的大手去抓这只螃蟹的后背时，就有一种怪异的手态。而冬天里的螃蟹是又肥又壮的时候，膏、黄、壳紧连在一起。老妈用的劲不在力的支撑点上，好像有个杠杆很滑稽的在皮下移来晃去。而螃蟹用的劲是巧劲，这种巧劲是一致的，紧密的，老妈当然拽不过它。老妈不明白这个道理，我看得清楚，我说老妈:"你就连蒲包一起放在浴缸里算了,明天吃的时候再说,也许,明天它想通了,用不着你拽,它自己会出来。"

老妈说:"我就不信这个邪,我斗不过它?我要是连一只小小的螃蟹都斗不过的话,我这辈子白活了。"老妈把蒲包放在地上,转身去厨房拿刀,老妈再回到浴室的时候,蒲包上的螃蟹怎么也找不到了。浴缸里的螃蟹爬来爬去,伊呀吵闹,满嘴的吐沫星吵得直翻泡泡,它们的火气很大,没有要平息的样子,有一两只打累了,趴在角落里休息。一只钳子上布满金黄色长毛的家伙,不用看肚皮,就知道是只公的,公的正在对一只母的发威,它骑到母的背上,母的每爬一步都很吃力的样子。我想把公的从母的背上抓下来,又怕公的钳子钳到我的手指,我的手对准公的后背,趁它不备,用劲一拎,没想到压在下面的母的也被公的拎起来了。

老妈看见就冲我嚷道:"放手,快点放手,擂堆,你不晓得它们在交配啊。"我笑起来,老妈的想象力可真够丰富,死到临头了还交配,当着女人的面交配,也不晓得丑。它们真是一向横行惯了,从来就没有惧怕过人类,连交配这样的事情,也当着人面做得这么肆无忌惮,狂妄不已。我就不服气,非要把它们分开。

当老爸老妈都睡着的时候,我在自己的房间里叹息,现在就剩下我一个人了,孤独的魔爪朝我袭来,我在床上辗转难眠,很想有个人睡在我身边,最好是男人,彪悍的男人,我不喜欢女人。

女人和女人是不能睡在一起的,女人和女人只能在一起说话,要是女人和女人睡在一起,肯定会像螃蟹一样打个不停。我不知道浴缸里的螃蟹有没有睡,它们是单个睡的,还是公的搂着母的睡的,它们打了一天仗,此刻在做什么?它们在人类清醒的时候,总是互相对立,孤军奋战,厮打成一片。而人类在昏睡中梦游的时候,就是它们最清醒的时候,事实证明了我在被窝里的推测。

我早晨起床后的第一件事,就是往浴缸跑。看看螃蟹死了没有,它们在干什么？我一边揉眼睛一边坐在马桶上撒尿，顺便抬眼朝浴缸里看去，浴缸里一只螃蟹都没有，它们跑到哪里去了？我朝门外喊："老妈，你过来，你把螃蟹拿哪里去了？"老妈一路小跑过来说："你看你，慌慌张张的，上厕所也不晓得关门，这么大的人，还要叫我操心。"老妈把门关上就走了，她说："我去晨练，顺便买点菜回来，早点在微波炉里，波一下就行了。"人老了就是这样，你跟她说东，她跟你道西，你急着追问螃蟹的事，她却忙着出门锻炼，好像螃蟹跟她没有关系，螃蟹昨天在她家浴缸的，今天不在她家浴缸，她也不急。钓鱼的不急，背篓子的急什么。

　　晨练结束后，老妈想起昨天我带回家的一大包螃蟹还没有吃完，厨房的箩筐里还有不少蔬菜，她就没有去菜场，而是直接回家了。

　　老爸煮了一锅粥，说是粥，确切的说是糯糊。这种糯糊由玉米面、黄豆粉、黑芝麻糊、燕麦片和牛奶搅和在一起，边煮边搅，最后就搅成一锅糯糊样的粥。我喜欢吃老爸做的粥，而不会吃微波炉里的油炸鸡大腿。

　　我小的时候，长身体的时候，最想吃鸡大腿，但是老妈不舍得给我吃，一口都不给。她把鸡腿装在箩筐里，挂在屋顶的大梁上，任我怎么跳呀跳的，想尽办法也够不到。她看见了就骂："跳什么跳，作死呀，女娃家，吃鸡腿会长不高，吃一口鸡腿，长一口疮，最后就长得像老母鸡一样。"

　　我现在不想吃，怕胖，她非要叫我吃。我说："你不是说吃鸡腿长不高吗？为什么非要我吃？"她说："我什么时候说过这话，你不要在你爸面前瞎编。"到底是哪个在瞎编？她编的话她记不得了，我却要记得一生。谁让我记性时好时坏呢，该忘掉的忘不掉，不该忘掉的，却忘了。母女这种既对立又统一的角色，有的时候就是一对天生的冤家。

　　我是等到做新娘子的那一天，才吃到一次鸡大腿。人家当新娘子的那天都吃不下饭，就我这个没心没肺的，大快朵颐，一口气吃了三只鸡大腿才发现酒席上还有整鸡整鸭，还有那么多好吃的，是我以前没有吃过的。我顾不上跟客人敬酒,也不晓得要跟客人敬酒。因为我以前没有结过婚,没有经验,才20岁,刚够领结婚证的年龄。可是那天来了好多大人,有的叫我喊爷爷奶奶,有的喊伯伯婶婶,他们没有要我去敬酒的意思。还有双方单位的领导,他们也没有教导过我。我是在结婚的那天,才真正吃饱吃好过,我奋不顾身地趴在桌子上,吃着嘴里的,看着盘子里的,狼吞虎咽地吃了一肚子荤菜,也是在那天,我老公才发现,我是一个有肚量的人。

那是20世纪80年代末期的最后一个初夏,阳光明媚,天空中飘着栀子花的香气,太阳花在花坛里盛开,五色的花瓣像蝴蝶一样轻盈。

那样的天气很适合结婚,也适合到郊外溜达,大学生们没有去郊外溜达,也不够结婚年龄,他们在街上游行,我为了我的初恋,正忙着和那个愿意娶我的男人结婚。游行的队伍堵住了我坐的婚车,一个怀抱孩子的老太太,指着婚车中的新娘对孩子说:"看,多么漂亮的新娘子!"现在,我记得最清楚的不是新婚的甜蜜,而是鸡大腿的味道和老太太的赞美。

螃蟹不见的原因并不是老妈把它们转移了。我明白这点的时候,老妈正拿着一只竹竿在床肚子底下掏着,她的屁股蹶老高,翘在床外面,已经掏了一只出来,还有一只藏在鞋盒子后面。这一只不像上一只识抬举,顺着老妈的竹竿往外爬,这一只很狡猾,它像猫捉老鼠一样,围着鞋盒子和老妈躲迷藏,老妈一会儿就支持不住了,她一屁股跌在地上,好半天爬不起来。

老爸闻讯而出,我和老爸把她从地上拽起来,拖到沙发上。老妈刚坐下就嚷起来:"哎吆,我的脚趾拇头!"我低头一看,原来她踩到藏在沙发角的一只螃蟹腿了,螃蟹以为她要杀它,螃蟹毫不客气的快速的反手钳住她的大脚趾,她越挣扎,螃蟹就钳的越厉害,螃蟹竟然腾出另一只爪子,用它锋利的指尖开始刺割她的脚趾。

螃蟹一定知道,要想把这么大的对手置于死地,光钳住她的脚趾拇头是不行的，也是要不了她的命的，只有叫她放血，一点一滴地把她的血淌出来，她才会死去，她死了，自己才能死里逃生。这是一场你死我活的战争，现在，经过一夜的休整和思考，对付这一家人，螃蟹有了自己的主意，用16个字来概括就是：以退为进，出其不意，择机而行，个个击败。

此刻，螃蟹显然是处在有利地位，它在得意之时，忽视了我的存在，面对这样的结局，我怎能无动于衷。我快速冲进厨房，拿起切菜刀，跑到沙发边，举起来就砍，刀在空中飞到一半的时候，老爸隆里隆咚地过来了，他伸出胳膊挡住了我的刀，他的大手握住我的手腕，及其谨慎地对我说："你要小心，千万不要砍到你妈的脚趾拇头。"老妈指着老爸的鼻尖嚷道："老头子，你这个死没良心的，你再不让她砍，我要疼死了。"

我冷静下来，看着刺割老妈的螃蟹，我砍它身体哪里才能要紧？老妈指着蟹背说："砍它身子，从中间横砍下来，它下半身没了，上半身就钳不动了。"我推开老爸老妈在空中挥舞的手指，我说："安静，安静下来，都闪开，让我砍，砍到你们那个手不要怪我。"

他们把手抽回去的时候，我一刀砍下去，刀还没有落到螃蟹身上，门铃突然响了。我第一个反应是继续砍下去，先把螃蟹的身子砍成两半，救出老妈的脚趾拇头再说，这当口，老爸步履蹒跚地站起来去开门，我对他说："不认识的人不要开门，年底了，坏人多，农民工拿不到工钱就连抢带偷，我可打不过他们。"

老妈说："叫你砍螃蟹，你到现在还不砍，你要疼死我啊？把刀给我，我自己砍。"我把刀递给老妈，她举起刀的时候，一弯腰，用劲用过了头，人从沙发上跌在地上。螃蟹终于发现了我们要致它于死地的动机，做出了它最后的挣扎，它出其不意地用它的一个小脚趾，快速地划过老妈的脚背，一缕细丝一样的红颜色从她的脚背上渗出，并且慢慢变粗。像我小时候她给我织毛衣时掉在脚背上的一节红毛线，这颜色叫我红眼。我一把夺过老妈手上的刀,没等她反应过来,刀起头落。螃蟹猛地一下惊颤,把最后半节红毛线丢在老妈的脚背上,就无力地松开了爪子。

我看着老妈脚背上像V字形状的两根红线,心里有点惶恐,这是什么意思,这到底暗示了什么?

人是不会吃死螃蟹的,就像大多数凶猛的动物不会吃死人一样。这个道理很简单,人和螃蟹都属于高蛋白动物,死了细菌繁殖的快,吃了会中毒,动物知道保护自己不吃死人,人更知道保护自己不吃死螃蟹。但是老妈咽不下这口气,她一定要把被我砍死的螃蟹和藏在水管后面的活螃蟹一起蒸,好在死螃蟹的身体是拦腰两段的,活的是完整的,蒸熟的时候还是好区分的。螃蟹出锅的时候,我像老妈那样,用刀子叉子钳子把活的吃完,这时老妈才丢下手里的活计,走到饭桌边。

四

老妈一坐到饭桌边,电话就响了,是老甏打来的,他叫我去编辑部改稿,他说有些敏感的段落必须删除,现在上面有规定。

放下电话,我去洗手间化妆。作为一个离了婚的单身女人,一般不化妆,我是不会出门的,化妆的最后一道工序是涂口红。一个女人出门去会男人,她在画眼睛的时候是不知道效果的,要经常改,擦掉重来,这个时候的心情是忐忑不安的,唯恐把自己画丑了,俗了。而到了涂口红的时候,心情就放松了,这时,基本上已大功告成。

现在,我用细小的唇笔,沾了口红往唇上抹的时候,就是这种轻松的心情。我在心里哼着快乐的曲子,听到我老妈喋喋不休的碎语,我把内裤褪下来往裤裆贴苏菲护垫的时候,老妈的声音提高了,抑扬顿挫,有点亢奋,侧耳细听,断断续续是这样几句:"剥你的皮,抽你的筋,拿你的骨头当洋钉……"

我想知道老妈在赌咒谁，吃饭还要嚼蛆，她总是这样骂我："饭都堵不住你的嘴，你嚼蛆呀？"我推开门，看见老妈正抱着她的白果树砧板，从厨房匆匆跑到饭厅，她的腿一瘸一拐的，样子很滑稽，像一个小偷，从车间偷了一包沉重的电缆线，大概她意识到了什么，左顾右盼的，进也不是退也不是，慌张的神情很滑稽，正不知道如何是好时，冷不丁发现门口站的是她那个嚼蛆的，又镇定下来。我"噗"的一下忍不住笑出声来。老妈一本正经地说："笑什么笑，还不快走，这么大个人，也不晓得找对象，嫁出去的姑娘泼出去的水，泼出去的水还有收回来的道理？快走！快点走。"

她越是催我走，我就越是不想走。说明她有什么事情想瞒着我，我倒是要看看她今天偷偷摸摸想干什么，她在嚼谁的蛆？反正老鳖也不是我喜欢的男人，他是一个浑身长刺的男人，他第一次和我见面的时候，就把他内在的自卑扛了一麻袋，踢足球一样踢到我肩上，我怎么会有理由喜欢他呢，尽管他很希望我喜欢他，结果却相反。

五

这段时间以来，老鳖苦口婆心地教我写短篇小说，他原来是中学老师，所以有一种诲人不倦的精神，但是小蝌蚪不这样看，小蝌蚪说，这是男人在讨好女人之前耍的小聪明，他是在炫耀自己的能耐.

老鳖坐在我对面的桌子上，朝我招招手说："过来，你看你这段，要删掉，后面有描写了，前面再形容，重复，重复是不好的。短篇小说就像是大树上的一个小枝子，而不是大树。"我弯下身子看着我的稿子说："我明白你的意思，你的意思就是说短篇小说好比是一只曲子，有高音，低音和中音，连起来就像一条起伏不平的波浪，而不是一条直线。"我坐回到老鳖对面的座位上时，老鳖故作惊讶地说："你看你，你的头发碰到我的脸了，我的心跳的厉害。"我大大咧咧的说："这有什么呢,这也会让你心跳,你也太脆弱了吧。"

老鳖外表长得还算不错,但是难于相处,私底下我想,他是一个不善于和女人打交道的男人,尽管他很努力。后来我才知道,我是到了年龄更大一些的时候才闹明白,他是自卑,骨子里的自卑和血液里的自负,这两个家伙搅合在一起,不停地打,像浴缸里的螃蟹一样,一个男人处在这样的状态,你说他能心平气和吗,能胸怀坦荡吗,当然也就无法和女人好好相处了.

这年头的男人没有钱不行,但是没有钱,有车也行;男人没有车不行,没有车有感觉也行,有些其貌不扬的男人,甚至是一贫如洗的男人,他只要有足够的智慧,就能吸引女人。男人的魅力更多的时候就是坦荡,坦坦荡荡的男人才像个男人.

有一次,老鳖养的沙皮犬朝我扑过来狂吠时,我翻着白眼怪叫:"讨厌死了,我不喜欢你。"老鳖听到这句话以后,就以为我的话是在影射他,"我不喜欢你"这句话他老当真,他经常反驳我,他说:"我养的狗,比你养的强多了,我还不喜欢你养的狗呢。"

男人如果聪明一点的话,他就能把女人的话诠释过来:"讨厌死了,我不喜欢你"的意思是"你很有趣,我有点喜欢上你了"。

他如果不够聪明,但是宽容,即使不能诠释女人的话,也默认了,女人就不会站到他的对立面,男人和女人的小伎俩一般见识,把女人推到自己的对立面,是最愚蠢不过的。老鳖当然不会承认他是愚蠢的人,他指着我养的狐狸犬说:"女人就像这条狗一样。"我连忙反击:"男人连狗都不如。"

目前,我和老鳖的这种关系,一点感觉都没有,迟点去改稿和早点去改稿,在我看来都是一样的。有时,在他的办公室,他就当着我的面和别的女人调情。我总是在想自己的小说稿,怎样才能写得更好。他总是在想我小说稿以外的东西,我估计,他脑子里想的多数是女人。这个女人像条狐狸犬,那个女人是条斑点狗,我要如何利用狗对人类的忠诚，也就是说女人对男人的忠诚，狠狠地涮她们一把。

但我老妈却不这样想，我老妈自从喝过他送的二斤王朝以后，就认定了我可以嫁他。老妈对我说："这年头，不要挑三拣四的，有个正式工作就不错了，找个伴，把这日子一天一天的捱到头，平平安安的就不错了，不管怎么样，人家是国家干部，旱涝保收的。"

我刚从围城出来，还没有走过自由的弧度，我对男人的新鲜度能保持多久？我自己都不清楚，我不想轻易再进去，成年累月吃一种菜，再好吃也会厌倦。

可是我老妈却不这样想，老妈说："你是公共汽车呀，你不嫌丢人我还嫌丢人呢，你千万不能这样做呵，你要是这样没羞没臊的，会把我活活气死的！"

只有傻子才会把自己的老妈气死，我说归说，当然不会把她气死。人心里想的东西，未必真会这样做，言不由衷和口是心非是对付老人的最好武器。我假装出门的样子，从客厅绕了一圈又躲回房间。

老妈以为我出门了，她表情古怪地把蒸锅里被我砍成两段的螃蟹摆在砧板上，然后喝了一口黄酒，撅着嘴，"噗"的一下，朝螃蟹通红的脊背上喷过去，她双目微合，双手合掌，嘴里念念有词。念了一会儿，走过去拿菜刀，刀子拿来后，先把螃蟹的眼睛削掉，又把螃蟹的身子剥开，这个季节的螃蟹很肥，黄颜色的油脂和白颜色的凝膏紧紧地抱在一起，老妈没有要吃的意思。我听到她在嚼咀："剥你的皮，抽你的筋，拿你的骨头当洋钉，咚咚锵，咚咚锵，咚咚咚咚咚咚锵——锵——锵……"老妈越念越起劲，手中的刀把砧板上的螃蟹跺得七零八落，螃蟹红色的脊背壳被她剁成一小块一小块的，菱形的碎片，尖锐地从她的刀口中弹飞，在空中盘旋，久久不落，形成一个红色的漩涡。老妈越念越起劲，身子有点抖，头在漩涡中晃起来，身体前后摇摆……

我对老妈的这个样子有点恐惧，就在这个当口，趁老妈不注意，一溜小跑，奔出了家门。

六

我白天去单位上班的时候,怎么想也想不起来昨天是怎么回家的。一定是老鳖故意灌我,把我喝高了。我打电话问小蝌蚪,小蝌蚪说:"我吃了你的螃蟹,很不好意思,那天你给我的三只螃蟹是在菜场买的还是哪里来的?"我装着满不在乎的样子,温柔地对他说:"是我在菜场买的,吃了就吃了,别往心里去,下次见到我就装着跟没吃一样。"我这样说的意思是想叫没有工作,单靠写作为生的小蝌蚪不要往钱上想,同时表示我对他是尊重的,并没有因为他穷而施舍他的意思。

其实像我这样恨螃蟹的人,怎么会花钱买螃蟹呢。这样说压根就是骗人的把戏。

我在税务局工作,新提拔的处长和我关系不错。我过年都要到他家去拜年,拜年不过是个形式,重要的是靠这个形式去活动活动内容,和领导把关系搞搞好。平时不好说的,这会儿嬉皮笑脸地说说就不错,处长家跑多了,论资排辈也差不多该轮到我了。我去拜年的时候,亲昵地点了处长一下,走的时候把一个信封忘在了他家的茶几上。当然不会是真忘,哪个傻子也不会把装了钱的信封从包里拿出来,然后再忘在人家家的茶几上。春节过后,处长顺水推舟地就把我提了个副所长。别看是个小小的副所长,有了官衔,权力就立马显现出来了,一到吃螃蟹的季节,想和我拉关系送礼的人不断,想叫人送你东西,随便暗示一下就成。

小蝌蚪来我们单位玩,他要我请客,请他吃螃蟹。从来都是男人请我吃饭,我还没有到请男人吃饭的年龄。一般请过你就到处渲染的人,即便请我,我也不会去的。靠微薄的稿费生活的人请我,我也不会去。更何况我对吃饭不感兴趣。在我们这个口子工作的人,最不缺的就是吃饭,总有吃不完的饭局。所以,我对小蝌蚪的建议,说了这样的话:"等我的小说获奖拿到奖金时再请你,平白无故的请你算什么呢,人家知道还以为我脑子有问题呢。"小蝌蚪最爱蹭女人的饭局,一来不要他花钱,二来好证明一下自己这个小白脸在女人心目中的魅力。他的这种鬼把戏耍多了,我对这样的男人就会有所了解,当然不会上他的当了。

中午吃饭的时候,我执意要留小蝌蚪在我们单位吃工作餐。他不肯,坚持要走。我想可能是他不愿意在那么多的陌生人面前吃饭,他又不是要饭的,又不是吃不起一顿中午饭,虽然他没钱,北漂过后回到南京连住的房子都没有了。那时,南京的一套房子价格也就七八万块。现在动不动要几十万,上百万。小蝌蚪为了文学事业北漂去了,又不是为了金钱南下淘金,小蝌蚪哪里来钱买房子呢?文学的金字塔只够坐那么几个人,还要你会爬,而真正流芳百世的又都是名不经转的作品,作家是要耐得住寂寞的,明白这点后,小蝌蚪又回来了。他喜欢南京安静恬淡的气息,虽然他已经没有住的地方,但是南京的老朋友还是接纳了他,他东家住一阵子,西家住一阵子,就是这样,也不至于跑到一个女人那里混工作餐吃。

小蝌蚪的内心是过于敏感了,而我又不愿意勉强自己屈尊,总不能为了迁就他敏感的自尊而请他去饭店大搓一顿,凭什么?大街上到处是卖盒饭快餐饭的,他要走,随他去。男人和女人不一样,如果小蝌蚪是女人,她就会留下来和我一起吃工作餐,感受一下不同地方的吃饭氛围。

小蝌蚪走后,一家化工企业的财务处长来交税,她和我打过招呼就去办税大厅忙乎了。过了一会她又绕回来了,说要请我吃饭,遇到点麻烦。关于她的麻烦事,我给她到大厅找人解决了,她执意要请我晚上吃饭,我说请我吃饭的事就免了,中午还有人要我请他吃螃蟹呢,我没请,这个天的螃蟹在饭店一定卖的很贵。没想到下班的时候,她就在我回家的车站等我,手里拎了一蒲包螃蟹。这是一个多么善解人意的女人,她白皙的脸在冷风中冻青了,上下牙齿直打哆嗦。我有点不好意思,装模作样地客气了几下,她就急了。我不忍心拂了她的好意,我总是处在没有原则的状态中,况且,这里也不像大厅,有探头监视。

小蝌蚪吃的螃蟹就是这个女人送我的。小蝌蚪说:"螃蟹不能买多,放在浴缸里是不安全的。"我说:"为什么?"小蝌蚪说:"螃蟹会叠罗汉,等你们睡着的时候,一个叠在一个身上爬出去。"我想了想,是的,上次我们家的螃蟹就是这么跑掉的,"可是,叠在最底下的一个怎么跑呢?"我问小蝌蚪。

小蝌蚪不说了,他神秘地眨了眨贼亮的小眼睛,死活不说,叫我自己想,小蝌蚪说:"想象力是作家的生命,你要是连这么一点想象力都没有,怎么写小说,我还等着你获奖请我吃螃蟹呢。"

我说:"好吧,希望你这一生吃我一百只螃蟹再死。"

小蝌蚪脸一变说:"你也太狠了,你怎么能为我吃你几只螃蟹就咒我死呢!"

我赶紧说:"不是这个意思,我是希望自己多获奖,这样才有机会多请你,你能吃我一百只螃蟹,表示我们的友谊源远流长不好吗?"小蝌蚪这才转怒为笑。

爱美之心人皆有之,何况我这等美女。自从螃蟹把我搞得不敢张嘴之后,我想了一个办法,关键的时候把口香糖堵在有牙缝的地方,结果拍出来的照片照样有个黑色的牙缝,这终究不是解决问题的办法。

小蝌蚪知道我的心病以后,就给我介绍了一个治牙的医生。这个牙医姓万,专门给牙齿整形的,万医生虽然在一家不大的医院工作,可是他的手艺了得!我便在口袋里揣了钱,约上小蝌蚪,理直气壮地去找他。到了他的办公室,陈列柜里全是牙齿的模型,整之前的模型和整好之后的模型,要不是亲眼所见,你简直都不敢相信,这会是一个人的牙齿。那些像醉鬼一样,东倒西歪的破牙齿,被他用箍子像箍桶一样箍起来,时不时地上把劲,日子久了就乖乖地排整齐了。

到医院找万医生整牙的病人,都是清一色的小姑娘。她们多由母亲带来,她们的母亲和我一般年纪,万医生以为我也是给孩子整牙的母亲,和蔼的脸上笑眯眯的。

此刻,他的左手托住一个小姑娘的下巴,右手拿个钳子在姑娘的牙齿上拧箍子,该紧的地方紧一紧,该松的地方放一放,钳子在他灵巧的手上就像姑娘们的绣花针。万医生医术精湛,镊子钳子在孩子们的小嘴里从来不会碰伤牙龈和黏膜,没见哪个小姑娘皱过眉头,那些千变万化的嘴巴就像海洋,是万医生的全部世界,他工作的时候,就像一条小鱼在海洋里游动。母亲们信任万医生,孩子们也信任万医生,我自然也是了。

我在病房蹲久了还发现一个秘密,那就是万医生不愧为是一个杰出的牙医。不管是院长介绍来的,还是主任介绍来的,抑或是自己找上门来的,他都一视同仁,没有轻慢之分。有一次,一个心胸外科主任牵了自己女儿的手,就站在他边上等他,想和他说说女儿的情况。他也没有怠慢手上的活儿,他像一个追求完美的雕刻艺术家,每一个来找他整牙的孩子都是他的艺术品。

我问他陈列柜里的模型时,他如数家珍,叫得出每一个牙模人的名字。仿佛那个被他整过的孩子就站在他身边,面对这样的医生还有什么好怀疑的呢。

观察几次之后,我终于下定决心,找万医生整牙了。一天下午,小蝌蚪陪我跑到医院,等到所有的孩子和家长都走光了,小蝌蚪才开口对万医生说我的病情。那情形有点滑稽,好像小蝌蚪是我的家长,我是他的女儿。万医生一脸认真地听着,然后他叫我张开嘴,小蝌蚪说:"张大,啊。"小蝌蚪说的时候,自己的嘴巴比我的嘴张的还大,露出了他一口黄黑相间的牙齿。万医生用灯照了照我的牙齿,对小蝌蚪说:"你张这么大嘴干什么,你看她的牙。"小蝌蚪关上自己的嘴巴时,扭过头,视线就转移到我的嘴巴里。我觉得他把嘴巴关上的时候,他嘴巴里的牙齿跌跌爬爬都跑到我嘴里来了。我可不想让他的黑牙进来,我赶紧关上嘴巴对小蝌蚪说:"你又不是医生,不要搅和了,一边去。"万医生就对小蝌蚪摆摆手，拿个铁钩子，在我嘴里敲了敲，然后对我说："我看你就算了，即使一个缝，整好后，其他的牙齿也该掉得差不多了。"

这样的结果是令人沮丧的，我才30岁，正处在一个危险年龄的分界点，万医生整惯了小姑娘的牙齿，我的年龄对正畸科医生来说是老了，可对于一个真正意义上的女人来说才刚刚开始，离老掉牙还早呢，我不甘心啊。

小蝌蚪却很开心，如释重负的样子，他说："不整就不整，我又没嫌弃你。"

我不理他，我整牙又不是给他一个人看的，十年前，我会为一个男人而活，现在，我为所有我想要的男人而活。我整牙一方面是为了美，更重要的是重新树立起我的自信心。特别是我在男人面前对于自己外貌的自信。一个女人如果没有这种由内而外的自信，就会丧失女人的魅力，这些连锁反应，我即使没有学过化学，也知道反应的结果。

七

夜里，我被"哗啦——哗啦"的声音吵醒，好像是纸头掉地的声音。侧耳细听，那么清晰，一张一张的掉在地上，像A4打印纸，上面有我写的小说底稿。夜这么深了，是谁在老爸的书房里翻我的稿子？也不顺着摆好，而是一页一页地掉在地上，很有规律，半个拍子掉一张稿子。黑暗中，我虽然闭着眼睛，却看得那么清晰，那是一篇关于螃蟹的小说，还没有完稿，老鳖就来电话催了，我不想给他，难道是老鳖在深夜来我家偷稿，不至于吧。

世界上要是有只偷稿子，却不偷钱的小偷，那小偷还有什么可怕？即使是在深夜，我也敢一个人对付他。我披上棉袄爬起来，光着脚丫走进老爸书房，我把我的脚爪蹩在墙角边，然后用手猛地拧开墙上的电灯开关。

　　小偷一定是弯着腰被我吓坏的样子，我就先安慰他不要慌张，不要乱来，他要什么我给他什么，只是不要伤害我。

　　我只想知道他要什么。小偷也不容易，这么晚了还要出来工作，工作没有高低贵贱之分，工作只有辛苦和快活之分。我在心里想好台词，以博取小偷的好感，使他由坚硬变得柔软，再感化他。哪怕他心生淫意，我也会好言相劝，请他先去洗手间冲个热水澡，我在床上等他。不要做什么事都像小偷一样，偷钱要像小偷一样，动作快才能得手。做爱也那样的话，就会显得手忙脚乱。做爱要像螃蟹一样，从容不迫。最后要不要告发他就看他的表现，要钱要女人都行，只是不要犯傻，伤害无辜生灵。

　　灯光下什么也没有，连刚才那么清晰的声音也不见了，奇怪，一米高的打印纸堆在原地好好的，没有一张散落，见鬼。我又跑到老爸老妈的房间，他们睡得像死人一样。

　　我只好回到自己的房间，穿好衣服，把家里所有的角落找个遍，一无所获。

　　我再拱到被子里睡觉的时候，怎么也睡不着了，睡不着就给小蝌蚪打电话。他总是在夜里爬格子，白天睡大觉，除非会见女人，这个习惯他是不会颠倒的。电话响了半天才有人接，不是小蝌蚪接的，是大虫的声音，大虫清了清嗓子说："他搬走了，不住我这里了。"说完大虫就把电话挂了。

　　我不甘心，再打过去，大虫说："你到底找哪个？不要拐弯抹角，想我的时候说找他，找他就不要往我家里打电话，打得我心里吃醋，一个单身女人夜里睡不着觉找男人很正常，不要害羞。"我回他："正常你妈头，你有老婆我找你干吗，当然是找小蝌蚪了，不仅是我到你家找小蝌蚪，再不交出来，连警察都要到你家找小蝌蚪。"大虫暧昧地笑了起来，他说："看来你跟小蝌蚪还真有两下子，才一日不见心就慌了。"我说："不跟你哄,小蝌蚪到底在哪里?"大虫说："他搬走了,搬到哪里?我真不知道。"我说："他有什么好地方住了?为什么要搬走?""不是他要走,是我撵他走的。"大虫像个犯了错误的男孩子,声音低沉而幽怨地告诉我。我一听是大虫撵他走的,肯定有原因,大虫是个性善的人,他敏感而正直,作家阿成就说过,诗人是这个世界上的儿童。如果说,有的人是人不如其文的话,那么大虫正相反,他是文如其人,也是我们交往这么多年还没有断了往来的基本纽带。

我换了只手拿话筒,清清嗓子问他："你为什么要撵他走?"大虫说："你到过我家来,你知道我老婆爱干净,我家客厅的地毯是从波斯进口的。小蝌蚪'呸'地一口就把脓痰吐在上面,不止一次了,我提醒他,给他房间摆个痰盂,他还是不改,他说他散漫惯了,一辈子的习惯不能说改就改。我老婆气得要死,她说我们家有她就不能有小蝌蚪,有小蝌蚪就不能有她,叫我自己选,我这辈子什么都能不要,就是不能不要老婆,要不,我这个当局长的还怎么出门上班,怎么去作别人的政治思想工作。"

这么冷的天,小蝌蚪会到哪里去过夜?我的心抽紧了。

上班的路上,我一直在想,小蝌蚪会不会冻死在街头?要是他昨夜冻死在街头,没有人会知道这是一个作家,一个优秀的小说家,为我们写下了不少好作品的作家。他会像所有的乞丐一样,在验明正身以后被送到火葬场。没有告别仪式就被化成灰烬,也没有人会为他立碑。他的前妻受不了他的生活方式离开了他,他的女儿要受教育,也不能和他这个不尽责任的父亲生活在一起。尽管他一再强调,他的前妻是因为红杏出墙被他休掉的,那么他自己不断地在外面找女人又怎么解释呢?他可以不停地换女人,而妻子就不能,这是什么逻辑,太不公平了。

尽管这样,也不能让小蝌蚪冻死在街头,零下5度的天气,在室外,怎么样也过不去。

我想起我自己空着的房子,自从离婚以后,我就再也不愿意回去住的房子，那里的一切都令人伤感。那处房子是我们税务局分给我的，属于婚前财产，离婚时法院判归我，他单腿走人。

我离婚的原因说来好笑，只能用幼稚两个字来形容。我的前夫总觉得我不是最漂亮的女孩，街上总会有比我更漂亮的女孩出现。我在厨房蓬头垢面洗衣烧饭不修边幅的样子，怎么也不能和街上的俏佳人相比。而他那样的小白脸要和我生活一辈子不是亏了吗？这使他心理失衡，进而迁怒于我，每天都对我冷眼相看，以至于睡在一张床上，任凭我像水蛇一样扭动，他也坐怀不乱。不是一天这样，而是天天这样，一年两年都这样，这种人多阴险！

一个男人睡在你身边像死人一样不动，倒是真得像死人便罢了。死人不会裹被子，他和你之间的被子被他裹起来，好让你无法碰到他，他左右严实裹得像个粽子，你的身体露在外面他视而不见。搞得我天天感冒，与其要这样的男人睡在身边，不如不要的好。

临了他还要分我一半房产才罢休。还是法院公正，我也做了妥协，除了房子，家里想拿的东西随便拿，但是必须在十天之内拿完，过期不补。才两天，他就把房子里的家具物品搬空了，他还把当初送我的结婚戒指也拿走了。那可是我自己挑的，不过从他口袋里付的钱而已。而他没钱用的时候，也是在我的口袋里掏钱用的。当他把这只戒指从我的手指上拿走的时候，也把我对他的最后一丝好感剥离了。那时，我真是伤心，为自己八年的爱情感怀。弃妇的命运连妓女都不如，妓女给人睡了，钱拿走了就走了。八年夫妻一场，连一枚戒指都不给你留下，男人还有什么意思，做男人的妻子有什么意思，做妻子还不如做妓女公平。

他拿完了东西丢了句话给我："我肯定会找一个比你漂亮的富婆。"我回他："你说得对，能像我一样年轻漂亮，又当上富婆的女人，就等着你这样的小白脸去找。娶富婆都亏了，还不如去泰国做人妖，那样钱来的更快捷。"

八

男人就是死要面子。这一刻，我不能去找小蝌蚪，他肯定不愿意我看到他的窘样。我从抽屉里把好久没用的一串钥匙找出来，交给老鳖，希望他给小蝌蚪送去。老鳖说："你放心好了，我肯定会给小蝌蚪的。"这时手机响了，老鳖还在对我说什么，我听不见了，只听到手机铃声一阵紧似一阵。是老爸打来的，他说："你妈不对了，脸掉下来了，你快来家。"

我一听老爸这话就吓坏了，要是一个人的脸掉下来，那会是什么样子？那不就是头掉下来的样子吗？我不敢往下想了，如果老妈那么神气的脸都掉下来了，老爸的驴脸也不常久了。想到此，我伸手拽了老鳖的袖子口就往楼下冲，看见汽车就拦，我面前一下子就停了两辆小车，我上了那辆黑色的别克君威轿车，我对车主说："往前开，快点，我妈不行了，我回去救她。"

我家住的地方很好找，拐两个弯就到了。车主是个男的，幸亏是男的，他才会停车带我，车主要是女的，肯定不会停，肯定是绕过去开走，还不忘斜眼骂我一句："呆逼。"

车主和我一起上楼的，家里并不乱，没有搏斗的痕迹。我们直往老妈房间跑，老爸正豁着腰，围着卧室中间椅子上坐着的一个人转，想毕椅子上的人就是老妈了，但是地上并没有血迹，更没有人头落在地上。

这一切都确定之后，我才敢把视线往上抬，看老妈的头在不在颈子上，尽管老妈的颈子上围了好多纱布和围巾之类的东西。显然，东西之上还有一个东西站在上面，那个站着的东西不会是假的，一定是她的头了。

可是，老妈的耳朵一向较灵，我每次回家，还没到楼梯口，她就听见了，她就把我的拖鞋放在门口了。即使她不在门口迎我，我也能听到她的声音，她的喋喋不休的唠叨，我都听习惯了，可是，她今天怎么一点声音都没有？安静得恐怖，难怪老爸说她脸掉了，如果她的脸不掉，她怎么不发声？不嚼蛆？

她的脸到底还在不在头上？

还是车主胆大，他像斗牛士围着斗牛转圈一样，围着老妈转了一圈对我说："她的脸在头上，根本没有掉下来，但是拖长了。"

我这才去看老妈的脸，她的脸真的在脸上，但是拖长了，比驴脸还长。我忍不住想笑。平时，她总是嘲笑老爸脸长，说老爸的脸是诸葛子瑜的驴脸，现在我想，这个世界上恐怕没有比她的脸更长的人脸了，这是我有生以来见过的最长的人脸，从今以后，她再也没有资格嘲笑老爸的驴脸了。

车主把老妈背下楼，摆在汽车后座上。已经不会讲话，确切地说应该是连发声都不会的老妈，一旦她突然安静下来，就好像变成了任人摆布的木偶。我想象着要是她死在医院，要是她火化了，我们一大帮人去为她送葬的情形。到时，肯定要为她立个墓碑，墓碑上要刻墓志铭，这个墓志铭理所当然是有我这个独生女儿兼作家的人来写了，我已经想好了底稿，我将为她写下这样的墓志铭："嚼蛆！你终于关上了你聒躁不休的嘴巴。"

老爸坐在车里下不来，他庞大的身躯没有人搀扶一把是出不来的。我已经管不了他了，此刻重要的是救老妈，我和车主架老妈去急诊室。这时我才想起，老鳖呢？让他先去挂号，老鳖不是和我一起下楼的吗？我记得我是拽着他的袖口下楼拦的车，此刻，他怎么不见了？倒是这个热心的车主始终在我面前。"老鳖！"我边走边四下里张望并大喊，怕他找不到我。"老鳖！"我拉长了声调。这时车主说话了："你在喊谁？除了你，没有人上我的车。"我还以为是老妈说话呢，我已经习惯于她对我说话了，她突然不语，任我在天上地下喊来叫去，默默无声，我到反而不习惯了。在这个天蓝色的安静的天空下，我只听到我的喊声在空中回荡，而不是老妈的声音在回荡，我就有种奇怪的甚至放松的感觉。

外科医生把老妈颈子上的纱布和围巾都扯开时，我瞪大眼睛看老妈的脖子，看她脖子上有没有刀口，她的脖子上的皮是松弛的，粗的细的皱纹不少。我还是第一次如此近距离的审视她的脖子，我围着她绕了一圈，没有看到刀口，又绕了一圈，还是没有。她的布满了伤湿止痛膏的脸，露出几个缝。外科医生动作麻利地拽了一块下来，老妈脸上的皮好像跟着医生的手走了，而脸还在头上。这样反反复复几次，地上已经是一片白色，老妈的驴脸才露出来，颜色白的瘆怪，像在水里泡过似的，皮还没有回来。她的嘴像八哥学语一样夸张着，却发不出一点声音。只是吹了无数个的气泡在外面？像螃蟹吐的泡泡。外科医生看看她的嘴问我："她的下巴颏呢？"

下巴颏到哪里去了？我怎么知道，我早上走的时候她还能说会道呢，嚼蛆嚼到我下楼还在楼上喊我小名，搞得全楼人都知道我下楼。好像只有她家有女儿人家都没有女儿。我只有去问老爸，他是一直在家的，他们整天吵到晚，却是一个也离不开一个。只有他清楚这个问题，我去停车场找他，手机响了，小蝌蚪打来的，他说："我已经好几天没睡觉了，肚子饿的要死，你能不能预支一点稿费给我。"

我说："我又不是编辑部，我都忙死了，老妈在医院，下巴颏找不到了，你去找老鳖预支稿费吧，我自己家的一串钥匙也在他那里，我让他转交你的，你拿了先住我家，就是我以前结婚的那个家，在科巷后面。"小蝌蚪说："钥匙没拿到，我知道你科巷的家，要不要我过来帮你？"我说："不用了，有人在帮我。"我就挂了电话。

老爸支支吾吾半天也没说清下巴丢失的问题，吞吞吐吐欲言又止的样子。好像两个老家伙对我隐藏着什么秘密，他只是说他没拿，追问急了他就说："我也没看见，我老糊涂了，我该死了，该死的不死，不该死的要死……"不错，你在家，和她一起，从不分离，你都没看见，我一下楼就像小鸽子一样满天飞走，我到哪里看到她的下巴？总不能就这样不管她，如果实在找不到，就给她做个假的，也不是什么重要器官，非要真的，从来没听说移植下巴的，我回家找找看，实在找不到，就给她做个假的。

过去两个老家伙在家,他们隆哩隆咚的身体从这个房间移到那个房间,像老驴拉磨盘一样慢。家是他们两个人的天堂和地狱。我却是一个临时的过客。现在,两个人都不在家,家就变得安静和宽敞,我很快就找遍每个角落,我没有找到老妈的下巴,却发现几只活着的螃蟹藏在某个不经意的地方。刚才还在的,一转眼就不见了,我没有时间和它们纠缠,掉头就往医院跑。

我这段时间习惯于每个星期天的下午去看万医生整牙了,我承认我已经悄悄地喜欢上万医生了,就像那些孩子们和她们的家长。我相信万医生的话,又不甘心这样的结局。下班的时候,万医生给他的最后一个小姑娘做示范,他把一根指甲宽的牛皮筋一头套在她的颈根牙上,一头挂在门牙的箍子齿口上,时间久了颈根牙就会往前跑,就和前面的门牙靠在一起了,这是整牙的最后一个步骤,这个步骤激发了我的灵感,我想我也用这样的办法,把有缝的两颗牙套住,是不是也能使他们靠近呢?出医院大门的时候,我问小姑娘的母亲,能不能给我两根牛皮筋?那个女人已经跟我混熟了,很爽快的就拿了两根给我。

女人就是这样,一旦她信任或是喜欢上某个人,不管发生什么事都会想到他。我就是在这个节骨眼上想到万医生的,我跑到一半的时候,就转了方向,往万医生所在的医院跑,我一见到万医生就气喘吁吁对他说:"我妈下巴不见了。"

万医生正专注地用金属线在一个小姑娘的牙齿上结疙瘩,他并没有抬头看我,而小姑娘的母亲和小姑娘在听了我这句话后,几乎同时抬头看我。万医生不得不停下他手中的活计问我:"是刀砍的?还是摔跤跌的?"我遥遥头说:"好像都不是。"万医生又开始在小姑娘的嘴里结疙瘩,他把上一颗结的翅膀理理齐,就换了另一颗牙继续结。在这两颗牙的间隙,万医生说:"你要是不知道怎么掉的,拿什么给她接呢?况且,知道她怎么掉的比知道她掉在哪里更重要,就像怎么接上去要比拿什么接更重要一样,你明白我的意思吗?"

我只好把事情的来龙去脉给万医生再讲一遍。我急得要死,围着他团团转。万医生一点都不急的样子,直到小姑娘的每一颗牙齿上都结了一个银光闪闪的蝴蝶结,万医生才轻柔地对她说:"你好了,起来吧。"又对旁边站着的另一个小姑娘的母亲说:"我去看看就回来,你们等我回来再搞。"

我和万医生直奔老妈所在的医院,去的路上,我一个劲地和他套近乎,我赞扬他的牙齿整得好,又问他和小蝌蚪是怎么认识的,万医生说:"小蝌蚪是我过去的一个病人,他酒喝多了,跌掉两颗门牙,他现在的门牙是我给他装的,他的钱不够,还是我给他垫的。"我惊叹:"一点都看不出来是后装的,怎么像真的一样,上面还有缺口,黑黄色的两颗牙上面布满了牙垢,像真的一样。"

万医生一见到我老妈,就冲我笑了笑。这个节骨眼上他还有心思笑,到底是在医院工作的,见多了,见怪不怪了。送我们来医院的车主找到了一开始就给老妈看病的医生,那个医生一见到我就问:"你下巴还找到了?"万医生看看他,又看看老妈,万医生指指我对他说:"我是她的朋友,我来给老太太看看行不行?"

那个医生看万医生还穿着白大褂,就知道一定是我私底下把他找来会诊的其他同行。他点点头,万医生就上去了。那个医生回头对我和车主说:"你们都闪开,都出去。"有万医生在里头,我就放心了。我和车主在走廊的尽头找个位子坐下来,相视一笑,算是招呼。这时,我才发现车主长的像个西班牙斗牛士,他的眼睛真亮呀!闪闪的,闪得我心里忽悠,像被电了一下,我对他产生了好感,打算和他聊一聊,我把屁股朝他那边挪了挪,还没坐稳,就听见老妈出声了,像妖风一样的飘出来:"哎吆……哎吆……"

老妈不出声是最可怕的,她一出声就没事了,我悬着的心终于落下来,万医生出来叫我:"好了,你去看看。下巴接上去了。"我好生奇怪:"这么快就好了,哪里来的下巴?"

老妈的脸皮重又回到她的脸上,下巴果真也回到她的脸上,驴脸不见了。万医生说:"你再看看还有哪里不对,我给你整。"我左右看看,真的,没有什么不对的,就像我早晨上班下楼时的样子,要不了一会,她就要朝我"嚼蛆"了。

这是一个安静的晚上。医生在病历上特别交代,三天之内不能多说话,没有什么特效药,病因就是话太多,下颌关节过分劳累,由劳累而引起的松动,挂不住,就掉下来了。

回到家,忙了半天,两个烦人的老家伙总算躺下睡了。一个巴掌拍不响,一个人不能说了,另一个还有什么吵的呢?他们会安静两天。白天忙了一天,经历了那么多事,坐在床边,我这才感到累,和衣倒在床上,不知不觉就睡着了。

九

迷糊中,一只螃蟹跑到我床上来了,它冰凉的爪子钩住了我的大拇指,像我和男人第一次拉钩那样。可是,螃蟹毛乎乎的爪子和男人的手指,我还是能分清的。我一个反手倒扣,把它重重地扔到床下,我听见它的肚子"啪达"一下掼在地上的声音,像塑料壳子在地面破碎的声音。我伸手去拧台灯,开关开了,灯却不亮,我只好又把开关关上。

下半夜开始降温,我想小便,又怕冷,就赖在被窝中不愿意起来,使劲憋着。刚要迷糊睡着,就听见螃蟹吐泡沫的声音,被我掼碎螃蟹的地方传来一阵忽隐忽现的细语:"虚伪的……残忍的……狡猾的……"

第二天清晨,天刚亮,我就醒了。我看我房间的地面上干干净净的,连螃蟹的一只手指甲都看不见,我问老妈昨夜的事情,她还躺在床上不敢说话,只是一个劲的摇头。我找来纸笔,让她写,她写了一会儿,在纸上画了一个符号,就把纸翻到反面,又画了一个符号。我和老爸看了半天也看不懂，我把纸片带到老鳖的编辑部请他看，他是专门看稿子的，他看的字迹比我走的路都多，或许他能看出点名堂来。

快下班的时候，老鳖电话来了，他说："我研究了半天，是商周时期的文字，是"爬爬"两个字。你闭上一只眼睛斜着看，图形好像跟螃蟹有点关系。"

一个激灵从头顶打过，我明白了，一下子全明白了。一定是"爬爬"的精灵在暗示，暗示什么呢？老妈比我先知先觉，她和它们白天黑夜的争斗，她一直在用她的魔咒对付它们，但是，她却不肯说话。

十

上次送我去医院的车主来电话，问老妈病情怎么样，还好一点了。我说："好了，非常感谢你！"他说："你晚上有空吗？我请你吃饭？"我说："过两天吧，这两天单位加班，忙得很，我们正在安排每个单位年底所得税汇算清缴的工作。"

我这段时间是忙一点，但并不是忙到吃晚饭的时间都没有，这不过是一个听起来跟真的一样的托词，有一点儿期待的借口，这样的借口给男人留下了再次请你的余地。我对车主产生了好感，说不清理由的好感。这是一个可以考虑的男人。

我清醒的时候，最想找的男人就是西班牙斗牛士，足球队员或者是拳击手。这种职业的男人才是我心目中真正想要的男人，我喜欢肤色反差大的男人，白人黑人或者是拉丁美洲人，这些人都比亚洲人彪悍。

下了班，我没有回家，家里的气氛太沉闷。我老妈又开始嘟咕，嘟的什么我越来越听不懂，我找过几个专家，请他们来家里听她说话，没有一个专家能听懂。最后我把她嘟咕的话录下来，送到老鳖他们编辑部，叫众编辑听，谁都听不懂，最后还是老鳖听出点名堂，老鳖讨好地悄悄对我说："这是商周时期的语言，是读甲骨文的声音。"老鳖对甲骨文的研究有多深，我不知道，反正郭末若死了，他就是权威，怪不得老妈喜欢他，原来他们有着共同的感知和如此的心灵契合。

我不想回家，就找小蝌蚪这个单身汉喝酒。我给他打电话，电脑人提示我说手机停机。我就打到大虫的局长室，大虫正在听下面的人汇报工作，我一听到他的官腔，就知道他办公室里有人。过了一会儿，他打过来，他说："色女郎，现在办公室人都走光了，你找我什么有什么事，说吧，是不是又想我了？"我直截了当的对他说："我上次在你抽屉里看到有不少电话磁卡，是人家送你的吧？"大虫愣了一下，我听到他"噗"的一下绷脸的声音，他说："胡说，是我自己的。"我说："不管是哪个的，你先给小蝌蚪充上值，他现在手机停机了。"

十一

当我和小蝌蚪、大虫在一起的时候，我们选了一家免费喝啤酒的饭店，这是一家新开张的火锅城，大虫跟小姐要了一箱啤酒。趁火锅还没烧开的时候，我问小蝌蚪："你最近住哪里？是不是住在我家科巷的房子里？壁橱里面有被子，你还找到了？"小蝌蚪眼一翻说："我他妈住你家？我跟老鳖要你家钥匙的时候，他说你没给过他钥匙。"我听到这话，就想老鳖是不是把我的钥匙弄丢了，平时，我坐在他对面改稿子，每次走的时候，他都要查我的包，他说他一桌子的投稿，不要给我顺手牵羊带走，他这么小心的人，怎么会把一大串钥匙搞丢呢？我打他手机，他死活不接。我急了，大虫说："量他也不敢怎么样，只是不愿意把钥匙交给小蝌蚪罢了，要是遇上我，我也不会给。"

小蝌蚪听了就愤恨地说："我冻死了你们就高兴了！都他妈的是些什么鸟人。"

火锅的水汽雾湿了大虫的眼镜片，大虫干脆拿下眼镜，没有戴眼镜的大虫就像一只黑瞎子，什么都看不见。我对大虫感慨："人啊人，每个人都有不如意的地方,也不是我一个。"上菜的小姐听了我这话,走的时候,奇怪地看了我一眼,难道我说错了吗?

几瓶啤酒下肚,小蝌蚪精神多了,话也多了,他不再是萎靡不振的样子。他在文坛比我们出道要早得多,他的文友遍天下,他的手机响个不停,他总在电话里对人说:"嗯,啊,我在哪里?你他妈在世纪火锅城,我他妈在世纪啤酒城,山西路的路口,你过来,我他妈等你……"

一会儿来了一个扎马尾巴的男生,头发粗而且是挑染的杂色,浅黄深黄看不明白,宽阔的肩上拖了一节塑料绳子,他的黄眉毛和褐色的胡子叫我想起公螃蟹大腿上的毛,难道他是"爬爬"精变异?两个小时的光景,小蝌蚪的人一个接一个的进来了,小蝌蚪给我们一一介绍,大家坐下,围在一起,每个人的面前都用塑料杯子斟满了啤酒。这些男生多是南艺和南师大的学生,做一些枪手的活,小蝌蚪给他们上过课,所以认识他们。

又来了一个少女作家,一个反叛透顶的姑娘。小蝌蚪自称她是他的学生,红睫毛,绿眼睛,她的小说已经在14个国家出版,她已经是一个世界级的知名人物,而我看了她的作品后,觉得除了反叛,内容苍白的可怜。

大虫目光暧昧地看着她,悄悄对我说:"这个世纪的俏手货,男人就喜欢这样的女人,因为年轻所以漂亮,因为漂亮所以没有头脑。"我觉得大虫说得不全对,这是一个有头脑的姑娘,正是因为太有头脑了,学校和家长都驾驭不了她,她才没有像正常孩子那样,在学校受教育,而是提前进入成人社会,这是一个成长的过程,她把自己的过程变成了小说,并大胆地呈现给我们,没有什么对错之分。

又来了多少人,我已经数不过来了,全是小蝌蚪的年轻拥趸和追随者。火锅城的人都走光了,小姐已经来催过几次,她们要下班。小蝌蚪趴在桌上睡沉了,我把他摇醒,大虫说:"走吧,换个地方。"大家纷纷站起来出去。

我去吧台买单，不知道什么时候大虫已经买过了。走到街上的时候，有点飘雪了，雪落在雪上，像花朵一样。雪花在蓝色的天幕上不急不慢地飞下来，夜空湛蓝色的，深冬的夜里，那种蓝颜色蓝的是那么纯净，我从来没有见过，令人心醉，看久了要流泪。

有一颗老法桐的树枝，载了一长条的雪，划破了这一片蓝色，穿透过来，要把雪递给谁的样子，我看见小蝌蚪在树下跑起来，他跑到前面朝我招手。酒往头上冲，我飘飘遥遥追上去，张开两臂，我要飞了，像雪花一样落在雪上，不知道从哪里来，也不知道要去哪里？就像那些菱形的冰片一样自由自在地飘落。小蝌蚪在跑，在快车道上横着跑，像"爬爬"一样的横着，他跑，回头对我说："怎么样，色女郎，怎么样啊！明天我们结婚好不好？"我心里快活极了，我说："好呀！结婚，明天我和你结婚！"

此刻，我要和小蝌蚪结婚。

我不想找一个路边的炸爆米花的男人结婚。虽然红色的火苗曾经在我心里窜过很久，"嘭啪"的响声会爆出一篮子的米花把我掩埋……在这个寒冷的冬天，那会是一场温暖又浪漫的婚礼。

我也不想和下午的巷子里，肩上扛了一条长凳的磨刀人结婚。磨刀人的身上锈迹斑斑，像抽象画的图案，伴着"磨剪子，锵菜刀！"的歌声，我好跟着他四处流浪……

这些结婚对象都是我童年时的梦想，现在，我长大了，是一个成熟的女人，我知道自己需要什么样的男人。

十二

我醒来的时候在医院，老蟞守着我，他看我的眼神像"爬爬"，他说："你醒了，把我吓死了。"我歪过头不看他，我不喜欢他，我不想给他一个趁虚而入的机会，我在想如何找万医生给我整牙缝，好让我去见那个车主。我躺在医院的病床上，酒精叫我想起那个救我老妈的车主，他的眼神像斗牛士，我是多么喜欢西班牙斗牛士！我把后脑勺对着老鳖，把车主从心里生出，抱在怀里，想入菲菲。

我想起那个小姑娘母亲给我的牛皮筋还在我的钱包里，我对着镜子套牙齿，一不小心就套飞了。这么小的透明的牙齿专用牛皮筋，飞了就找不到了，还好，还有一根，这根可不能再飞了，可是一颗牙齿套好了，套另一颗牙齿的时候，忽然间就又飞了，弹到哪里根本找不到。好在我和那个女人交换过名片，我有她的电话，我给她家打电话的时候，她老公接的，一听是女人打来的，就爽快地把话筒丢给了女人，女人体谅我的不幸。她说："你来吧，我等你，快点啊，我明天一早要上班。"

我再往牙齿上套牛皮筋的时候，格外小心了，第一根飞了，第二根卡到牙龈上面才套好。烦不了这么多了，这一觉睡得特别安稳。早晨起来，牛皮筋侵到牙龈深处，牙齿酸酸的胀胀的，像有过那么回事似的，对着镜子照照，牙缝好像是小了一点，我开始有了信心。

吃过早饭后，我刷过牙，又把它套上去。第二天起来的时候，我对着镜子照了半天，咧着嘴，我自己都不敢相信自己的眼睛，我的牙缝一点都没有了，我喊老爸老妈来看，他们也奇怪，怎么才套了两天的牙齿就好了呢？

我兴奋无比地去找万医生，已经有三个小姑娘和她们的母亲坐在沙发上等万医生了，我不好打扰正在专心工作的艺术家，也坐下来等他，一个孩子的母亲和我打招呼，叫她女儿把嘴张开来给我看，她的女儿转过头，很不好意思地走开了。我就问她："孩子上几年级了？"她说："刚上初一。"我说："在哪个学校？"她说："我家是特困户，女儿上的是八中的爱心班，这个班全是成绩好又没钱交择校费的孩子上的，后来没招满，就招了十几个成绩好的有钱择校的学生。"看得出来，她为女儿能上这样的爱心班骄傲，她反复强调成绩是第一的。还有一点，她没说，我也不便点破，那就是这个班的穷孩子和富孩子都有，就不会有正常班的调皮孩子嘲笑他们交不起学费了，孩子也是有自尊的，哪个愿意投生在穷人家呢．

　　这是一个健谈的母亲。我知道即使是把两颗牙靠近一毫米，对于整形科医生来说，也是一个浩大的工程，每一个细节，每一个步骤都要经过，都有关联，缺一不可。反过来说，就是整一颗牙齿和整十颗牙齿的钱是差不多的。那么这个特困家庭要为她的一口龀牙的女儿付多少钱呢？至少要五六千吧，我看着女人过时的服饰和粗糙的面孔，可以想见她平时的辛劳，我对这个看似没有文化的粗女人，肃然间产生了由衷的敬意。

　　总算轮到我了，我把套在牙齿上的牛皮筋取下，拿出包里的手镜，再次确定没有了牙缝，才在医用牙椅上躺下。万医生和我熟了，他和蔼地说："哪里不好？"我就把我用牛皮筋套牙的事说了一遍，然后"啊"地张大嘴巴让他看我已经没有牙缝的牙齿。万医生说："不能套，再套，把大门牙都套掉下来，那时就来不急了。"

　　我像踩高跷的人一样，从万医生那里逃出去。他不知道他的话，是多么地伤人自尊，我哭着回家了。我的失态叫小蝌蚪终于明白牙缝对于一个想要恋爱一场的女人来说是多么重要。他去找万医生喝酒，并说服了万医生。万医生终于答应我，按照正常程序给我整牙，我的心中又有了希望。

十三

　　我把好久没有穿过的一件红衣服找出来，对着镜子比了一下，等牙缝整好了，我就可以穿它了。

　　夜色渐浓，我的心里有一种隐秘的喜悦，我伸手拉上窗帘，关了灯，把被子拽到脸上，我蜷缩在自己的床中央，心里默默地想着我的西班牙斗牛士：他的肤色特别黑，胡子拉碴的，有太阳和风沙流过的痕迹，他拿了他存放在酒吧里的半瓶 XO，把琥珀色的液体倒在一只矮脚杯里，我坐在他的左腿上，把酒杯递给他，我记得他对我说过你不喝吗，于是，我喝了一口递给他，好酒啊！他喝了以后赞美说。

我们就这样喝着，浓烈的酒香弥漫了两个人的空间，他的脸色渐红，用鼠标领着我在网上会见他的朋友，那么多朋友啊，我跟着他四处游荡，他给我听小河潺潺的声音，海洋咆哮的声音，创世纪的天籁之音，他告诉我河流会消失，树叶上的水滴穿过手指滴落下来的感觉不会消失，我们疯狂地笑啊疯狂地泪水，我看见他皮肤上的毛孔，还有长在毛孔里的一根一根的胡子，很男人啊，我用左手去摸他的脸，温柔地去触摸，一遍又一遍，来加深我对他的感觉，我闭上眼睛，搜索着他的双唇，我的嘴里全是 XO 的香气，我借着这叫人眩晕的气息，仰脸吻了他的下巴，他下巴上的胡子坚硬地扎了我，我喜欢胡子扎人的感觉，那种感觉叫我感到男人真切地存在过，在我尚有感觉的时候存在着，还有他的目光，他的目光犀利像斗牛士，我把脸埋在他颈项中的时候，闻到了他身体散发出的一种雄性荷尔蒙的迷人味道，我深深地嗅着，想要把这气息来源的终极吞噬，沉湎进去。

夜更深了，窗外的汽车碾过马路的声音越来越远，黑暗悄悄围拢，像墨汁泼洒在房间里，我把被子蒙在脸上，把手放在腹部，腹部光滑平坦，我的手从腹部伸下去，穿过沼泽，又抽上来，就像一把剑，好像死过去又活回来的感觉。

迷糊中，我又听到泡沫声，我知道是"爬爬"精的声音，断断续续的："黑暗中，草丛中，高粱地里……"

我听不下去了，我不管它蹶什么蛆了，不就几个漏网的"爬爬"吗？我顾不了它了，我睡我的。

我的心里装得满满的，关于我和我遇到过的车主，车主那斗牛士般的亮眼睛，他的剑以及他的红披风。斗牛士把剑藏在红披风的后面诡异又神秘，斗牛士把剑抽出的瞬间，所有的未知显现了，剑插进去的那个动作是那么性感动人，我看见我的西班牙斗牛士的剑藏在他的红披风后面。

　　斗牛场热闹非凡，观众席上坐着小蝌蚪，他的胳膊弯里搂着少女作家，少女的头上戴了顶头盔一样的太阳帽，少女把喝剩的啤酒瓶敲碎在看台的地面上……

　　大虫在看台的最前面挥舞着红旗，朝斗牛吹着尖利又响亮的口哨，他的身体在红旗中狂热地扭动起来，渐渐变成了手里的红旗……

　　我的心一阵悸动，斗牛士穿着金色的盔甲出场，红披风在地上左躲右闪，直到把牛激怒，直到斗牛疯狂，巅峰时刻，他把剑刺进牛的心脏，也刺进我逐渐崩溃的子宫。

原发2008年6期《山花》

后 记

这个小说集收集了我自己选的十三篇小说。从 2000 年开始写的处女作《友贵是上海人》到 2013 年底刚发表的《入场券》与《证人》。不是以所谓的"好坏"来做标准的,可能是数字的机缘抑或是它们的代表性。它们代表了这十三年来写作的过程,又似乎不能够完全代表。人在一定的时间内境遇一些事件,于是,就关注到这些事件的"真相"。其实,这个世界的"真相"到底是什么呢,没有人能说得清楚。就像物体的颜色,是物体反射的光的颜色,那物体本来的颜色是什么呢?比如街边的香樟树叶,我们看到的是绿颜色,这绿色是因为树叶不吸收绿色才呈现出绿色。花朵原来是什么颜色的呢?恰恰相反,花朵所显示的颜色正是花朵本来不含有的颜色。

我这样说是因为人类本身所处的局限性,就像我们的视网膜无法和鹰的视网膜相比。我们对世界的认知,仅仅是我们的视角所能够触及和界定。世界真如我们看到的那样?也不尽然。所以,一个写故事的人只能谦卑地看待大地上的一草一物。以心智和想象来弥补自身的局限,尽可能客观地呈现这个世界。

处女作《友贵是上海人》是我本来的生活，这样的故事写起来一蹴而就。而《空洞的房子》却断断续续写了五年。这是一个写乡村穷光蛋因为娶不起媳妇流浪到城市混迹在城市边缘的三轮车夫的故事。我很羡慕那些有乡村生活经历的人，他们笔下的乡村是那么客观，真实，生灵活现。为了达到这样的真实，我在汪曾祺的小说里寻访过。汪曾祺的乡村属于四月的油菜花季节，明朗洁净。毕飞宇的乡村却是那么的机智、诙谐、令人会意。最终，我在庞余亮的乡村里面找到了《空洞的房子》里所需要的乡村背景。他的乡村飘散着蓝色的雾霭，正是我在寻找的苏北农村浪迹到城市的流浪汉的故乡。

　　无论是一蹴而就的顺利还是反复磨砺的挫折，都是一个生命个体的实验过程。如果没有这个过程，我注定不再是我。我是谁？我来到这世界干什么？我周围的人在干什么？我活着的理由是什么？这样想的时候，就要无端地生出一些念头。比如，在人生的道路上好端端地走着，突发奇想，想要到文字的王国中去寻找一棵玉树。

　　初次写稿去《雨花》编辑部投稿的时候，遇到编辑毕飞宇，他一边逐字逐句地给我改稿子，一边叫我回到写字楼里去。这个把一生中写短篇总结的经验毫无保留地传授给我的人，使我受益匪浅。一边是教导，一边是阻止。我理解这样的判断。就像我现在对一个经济学博士突发奇想，要改行写小说一样。一边在看人家眼巴巴送来的稿子，一边也是竭力阻止。

　　我一直对自己不满意，我在寻找一个新的自我，她在哪里？我需要建构一个满意的自己以及匹配的生活方式。这可能是我写小说的理由。我的使命感使得我屈从于世俗生活赋予我的袈裟。我在这件袈裟下面学着对生活妥协，对世界妥协。我变得乖巧、隐忍。我爱我的家人以及我身边出现的对人类不再怀有恶意的人。我觉得所有的艺术与作品远没有一个活生生的生命更重要。当我这样确定的时候，我成了我所爱的仆人并持之以久。于是，我感到了另一种虚无与超验。虚无产生的毒素使得赖以存在的肉体破碎，我成了一个病人，开始寻找一个新的自我并期盼她的真实存在。

在虚构的小说世界里，我们可以完成我们从未有过的人生经验。找到一个又一个的"新我"。在我虚构的小说《证人》里面，主人翁碧霞并没有生活原型，第一稿的时候，我和她初次相识，我设想她只是一所重点中学的语文教师。她的母亲对她充满莫名的敌意，当然，这个所谓的莫名一定是有其来历的，当我们把人性的黑色肿瘤切开之后，这个来历就会呈现在光明之下。两个月之后，我几乎要忘记她的时候，她开始来和我约会，倾诉她内心的隐痛，这隐痛使我担心和牵挂，我们熟悉起来。这熟悉使我得以全方位观察她，体验她，让我感受到故事在真实地发生，而不是由我个人的意识在推进。

这个短暂的适合播种的季节里，我去乡下找熟土，与农妇聊天，打听一些与种植有关的农事。我已经错过了有抱负和理想的季节，不想错过生活中一些俯拾皆是的细碎欢乐。比如种子发芽，去观摩几个老先生一场蟋蟀的赛事。一边是趣味焕然的老人，一边是碧霞父亲的叹息，他告诉我内心的隐痛。他天天都在为身为公务员的儿子担心，唯恐他哪天被抓进去。活到这么大的年纪，他已经不想活了，他要死在儿子被抓进去之前，而不想亲眼见到这一幕。父亲的直觉是准确的，遗憾的是，父亲还没有死，贪腐成性的儿子媳妇就被抓了进去。父亲为了减轻儿子的罪责，父亲想卖自己的身体器官成为最后的救赎。

巧合的是，《证人》的三稿刚刚结束。网上新闻就传来我所热爱的这个城市的市长因为涉案金额2000多万身陷囹圄的消息。现实中，一定有无数的父亲在为儿子行使不同方式的救赎。碧霞的父亲是最叫我揪心的一位，我似乎看到他连自己的饮食都无法自理的时候那悲戚而义无反顾的目光，他躺在床上的无助与绝望使得我与碧霞的内心有了新的共鸣，她看似美满成功的表象之下是多么沮丧与无奈。

她这个被世界遗弃的人，需要改变她的生活来达到圆满。也许，永远也没有圆满。自我们降生之时，遗弃与丢失就伴随着我们的生活。我们只能换个视角来观察世界与圆满的辩证关系。

《红披风》是超现实主义的小说，它是一蹴而就的作品。一旦我们摆脱现实空间与时间对人的操控之后，多维的视角更能真实地显示客观事实的真面目。当一个写故事的人进入到这个层面之后，人物形象能够抵达的放纵感与彻底的文字的狂欢感，即便从写好就一直被退稿五年也是值得的。这也是写作的理由。《红披风》直到遇上何锐老师才在《山花》上很快发表。虽然，我至今没有见过这位传说中的圣贤，心里却对他盛满感激。

我不知道在文字的王国中是否会有一棵透明的玉树，那棵树生长出的一些叶片和果子我也未曾看见。我只是把一些被忽视，被欺辱的小如尘埃的"我"的疼痛与欢欣记录在这里。当时间过去一百年之后，如果我还能够以物的形式脱胎到这个世界，我要好奇地看看"我"曾经的经历与内心的隐痛。我曾经为"我"洒下的泪水或将再次洒下的泪水是否能够融化成一条河流，流到那个遥远的国度。那里，我们的精神不再游离，不再分裂，不在无休止地寻找一个新的自己。

附 录

谱写社会底层流浪者的生存欲求曲
——读修白中篇《空洞的房子》有感

朱德发

作为叙事文学正宗的小说体式，不论长篇、中篇或短篇，写得成功与否，主要不是考量它们的谋篇布局，也不是探察其思想主题。而是观照它们所塑造的人物形象是否是独一无二的。即任何形象不可取代的独创人物，这是判断作家创构的小说是否达到创新趋优的根本标准。

最近翻阅《当代》（2013年2期）。发现修白的中篇小说《空洞的房子》，这个题目颇有寓意，吸引我一口气读完，深感这是一篇朴实无华而诗意浓郁的优秀小说。小说出色地塑造了两个栩栩如生的在社会底层苦苦挣扎的现代流浪者的形象。并且走进其生活深处，感受到他们的生命律动，发掘出他们低级而可怜的生存欲求及其屡屡受挫不能实现的社会根源，从而触及到当下城乡一体化或城市现代化等一些时代课题。但是小说文本能够承载起丰富思想内涵的多义主题的，却只有现代流浪者形象，一是流浪汉老五，一是流浪女桃子。

老五在作家的笔下，并未把他的身份界定为农民工。因为农民工的本色是农民，或暂时离开土地或不离不弃土地，选择适宜挣钱的城市去打工。既有公认的身份又有相对可靠的职业，定时汇钱或送钱回家，以兴农村的家业。当然也有的农民工逐渐认同了城市，并被城市接纳为市民。而老五则不同，虽然他出身农民，却不想扎根农村，他要离开农村转移到城市，依据自己的生存欲求过自由自在的生活。企图游离于现行社会秩序或社会规约之外，靠自己的"一身力气"闯进城市，既没有固定职业更没有自己的"房子"，如同城市的盲流到处流浪。不过也有强烈的所谓"幸福"的向往，他应似现代流浪汉。作者遵循老五的性格逻辑与流浪轨迹来刻画他，既真实地描述老五的行踪，又深切剖析老五的心灵，把灵与行有机结合起来，塑造了老五这个独特的血肉丰满的流浪汉形象。并从动态描写中展示出老五生存欲求或实现或落空所形成的生命四部曲：一部曲是拐女人逃南京。"老五已经是三十出头的人，没有房子，娶不上媳妇。不甘心就这样过一辈子。"这道出了老五在农村的生存现状，揭示出他对人生是有追求的，根据生存最初级需求，到了三十多岁的青壮年方有了强烈的性欲诉求，或谈情说爱或娶上媳妇，以释放人之所以成为灵肉一致人的生命能量或缓解青壮年的性爱焦虑。然而农村并不是所有的人都富起来能够盖新房，没有房子就娶不上媳妇，有了房子才有可能娶上媳妇，难道媳妇是嫁给房子吗？看似荒唐逻辑却反映了农村的真实现状。在这种情况下，老五采取一种"下策"，即拐走他人的媳妇而逃向南京。解决如饥似渴的生存性欲，增加自我的幸福指数。我们可以指责老五拐女人是违犯现行姻婚法，并破坏他人的婚姻家庭。但仔细思忖，作家这样描写既是真实可信的又是合情合理的。老五与桃子早有私通关系，而这种私通是两厢情愿的，这不仅因为桃子现存婚姻是被迫卖给瘸腿男子而捆绑成婚的，没有登记的法律保障。也因为老伍与桃子相亲相悦，不然他俩怎么一见面就狂欢起来？而且桃子为何毫不迟疑地在老五的策划下逃跑？可见，他们越轨的所谓违法行为也是有情可谅的，是人性使然。这部生命曲，老五靠自己的胆识、智慧、勇气甚至盲目的狂热，冲破了现行社会秩序与传统伦理道德、婚俗习惯，得到了没有婚姻也不算爱唯有性欲的女人，实现了生存的初步欲望，奏响了"娶上媳妇"的生命凯歌。然而这种从不合法的"野路"上拐来的媳妇，也给他日后的生活流浪之途埋下了危机的种子。

二部曲是在南京拉"黑"车谋生存。老五携妇"不敢上大路"而是翻山走小路逃到南京。然而现代化大都市并不是他这个乡巴佬的栖息地，城市没有敞开怀抱欢迎他与她。而是层层设防阻挡其拥入，给他们的生存带来道道难关。第一道难关是没有房子。如此，只能流浪在桥洞底下。上无片瓦，安然有家？多亏在乡亲郭爹爹的帮忙下在墙的那头"搭了披子"，即棚子落下脚。其实老五逃到南京可以不过这种"流荡的盲流"无房可居的流浪汉生活，因为他的嫡亲大哥大嫂及其两个亲侄早已在南京当了官发了财，成了有钱有势的新贵阶层。"老五去找过大哥，找他帮忙"，理所当然地应把老五安顿下来。然而大哥一家为富不仁，宁肯"两间房子空着"也不给老五住。这表明权势金钱异化了以血缘为生命纽带的亲情关系，一奶同胞兄弟的亲情无价的灵魂已被权钱无情的功利意识所置换。正是在这贫富难以调和的心理差距中，作家以肯定的含蓄的笔调展示了老五不屈服权贵的自立自强的性格，张扬了"人穷志不短"的坚韧品质，哪怕住在"披子"里睡在桥洞下也不向富贵者屈膝低头，有苦有泪往自己肚子里咽也不在权贵面前装出可怜乞求相。同时这也是对那些权贵者的自私自利六亲不认的傲慢相的无情反讽！第二道难关是给"三轮车办牌照"。虽然没有房子是老五难以在城市安家的一大障碍，也是他生存理想的内在渴求。但是暂且有"披子"遮风避雨尚可住下来，若是三轮车办下牌照，对他的生存意义则更大：因为有了三轮车，老五凭着浑身力气拉货挣钱可以过好日子，能使桃子经常吃猪头肉与他共享和谐欢乐的生活。三轮车是他俩能在城市活下来的命根子。特别是三轮车有了牌照就可以合法运营。证明他是南京的正式车夫而不是黑车夫，也是他有可能被城市所接受而取得城市资格的不可或缺的证明。因此三轮车办了牌照,他可以理直气壮地在南京任何场所揽活拉车,再不用心惊胆战地躲避路警车警的检查,可以多赚钱也可以获得与正式车夫同样的扬眉吐气的尊严感。作者不惜笔力地刻画了老五千方百计寻机拉车赚钱和办理三轮车牌照的心理活动与行为方式,既表现了他不怕苦不怕累的勤勉品质也表现了他不瞒不骗的诚实人格,更表现了他生存欲求易于满足的乐观心态。试看,有天拉车回到"披子",老五并未因其大嫂严厉拒绝为其办车牌照且以公安局威逼他回乡而愤怒地咒骂她反击她。依然心平气和地吃着猪头肉喝着白酒,与桃子借着夜光伴着微风过着其乐融融的交欢腾云的诗意栖居的生活。此情此景,感染了那个注视着他们生活的写作的人。写作者无权无势,没有能力改变他们的现状。只能像落叶一样"轻"地担心着他们。此时的作家似乎也诗情勃发,便引入《最后的美》一诗将他俩的如痴如狂的非理性欢乐升华到富有哲理的诗化境界,并亲自为他俩看不见"大美"也不能感悟"大美"而抒情释怀,道出了流浪人生的迷茫的感伤与未知的命运,预示着老五生存欲望得到满足在人生第二部曲达到高潮出现最强音时,而"乐极生悲"即将开始。

  小说艺术上的一波三折引人入胜与老五的生存命运的起伏及其心理的波动轨迹紧密扣合在一起。由于老五的心理指向与行为趋向总是聚焦于"为三轮车办牌照",把"牌照"看得高于一切重于一切,只要谁能为其办牌照什么都可以赐予。因此他就上了老奸巨猾的金老头的当,过于执著使他丧失了警惕,得意忘形时媳妇则投入金老头怀抱,使这部生命曲以悲歌收场。

  三部曲是丢媳妇与抢媳妇。老五不只生存性欲追求得而复失,致使艰难的生命跌进低谷。而且也不知不觉地陷入现代城市的瞒与骗的大泽而难以自拔。即使他闯进南京也是带着农村形成的头脑与习性来应对城市的人和事,如同盲人骑瞎马胡撞乱碰。由于不懂城市人的赚钱心理与办事谋利的行为法则,所以老五中了金老头的诡计而落入以桃子兑换办车牌照的圈套。乡下人的厚道败给了城里人的欺诈,牌照没有办成反倒赔上了媳妇,这对老五来说是致命的一击。尽管老五的生存意志是坚强的,抗争意识也是强烈的,于是他对于金老头设骗局将桃子拐走便采取"先礼后兵"的对策来应付。然而金老头却技高一筹,狡诈多端,根本不在乎老五的软硬兼施。哪怕老五手持钢刀要捅其胸口,他也不惧,并针对老五的致命要害予以痛击:一是以"办牌照""砸到他的要害之处,威慑了他";二是桃子"本来就不是你的老婆,她是人家的老婆","我到局子里告你拐卖妇女",这一击老五怕得要死。三是"我也不是好惹的,不管白道黑道,我都有人"。金老头这三击,不仅从精神上或心理上或气焰上把老五彻底打垮,而且害得他"大病了一场"。小说对这场围绕"抢媳妇"展开的"龙虎斗"给出绘声绘色的精彩描写,有力地烘托了老五生存悲剧氛围及其顽强谋生的坚韧性格。在这场争抢媳妇的骗局中,老五虽然败下阵来,但是他没有厌倦城市,也不想舍弃城市的流浪生活,更没有忘记与桃子同居的美好时光。如果说在流浪的一部曲中他把桃子作为泄欲的工具,那么到了流浪的二、三部桃子已逐渐成了他的爱侣,不可分割的命运共同体。不论他要为三轮车办牌照多挣钱或者想方设法寻房子,都是为了和桃子"过神仙日子"。可见在他生存的挣钱欲求、弄房欲求、娶妇欲求这三大欲望中最强烈的也是最重要的乃是后者,致使"抢回桃子"则成为老五在城市顽强不懈地生存下去的用之不竭的内在动力。对此小说作了深刻生动地富有诗意地描写:病后老五无精打采地骑着三轮车,流浪到秦淮河的分支金川河桥边,见到母女二人把一大包钱掉进河里。女儿狂呼"哪个帮我妈把包捞上来,我给他五万块钱"。老五虽然被金老头的瞒与骗坑害过一次,连媳妇也丢了,但是他根本没有从中接受教训,更没有看清城市人本真面目。于是他便自告奋勇地挺身而出地跳进河里捞包,想也没想自己又陷入一个骗局,反而施展起娴熟的水性,"在水面飞来飞去","老五看见了他的舞台,他快要飞起来,他身上的每一颗鳞片都旋转起来。他展开了翅膀,扑棱棱的，飞了，飞了，像一条快乐的蝴蝶鱼，在水中，极尽飞翔之能事。"这把老五的矫健美姿，欢快的心态，刻画得淋漓尽致，神采飞扬。特别是他手里抓到装钱的包，欣喜若狂，作家仿佛走进老五的心灵世界，深切入微地描述他的心理趋向：一是他想"这一辈子也不会有这么多钱，这么多钱，可以回家买一个媳妇"；二是"把这么多钱的包，交出去了？亏了！这包钱买房子都够了"；三是"要是自己有了房子，还怕桃子不回家。带了钱和女人，到一个别人找不到的地方，过神仙日子多好。"这三种趋向的心理刻画极为贴切，既符合老五这个城市流浪者的浪漫性格逻辑，又真实反映出他的生存欲求和只为个人谋划的人生理想。比这种深微描述更具有浪漫诗情的，是作家通过性幻想的描写来呈示老五在河水里与桃子欢快若狂的"云雨"情及其思念桃子之切已达深入骨髓的程度。但是美梦不常，当老五在河里被水蛇咬伤医院养好出来后，丢钱包的母女却翻脸不认人，"五万块钱"的承诺不兑现，连句感谢的话也没有。无可奈何的老五又受了骗，何时能冲破这种人为的骗局，他也不得而知？

四部曲是以肾脏换取"两间房子"。这是老五用宝贵的生命与富起来的大哥一家来博弈，也是决定他能否拥入城市而安家立命的最后一招，或者被城市接纳或者被城市吃掉或者被城市驱逐，关键在此一举。原本嫡亲哥嫂侄子的眼里并没有老五这个穷亲戚的位置，不给他房子不帮他办牌照，并严责他赶他回乡，唯恐他沾了大哥一家的光或给有钱有权的侄子带来麻烦。这种冷酷无情的富人态度，为何转瞬间变成了"热面孔"，来对待老五这个穷兄弟呢？实质上大哥一家恃富嫌穷的自私自利性尚未变，并非良心发现地来热情对待老五这个同胞兄弟。仍然坚守商品交换的原则以"两间空房子"、"办三轮车牌照"来换取老伍的肾脏以挽救大儿的性命。若是大儿子的生命不是危在旦夕，老五的大嫂不可能放下富贵傲慢的架子，来了个一百八十度的大转弯，竟然给老五跪下乞求一个肾。她对老五的态度前后判若两人，这到底是真情实意还是虚情假意,难以辨识清楚。小说对大嫂的情态与心理作了活灵活现的描写,显示出作家刻画人物的不凡技艺:"大嫂停止了抽泣,说:'你侄子的病,是尿毒症。这个病要换肾脏,才能治好。我和你大哥要是能给他换肾,早就给他换了。现在,就是找不到合适的肾源。人有两个肾,少一个照样过。五弟,咱们一家人,不说两家话,算大嫂求你,你给大侄子捐一个肾脏,这辈子,大嫂给你当牛做马。'"这是从兄弟皆是爹娘生的血缘关系上乞求老五捐肾,可算是真挚感人。难怪"老五觉得大嫂变了,跟自家人一样,心里暖洋洋的。"然而大嫂接着就针对老五眼下生存欲求的急需,从互利交换的角度夯实了捐肾,她说:"我们帮你办三轮车牌,以后,你再也不要偷偷摸摸地拉车。"又赶紧地说:"郭爹爹那边的青瓦房里,我们家原来的两间空房子还在,我哪天把钥匙找出来给你。"也许老五也感到有点"商品交换"的味道,唯恐再如同前两次那样上当受骗,虽然从亲情的角度他愿意给大侄子捐肾,表现出一种无私无悔地抢救亲侄生命的不计较得失的神态。但是他也接受了受骗的教训变得聪明起来,于是在按照严格的程序作准备为大侄捐肾的同时却暗自征求郭爹爹的意见,看看捐个肾划算不划算。这表明他从受骗中学会了城市人的"利己之心"。不过老五并未看清大嫂没有变的另一幅嘴脸,这就是当她听到"大侄子"出院后要给五叔买一辆汽车时,"大嫂在儿子病房抱怨,买一个肾脏也要不了这么多钱。房子给他,还要送汽车,你对父母也没能这样孝顺。"也许这种机关算尽的自私心理,给老五捐肾后能否得到实实在在的回报而埋下了危险因子。要是兄嫂一家的为富不仁心理真正能被五弟捐肾救侄的义举所感动而转化,并冲破贫富壁垒恢复了兄弟之间的血亲关系,诚心诚意地兑现给老五两间房子和办理车牌的承诺。那不仅满足了老五的生存欲求,失去的桃子有可能回到他身边,他可以取得合法拉三轮车的资格,靠自己的诚实劳动挣钱而安下家。这不仅圆了老五的城市梦也告别了他的流浪生活。若是他兄嫂一家设局骗取肾脏,治好大儿的尿毒症而翻脸不认,老五的一切生存欲望就落了空，对他的打击将是毁灭性的。让我们拭目以待吧，小说结尾给主人公的流浪曲留下了意味深长的想象空间，但愿老五为生存欲求而艰苦奋斗流浪奔波不会以悲剧而告终！

　　作家以匠心独运的艺术构思，精炼而蕴藉地描述主人公老五从乡村到城市为实现生存欲望而漂泊流浪的生命四部曲，真切而朴实地塑造出现代中国文学史罕见的血肉丰满的流浪汉形象，彰显了这篇小说的独特的美学价值。

　　然而，没有类似人物形象的比较，不易认清老五形象的独特美学价值。现代中国文学史不乏人力车夫的形象；尤其是老舍于1936年营构的扛鼎之作《骆驼祥子》中所塑造的祥子的艺术形象，早已成为享誉世界文学的审美典型，也是中国家喻户晓的人力车夫形象，其影响之深广与老舍在全球文学界的声誉联系在一起。老五流浪在南京与祥子生存在北京，都是以拉车谋生苟活；虽然这两个人物呈现于文学世界，出自不同时代不同作家的不同样态的小说。前者仅仅是中篇，不可能像长篇那样把人物形象塑造得那么完整那么丰厚那么具有深度与高度；因而在艺术典型的美学意义上难能与经典长篇小说所创造的祥子这个形象比肩。但是，从这两个人力车夫形象的趋同性与差异性中，却能窥测出现代中国文学运演的继承性、超越性及其独特性与创新性。从趋同性来看，不论生存于上世纪30年代的祥子或者生存于21世纪初的老五，都是生于农村长于农村的农民，厚道、诚实、善良、勤奋、身板硬、有力气、有理想、有追求，是其优秀的性格特征；他们由农业社会进入城市的现代社会，完全是个陌生的世界。不过这是中国社会向现代转型的必由之路，即使再陌生再艰险，作为农民出身的老五与祥子也不畏惧不退缩；而是靠自己浑身力气与诚实劳动或闯进南京或进闯北京，为实现各自的理想，选择拉洋车或踩三轮车，他们皆是单打独斗，各自为战。至于他们各自源于农业社会的头脑与躯体闯进现代化城市是否能获取现代性的生存条件，即在物质上或精神上能享受现代城市人应享受的一切权利？

这两个形象都缺乏明确的现代理性意识，都是认知上的文盲；究竟现代城市迎接和等待他们的是什么，各自人生的命运如何？也都是不得而知，这就是他俩的趋同性。以差异性察之，老舍写出了祥子从拉车谋生到自甘堕落的生命全过程，不论他的思想意识或婚姻理想都没有出离农业社会规范的传统轨道，很难从他的一生中发现城市人所追求的现代性的生存境遇与情感亮色，仿佛祥子的悲剧是命运注定的，当然也是社会使然和性格使然，故而从两者来说祥子是社会吃掉的也是自己吃掉的。而修白笔下的老五毕竟是现代城市的拉车夫，而且是自己花钱买的三轮车，虽然在拉车挣钱的打拼过程中也有阻力也受过骗，但他不用像祥子那给"人和车厂"刘四爷拉车而受剥削。老五是自由自在地给自己拉车并且挣多少钱由自己支配；况且他不像祥子在城市举目无亲，老五则有一家富贵起来变了心却有可能再变回来的亲兄嫂，故而他不可能堕落为"个人主义的末路鬼"。这不同于祥子的理想，进了北京城仅仅靠强壮的体力拼出一辆车，将来阔起来能像刘四爷那样当上厂主；老五是力求凭借自己的力气与智慧多挣钱而过上"神仙一样的日子"。这在当下提倡"勤劳致富"的现代社会是可能实现的。所以老五的命运没有堕落的思想根源又没有导致人生悲剧的社会根源；尽管祥子与老五都是凭自己的力气在城市拉车，然而最后的生命结局却大相径庭，这是时代导致的也是作家的不同美学理想导致的。

  不过，在我看来，老舍刻画的祥子与修白叙写的老五的人性差异，主要体现在对女性的态度上。若说祥子能成为文学史上不朽的艺术形象，这与虎妞这个女性形象的成功塑造密切相关，即祥子的人性密码是借助虎妞的形象方可破译；那么老五这个形象刻画得有深度有特色，也重在作家把他与桃子的关系处理得恰到好处。有些研究者认为，祥子的悲剧命运造成的主因是千不该万不该与虎妞结婚，和虎妞的成婚祥子如同掉进了淫乱的魔窟，因虎妞就是个地道的吸人精血的魔鬼。且不说这是站在男权立场对虎妞形象的误读，细看小说描写祥子与虎妞的关系也是不合人性有悖人道的。即不是从人性的角度入手立于人道主义原则，来真实地刻画祥子与虎妞的婚恋关系；完全是站在男权主义立场从祥子作为一个农民所形成的传统伦理道德的体认结构出发，来叙写虎妞及其与祥子的婚恋关系。祥子第一次性交，这对精血旺盛性欲充沛的祥子来说，尽管嫌虎妞"丑，老，厉害，不要脸，"祥子可以不爱她，这是性伴选择的自由，无可厚非；然而由于性冲动是无意识的，是极为强烈的；实际上肉体已接触而在感觉上肯定会出现兴奋若狂的高峰体验，这是合乎人性的。而小说并未写出祥子性释放的真实感受，只是写出了祥子对虎妞的"不要脸"、对自己"偷娘们"的认知。这是源于祥子固有的传统伦理道德精神结构的判断，也与祥子的自然人性相悖，更是对人之所以成为灵肉一致完人的压抑与撕裂，并表明祥子进了城仍以传统观念对待两性关系。祥子不爱虎妞因为其丑其老是可以理解的，而他厌恶虎妞还因为发现她不是处女，这无疑是传统的贞操观主宰祥子的性爱选择。不过他的性心理充满矛盾，既然虎妞不是处女你讨厌她，那祥子为什么在心目中把已做暗娼的小福子则视为理想对象？仅从祥子对虎妞的态度上，足见祥子身在现代化的城市而心仍在保守的农村。

修白所刻画的老五对待桃子的态度则完全不同。毕竟时代不同，创作主体意识有别，并且老五的性爱意识具有现代化取向。除了抢婚或买卖婚姻仍是封建残余存在，而老五对女性对两性关系的处理则遵守尊重女权，坚持人道的原则。所以他从性欲释放所流露出的潜意识或两性相悦相爱的婚恋关系所表现出的情感倾向来看，老五对桃子的态度是忠于情专于爱的，始终尊重桃子的生命珍惜她的生命，更是千方百计地爱惜并护佑他俩的性爱关系。从比较中，可看出祥子与老五是产生不同时代的在城市同是以人力车夫为业的艺术形象，其性格内涵的异同则显现出强烈的审美意识与深刻的认知价值。

与老五相伴流浪漂泊的桃子，是个被侮辱被损害被奴役的流浪女。

她的命运极其悲惨，可悲的不只是她成了买卖婚姻制度的牺牲品，一次又一次地如同廉价商品一样给不相识的买主或充当泄欲工具或充当生殖机器。而且更重要的是她完全丧失了感受被奴役被凌辱的自主意识，似乎连作一个女人喜怒哀乐的感觉也没有，只要有肉吃有房住有人睡给谁当老婆都可以，从不挣扎从不反抗，任人骑任人跨任人摆布，这是何等的悲哀！小说写她的"脑瓜有点木愣"即不够灵敏不够精明，但却没有达到傻瓜或神经失常的程度，仍是个有生存欲求、能生孩子还想孩子的正常女性。既然如此，那么桃子何以变成一个麻木不醒毫无觉悟的木偶？这主要是残存的买卖婚姻制度的无情摧残所致，把她的灵魂毒化或异化了，使其成了一个灵与肉严重分裂的畸形的女性。从小说的叙写来看，在"灵"的维面里着墨不多，甚至没有展示她的思想意识或人生诉求或精神取向，几乎她的灵魂里没有生存的自主意识也没有明确的生命欲望。如果说她不是神经病女人而仅仅是头脑迟钝，那小说如此忽略她的"灵"的内涵发掘，这不能不说是一种偏颇。而对于桃子的"肉"的描写，却是相当充盈丰实，这主要体现于两个方面：一是贪吃，特别爱吃猪头肉。老五能把她拐走与猪头肉的引诱分不开，流浪到南京老五与她住在简陋的"披子"里，既能稳住她又逗她欢心，与经常买猪头肉满足她的食欲极有关系。金老头能把桃子从老五手里骗走，而成了自己的泄欲工具，并以她的肉体来嫌钱，更是由于金老头抓住桃子贪吃的嗜好，不只是满足她爱吃猪头肉的欲求，差不多南京的美食她想吃就买给她吃。这样她就服服帖帖地成了金老头的女人，她根本就不顾念老五对她的依恋，成了一个"有奶便是娘"的无情无义的没有灵魂的"肉"女人。由此可以说，从买卖婚姻制度来看，桃子的人生悲剧，应该是社会悲剧，从人性来看则完全是自身灵肉分裂导致的悲剧。二是性欲功能，这是作为女性的"肉"的内涵。桃子在卖或抢的争夺中不管落在什么样的男性手里，都能安分守已地本能地享受性欲释放的欢乐，即使被瘸腿男人买到手，她也舍得自己的肉体，或交媾或生孩子都是随遇而安。小说这样刻画她与瘸子成婚的心理:"桃子披上了红头巾,心里有些快乐。又结婚了,天天结婚多好,穿新衣,有肉吃。"此时"桃子的膀子上,拴了死结的绳子",坚坚实实地捆在她的瞎婆婆的右手腕上,她竟能这样幻想结婚的"美妙",对于她来说结婚就卖身,丝毫没有受凌辱的痛苦感。反而觉得"快乐",想"天天结婚"。也就是天天让不同男人蹂躏践踏竟觉得是"寻欢作乐",这是何等的悲哀!她被老五拐到手也是这样:"桃子没有反抗,平躺在那里,任凭他拨弄。一会儿,桃子鼓胀起来,浑身抖得像筛糠"。以这样如狂如痴的勃发激情迎接老五的"射击"。对于桃子来说这种本能的生理的性机能的欢快体验,她与老五的肉体接触不知有多少次,她与金老头的碰撞也有过。然而她从不挑剔或选择性伙伴,与什么样的男人睡觉都不在意,只要给她"肉"吃就心满意足了。虽然性功能成为她从乡村流浪到城市得以生存与欢快的唯一法宝,但是这种源于本能或生理的"欢快"背后却隐藏着人生的最大悲剧。正如作家所敏锐觉察到:桃子"倘若丧失了性的能力,她该怎样生存"?[①] 小说着重从"肉"体上刻画桃子的形象,入木三分,深切感人。不过,桃子作为一个流浪女,她的灵与肉是不能分离的,无疑结为一体。从总体上审视仿佛她是个没有或缺乏"灵魂"的行尸走肉,究其实她在"肉"方面的贪吃或性交均有所感受有所体验,不论她吃猪头肉获得的满足或性交取得的欢快,都是她对生存欲求的感觉。而这种感觉正是"灵"的内涵,只是桃子的食感和性感仍停留在"灵"的潜意识层次,尚未升华到感情、感知、感悟乃至理性层次。致使读者的认知结构中仅仅判定桃子是个缺乏感情没有灵魂的女奴,而这种误读的造成与作家对她的理解把握甚至描写不足也有关系。尽管桃子这个现代流浪女形象的塑造没有老五的人性那么丰富,性格那么鲜活。然而她在现代中国文学女性谱系中可以与柔石1930年创作的小说《为奴隶的母亲》塑造的春宝娘的形象相比照。桃子是买卖婚姻的牺牲品,春宝娘是典妻制

[①] 以上的引文,皆出自修白的《空洞的房子》,发表于2013年《当代》第2期。

度的牺牲品，她们都是吃人婚姻制度下的奴隶。不过她俩的性格内涵与生存命运以及生命归宿又有着明显差异。毕竟时代变了，生存环境也不同。虽然同是奴隶，但其性格不能不打上时代烙印，生态与心态也不同，这也决定着她们在文学史上的美学意义与思想价值是有区分的。如果说上世纪30年代作家笔下出现个奴隶母亲是可以理解的，人们不会惊诧。那么21世纪正在推进现代化的中国仍有作家刻画出一个真实的女奴形象，这不只是令人震惊更发人深思！

修白在小说世界里塑造两个各具特色的现代社会下层流浪者的形象，固然其美学价值务必肯定和称赞。但是这两个形象并非作家凭空臆造的，而是从"社会关系总和"与特定社会生态发现并想像出来的。即使作家淡化了鲜明的社会背景与特定的生存语境的描写，也可以从艺术形象的性格内涵及其与相关人物关系中窥探出文本的思想意蕴与社会意义，这也是小说反映或再现社会人生的深度与广度所在。首先，通过对老五与桃子的买卖婚姻所造成的悲喜剧描写，可以想见共和国成立后制订的婚姻法公布并贯彻了半个多世纪，与此同时，封建买卖婚姻制也禁绝并废除了半个多世纪，为何在21世纪大力推进城乡现代化的今天，还允许买卖婚姻在光天化日下兴风作浪？桃子作为一个弱势群体的女性被卖来买去，抢来抢去，这明明是违犯婚姻法和侵犯人权，为什么城乡的法律机关及其执法人员连管都不管，人民群众司空见惯连闻都不闻？哪怕受害者桃子和参与者老五和金老头为什么连一点法律意识也没有？甚至被抢者与去抢者、被卖者与去买者一旦到手还能心安理得地享受两性生活？这应视作家对现代社会提出的质疑，也是对受害者或害人者发出的警示！其次，通过对老五与桃子流浪到城市的生存困境与不幸遭遇叙述，读者能够感悟到当下推行城镇一体化与城市现代化，农民向城市转移或农民奔往城市，这是大势所趋人心所向。而城市的官方或民间都不能以无理无情的决绝态度拒斥或驱赶来自农村的"盲流"。特别是那些草根族，应给予人道主义关怀，不论城市的规章制度或维护管理都要体现出以人为本的人性化精神，至少底层流浪者的住、食、性的起码的生存欲求应得到关注。即使暂时得不到满意的解决也要保障他们的生存权。但是作家笔下所揭示的那张真实的城市人际关系网却是冷冰冰的，且不说官方的城管给老五这个"盲流"靠自身的诚实劳动谋生所造成巨大的心理恐怖，使他前怕狼后怕虎地拉着三轮车串街走巷，不知那时那刻不幸的命运便会降临下来。就看已在城市富贵起来的亲兄嫂对待老五完全是一幅功利实用心作祟的阴阳脸，当见亲弟老五对其无用无利时则以冷酷无情的心肠待之，宁肯把两间空房子闲着也不借给亲弟住。当急需老五献肾脏来救治其儿的生命时大嫂的态度变得像炎热的太阳，这种虚虚实实的兄弟间的炎凉关系怎容得下老五在城市求生呢？而城市的普通市民不仅不同情老五与桃子的生存困境，反而以瞒和骗的伎俩诱使他们落入悲境，金老头骗去老五的媳妇，丢钱包的母女骗取老五舍命下河捞包。鲁迅曾说，中国人的人性中最缺乏的是"诚"与"爱"。小说描写的老五与桃子置身的这张人与人的关系网中，不论亲兄嫂或城市平民都缺乏"诚"与"爱"的人性美人情美。由此可启示读者认识到，城市的现代化或城乡一体化最重要的莫过于人的现代化，而人的现代化就是人心的现代化或思想的现代化。如果没有人心的现代化，即使老五与桃子这样草根族的流民获得城市人的身份，也不可能使老五获得主体意识，也不可能使桃子彻底摆脱任人宰割的奴隶地位。那些已取得城市生存权的居民，也不可能自觉地坚持以人为本的最高人道主义原则，塑造自己的性格，美化自己的人性，以适应城乡一体化或城市现代化大势的需求。

任何一部小说都不是完美无缺的。即使能挑剔出缺陷的小说也不会影响它已达到的美学高度与思想深度。修白之所以能营造出《空洞的房子》这篇佳作，在我看来，她有敢于正视现实的良知也有勇于直面社会不公的胆识，并能设身处地走进社会弱势群体的心灵深处，以饱蘸"诚"与"爱"的求真写实的笔触谱出其生存欲望曲。以至真至善给人以深沉诚挚的美感,这无疑是传承和弘扬了"五四"平民文学的求真精神。鲁迅当年曾说:"中国人向来因为不敢正视人生,只好瞒和骗,由此也生出瞒和骗的文艺来,由这文艺,更令中国人更深地陷入瞒和骗的大泽中,甚而至于已经自己不觉得。世界日日改变,我们的作家取下假面,真诚地,深入地,大胆地看出人生并且写出他的血和肉来的时候早到了。早就应该有一片崭新的文场,早就应该有几个凶猛的闯将!"[①] 笔者非常敬佩鲁迅的远见卓识,差不多90年前这段经典话语至今仍具有强烈的现实意义。这里引此文既是对青年作家修白的褒扬又是对她今后创造出更多更好的文学精品的激励与期待!

草于2013年4月13日

---

① 《鲁迅全集》第1卷,第240-241页,北京:人民文学出版社1981年版。